请叫我诡差大人

徐二家的猫

著

1 永夜降临

江苏凤凰文艺出版社

图书在版编目（CIP）数据

请叫我诡差大人. 1，永夜降临 / 徐二家的猫著.
南京 : 江苏凤凰文艺出版社, 2025. 6. -- ISBN 978-7
-5594-9550-1

Ⅰ. I247.5

中国国家版本馆CIP数据核字第2025DQ2236号

请叫我诡差大人 . 1，永夜降临

徐二家的猫 著

责任编辑	王昕宁
特约编辑	孙一民
装帧设计	光学单位
责任印制	杨　丹
特约监制	杨　琴
出版发行	江苏凤凰文艺出版社
	南京市中央路165号，邮编：210009
网　　址	http://www.jswenyi.com
印　　刷	三河市兴博印务有限公司
开　　本	880毫米×1230毫米　1/32　插页8
印　　张	9
字　　数	169千字
版　　次	2025年6月第1版
印　　次	2025年6月第1次印刷
书　　号	ISBN 978-7-5594-9550-1
定　　价	49.80元

江苏凤凰文艺版图书凡印刷、装订错误，可向出版社调换，联系电话 025-83280257

永夜降临，诡异复苏
十里荒坟，百诡夜行

第三卷 焚城

第五章 人心诡域

第六章 小安古宅

215
216
253

目录 / CONTENTS

第二卷 逆命

第四章 香烛燃灯　181
第三章 孤身入局　122
　　　　　　　　121

第一卷 永夜

第二章 荒土诡域　074
第一章 时间回溯　004
　　　　　　　　003

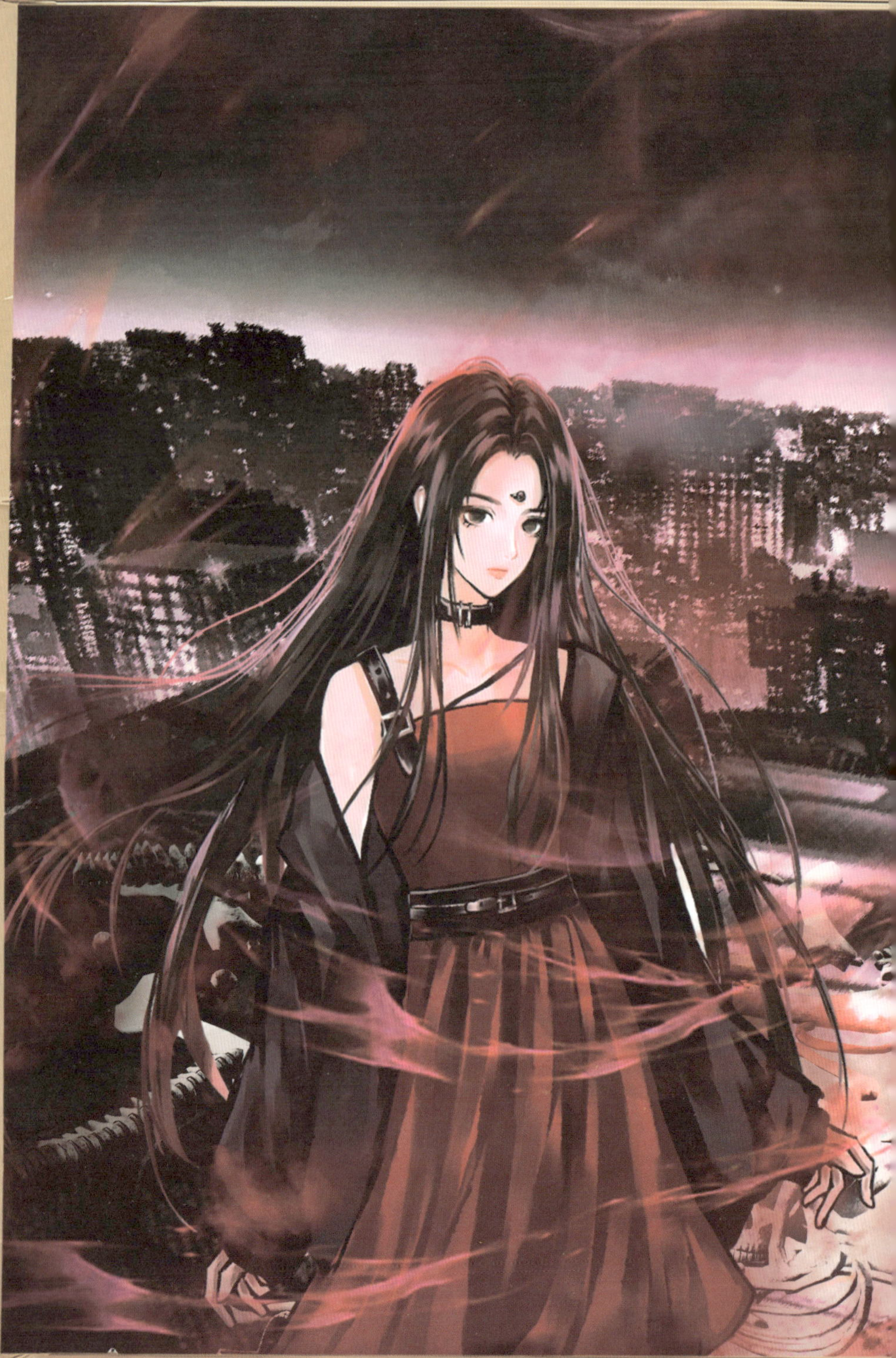

生于光明，融于黑暗
以雷霆手段，守护世间正义

英雄，总是在绝望中诞生
成为人心中的光芒

楔子

洛纪元三百九十年,世界动荡,山崩、海啸……各种自然灾害相继爆发。

就在人类疲于奔波之际,永夜来临。

始终隐藏在蓝星地心深处的另一个种族悄然苏醒,它们形态各异,性格暴虐,试图掌控这个世界,被人类称之为"诡异物"。部分人类因为永夜的出现觉醒了异能,并成立"天组",以保护普通百姓。

同样的,一些实力强大的异能隐士组建了释国、儒城、清风寨等势力,高筑城墙,将诡异物抵挡在外。也正是因为如此,所有城市外的荒土上百诡夜行,步步危机。

在这种艰辛求存的环境下,一位高级猎杀小队的队员——王烨,因为时间回溯,重新来到了永夜初期。

永夜降临,恐怖复苏,诡异降临。

第一卷 · 永夜

第一章
时间回溯

001 ╳ 改变

上京城的一所学校内，教室里正在进行一场讲学。

"同学们，今天很荣幸地请到了著名的'猩红猎杀小队'成员张开，由他来给大家上这堂普及诡异物的公开课，让大家更深入地了解诡异物，大家掌声欢迎。"随着老师的声音落下，一个看起来有些慵懒的年轻人走到讲台上。

讲台下的学生们面带激动之色，满怀期待地看着这位年轻人。

教室的角落里，王烨听着老师的声音，眼中闪过一丝回忆之色。

猩红猎杀小队？应该算是一个战斗力不错的团队吧？在他的记忆中，这支队伍最后升级为 A 级小队，却在一次诡异事件中不幸遇难，全员战死。这件事在当时引起了不小的轰动，所以他记得很清楚。

"首先，作为当事人来讲，给你们上课，我觉得毫无意义。如果不是为了那点可怜的积分，我这辈子都不会出现在这里。"张开一开口，就让所有的学生愣在原地。

"或许在不久的将来，你们就会变成一具具尸体。当然，也许你们会侥幸在某个诡异事件中存活下来，但更大可能是我们需要派异能者去救援你们。"张开不带任何感情的冰冷的话语在教室中回响着,也成功让讲台下方的学生们脸色苍白。

角落里,王烨听着张开的话,很认同地点了点头。毫不夸张地说,在诡异事件中,普通人完全就是最不可控的存在。如果聪明点儿,能听话、能够执行命令就算是好的,不会对救援行动造成影响,但如果只知道躲在角落里尖叫、痛哭,则会干扰正常救援,甚至可能因为他,导致救援行动失败,全军覆没。也正是因为如此,在经历了无数次失败和教训之后,联邦政府已经修改了相关法案。

"所以,我能教给你们的只有一点,如果碰到诡异事件,一定要搞清楚自己的定位,服从命令,别拖后腿,就已经是对异能者最大的帮助了。"

张开的话音刚落,讲台下方,就有一个男生忍不住站了起来,不服气地问:"你也太瞧不起我们了吧,凭什么说我们是累赘?"

"凭什么?"张开那慵懒的状态改变了,冷哼一声,眼神锐利如刀刃一般,死死地盯着这个男生,"就凭你们现在还能在学校里面安全地活着,还说着这种幼稚的话!"说着,他突然出手,一掌拍在讲台上面,眼里泛起幽绿色的光芒,看上去十分骇人。

这个突如其来的状况,把那名男生吓得脸色瞬间惨白如纸,站在原地手足无措。

看着这群被吓坏的学生,张开的眼底闪过一丝失落。随着诡异物入侵的速度越来越快,这些生活在象牙塔里的孩子真能扛起和诡异物等高危生物对抗的重任吗?

下一秒,他就注意到了躲在角落里的王烨,自己的举动似乎完全没有影响到对方,他依然平静地坐在角落里,等着张开继续说下去。张开的眼神从王烨的身上扫过,心想,有点意思,这是个有趣的小家伙。不过,在张开的眼里,他对王烨的评价充其量也只是一句"有趣"而已。

"我要说的，只有这些。希望你们能够好好享受这来之不易的人生吧。"说完，张开再次恢复了之前那副慵懒的模样，离开了教室。

角落里，王烨的脸上闪过沉思之色。

果然，上一世永夜降临，导致整个世界最终化为诡域，但没想到的是，竟然出现了时间回溯，让王烨回到了永夜初期。然而，他也不知道，这个世界的一切还会不会如上一世那样发展。换言之，如果自己在行动上做出改变，经历肯定也会有所不同。

如此一来，自己是不是就可以不用死了？

上一世，他始终没能觉醒体内的异能。作为一个普通人，他硬锻炼自己成为A级猎杀小队的队员，于是乎，在很多普通人的眼中，王烨被视为偶像般的存在。但最后，普通人终究是普通人。遇事再冷静，智力再高，格斗技巧再强，面对更高级别的诡异事件，依然是无能为力。

想到此，王烨的嘴角泛起一抹苦涩的笑容，上一世已经历经无数次检测，结论是他完全没有觉醒任何异能。

就在王烨沉思之际，已经离开的张开却表情严肃地退回到教室之中，他对在座的各位同学说："很荣幸地告诉大家一个好消息，我们被卷入了一起诡异事件当中。请放心，我已经向队长请求救援了，现在我们需要做的就是在三十分钟内，尽量活下去。好吧，祝我们好运。"

闻言，尚未做好任何准备的学生们都陷入呆滞中。突然，灯光瞬间熄灭，整个教室陷入一片黑暗之中。

王烨还是待在角落里，无奈地叹了口气。自己只是做了一个实验，刚转学到隔壁市的学校，就发生了这种事儿吗？

他不禁开始回想，上一世这个学校发生过诡异事件吗？

然而，王烨对此完全没有印象。每年发生的诡异事件实在太多了，更何况，以如今的环境，每个城市之间的交通十分便利，信息传达更加频繁，这就导致信息量爆炸式增多，谁还能记得住那么多事呢？

黑暗中，张开冰冷的声音再次传来："目前诡异指数，未知。能力，未知。不想死的，建议你们躲在角落里，闭上眼睛，别说话，别动，别出声。只有这样才能保证自己最大程度不出错。"

他的话刚说完，黑暗中就传来阵阵的啜泣声和学生四处跑动的声音。

张开似乎早就猜到这群学生不会乖乖地听从他的建议，一定会擅自行动。他的眼中散发出一抹绿光，这是他觉醒的异能——绿芒。

王烨无奈地背起背包，没想到自己刚转学就被卷入一起诡异事件。以现在的身体素质，想要独自存活，还是很困难的。他微不可察地叹了口气，一幅教室的地图浮现在王烨的脑海中。

尽管他是一个普通人，但如果连最基本的地形都记不住，那上一世的他也不配加入 A 级小队了。很快，他就轻车熟路地躲过桌椅，来到了张开的身边。

"伙计，缺人组队吗，带我一个呗？"黑暗中，王烨看着记忆里张开最后出现的方向，淡淡地说。

002 ✕ 规律

张开听着王烨平静的声音，不禁一愣，心想：这是刚才待在角落里的那个小子？果然没看走眼，他确实是一个有趣的家伙。

"知道此时此刻站在我身边才会安全，并且能保持着冷静的心态，确实很不错。"张开的眼中带着一丝赞赏，"但是，你终究只是一个普通人！这种局面，你起不到太大作用。我要是你，就安静地退回到角落，毕竟谁也摸不透这起诡异事件的杀人规律，在人群中，至少死的可能性低一些。"

真是难得，张开竟然对一个普通人说了这么多告诫之言。对一个普通人而言，面对诡异事件能保持冷静的心态，就已经算是难得了，他要是异能者的话，或许真的能帮到自己……张开不禁有些惋惜。

"只要摸透诡异物的杀人规律，哪怕是普通人，也是有概率生存下来的，不是吗？而且真的遇到危险了，相信你也需要有人来帮你测试诡异物的能力，我说得对吧？"王烨的表情波澜不惊，平静地开口。

张开的眉头深深地皱起，幽绿的目光认真地审视着眼前的少年。没想到，这个貌不惊人的少年竟然对诡异事件懂得如此之多，甚至主动提出可以帮自己去测试，但这种做法是每一个异能者都不齿的，毕竟他们的异能觉醒，就是为了保护普通人、对抗诡异物的……他不由陷入纠结。

就在这时，空气渐渐变得压抑，仿佛整个教学楼的温度都降低了许多，包括教室的天花板，不知道从何时开始变得潮湿，散发出腐烂的味道。张开的绿芒在黑暗中不受影响，看到一滴又一滴的鲜红色的水滴顺着天花板滴落在教室的地板上。

"看起来，这只诡异物可以改变现实环境。磁场覆盖、本源位置未知。目前无人死亡，暂时排除无规则杀人，杀人手法未知。按照教室学生的存活数量来看，杀人的效率不高。"王烨微微皱眉，感受着周围温度、环境的变化，下意识地整理数据和资料。

张开深深地看了王烨一眼，眼中绿芒闪烁，果断道："跟紧我。"说完，他推开教室门，走了出去。

王烨早就猜到对方会同意自己的建议，表情平静，默默地跟在张开身后，保持半米的距离。

而教室内的其他人，在黑暗里变得更恐慌，啜泣声越来越大，直到最后有人痛哭出声。不知什么时候，墙壁上竟然隐隐浮现出一张诡异的红色笑脸，仿佛是由鲜血描绘一般。

走廊里同样也陷入了黑暗，恐惧在无形中被放大。其他班级的学生和老师也惊慌失措地来到走廊，不停地四处张望。

张开早就猜到会出现这种局面，在心里冷笑一声，眼中的绿芒愈盛，看向四周，寻找诡异物的身影。过了许久，他似乎确定了目标，朝着楼梯处走去。在这个过程里，他从头到尾都没和王烨说过哪怕一个字，始终安静地做自己该做的事情。

在张开看来，这个刚刚认识的少年虽然有些神秘，但终归只是一个普通人，如果连跟紧自己都做不到的话，帮助试探诡异物自然就是一个笑话。因此，不再过多关照也是对少年的考验。

黑暗中，王烨根本看不清周围的环境，唯一的亮光来自张开眼中的那抹绿芒，但奇怪的是，无论前方人群如何拥挤，他都能提前察觉，找到缝隙，快速闪过，保持跟在张开身后半米的位置。

看到走廊上的情况，王烨情不自禁地微微皱眉。这群师生竟然还在不断走动，发出声音，甚至聚集在一起，这在王烨看来，简直和自寻死路没什么区别。

诡异物的杀人规律目前尚未可知，这么多人聚在一起，总有符合条件的。如果人群之中有人死亡，势必会引发其他人的恐慌，导致更大的骚动，死掉更多的人。如果这只诡异物是成长型的，那这些人无形中就成为它成长所需的养料，想要押下这只诡异物，只会变得更困难、更麻烦。

不过，这种情况只在恐怖事件的初期出现过，在王烨上一世死亡的时代已经好了很多，即便是普通人，也知道怎么做能尽可能地生存下来了。这是付出了无数血的教训才得来的经验，经历了一次又一次的诡异事件，还能活下来的人早就已经身经百战了。

很快，张开已经穿过人群，站到楼梯口处，但楼梯不知道什么时候已然消失，只留下一片黑暗，仿佛只要再向前一步，就将迈进无尽的深渊之中。

看着眼前这幅场景，张开微微皱眉，眼中的绿芒再次闪烁起来，但是他的脸色也随即变得苍白。

"我建议你不要过于频繁地使用异能，这样只会让你的身体机能腐朽得更迅速。毕竟眼前这种情况，普通人也能想到解决办法。"这时，王烨的声音从张开背后幽幽地传来。

张开一愣，没想到这个少年竟然能在黑暗中精准地跟紧自己，下意识地对少年的话重视了几分。当然，少年在他心中的形象也变得更神秘了。

"现在无法确认源头，我的异能可以追寻一些痕迹，只是到这里断了。你觉得现在应该怎么办？"就连张开自己都没有发现，他内心深处已经开始信任这个少年了，还会咨询对方的意见。

"诡异物可以改变磁场，影响现实，现在不确定楼梯的消失是被磁场改变，还是幻境。如果只是幻境还好，但如果是真的消失了，那么这个诡异事件要比想象中更麻烦一些。"王烨的眼中露出沉思之色，继续说，"测试的方法很简单，诡异物形成的磁场可以改变，入侵几乎所有的东西，但有一种东西不行。"

张开也领悟了对方的意思，但很不情愿地问："你是说……黄金？"

003 ✕ 危机

王烨点了点头，十分冷静："所以，检测前方是否有路的办法很简单……"说着,他的眼睛看向张开的手指,因为张开的手指上戴着一枚金戒指。

"你知道现在的金价有多贵吗？"张开颇为肉疼,却没有任何犹豫,直接将戒指摘下来,扔向了黑暗深处。在诡异事件中,任何迟疑都有可能造成行动的失败,甚至所有人都将沦为诡异物的养分。

原本幽暗的、如同深渊一般的通道上,戒指诡异地漂浮在半空中,甚至还弹动了几下。

王烨松了口气："看来咱们的运气还不错,这只诡异物只能勉强制造出幻境,企图困住我们,但无法改变现实。如果这只诡异物的实力仅限于此,那事情就好办多了。"

张开的眼中流露出一抹自信,抬腿便要往虚无的楼梯迈去。

"如果你这样做的话,我可能会觉得自己选错了合作伙伴。"王烨冷冷地开口,"首先,诡异物的杀人规律咱们还不确定。其次,虽然黄金的测试结果是幻境,但是否只有黄金不受影响还没测试。最后,双方合作,我可以承担测试的角色,但为了以示诚意,你应该告诉我你的异能。"

在黑暗中,王烨直视着张开那散发出幽绿光芒的双眼,没有一丝畏惧。

张开沉默了片刻后,开口道："我承认你是对的,不过你的嘲讽还是让我感觉很愤怒。"他深深地看了对方一眼,继续说,"我叫张开,异能觉醒是眼部。目前发掘两种能力,正常情况下可以查探诡异物的源头踪迹,还能够在短暂的时间内对诡异物进行震慑。"

听了张开的话后,王烨的眉头皱得更紧了："只觉醒了两种能力,还都是辅助类技能……我叫王烨,普通人。"

这倒不是说王烨有多嫌弃张开,而是现实所迫,如果此时有其他偏进攻型的异能者组队,张开的辅助技能无疑可以使团队的存活率得到巨大的提高。但问题是，王烨只是一个普通人。

"作为一个 B 级小队的成员，你应该随身佩戴收纳诡异物的容器吧？"王烨的问话带着一丝怀疑，张开刚才的举动已经让他开始质疑对方的能力了。

张开自然是感受到了，不满地白了对方一眼，压抑着心中的怒火，深吸口气，道："带了。"

"好，接下来，就需要我发挥作用了。"王烨没有在意张开的态度。解决诡异事件还带着情绪，是不理智的行为，这个张开还不够成熟。说完，王烨走到张开身前，皱眉看向眼前幽深的道路，抬脚迈了出去，轻轻踩了两下。

"真的只是单纯的幻境吗？"明明眼前是仿佛深渊一般的存在，但王烨明显感到自己踩到了实物，轻轻触碰了几下，是楼梯的形状。

"走我踩过的位置。如果我掉下去了，及时拉住我。"王烨微微侧头吩咐道。说完，他果断向楼上的位置走去。

张开站在王烨的身后，不知为何，他竟然在这个貌不惊人的少年身上找到如同自己队长般的感觉。似乎不需要自己动脑筋、想策略，只需要按照他的吩咐去做就可以了。

他微微摇头，把这种莫名其妙的想法甩出脑袋，然后便跟在王烨的身后，向感受到的诡异物源头处探索。

教学楼的天花板愈发潮湿，一滴滴的，也不知道是水，还是血液，不停地滴落下来，落在学生们的衣服上或脖颈处。

渐渐地，一缕阴风吹过，空气似乎逐渐变得阴冷，下一秒……

"啊——"人群中，突然有人发出一声惨叫。

众人循声望去，竟然看见一具穿着校服的干尸，那声惨叫来自站在干尸旁边被吓坏的同学。

"是王洋！"一名学生惊恐地说道，"我刚刚亲眼看到他变成了一具干尸。"下一秒，他的脖颈处似乎被针扎了一下，有些疼，便疑惑地摸了一下，紧接着，他就在同学们惊恐的目光中失去了生命。

在众目睽睽之下，他的身体以肉眼可见的速度瘪了下去，赫然变成一具干尸，和那个王洋一模一样。

恐惧、绝望、压抑的情绪在人群中无限被放大。走廊中，一个又一个普通人突然睁圆了双眼，无声无息地倒在地上，变成一具又一具干尸。

不知不觉间，墙壁似乎变得更潮湿了，那些滴落的淡红色水滴，颜色也渐渐变得更深了。

"停一下，就在这层。"刚走上四楼，张开眼中的绿芒一闪而过，很严肃地说。

闻言，王烨也停下脚步，静静地看着张开。

"我能感觉到，诡异物的气息在这一层特别浓郁，具体位置……"张开的眼中的绿芒闪烁着，他也因为过度使用异能，脸色变得苍白起来，过了许久，他才深深地吐出一口气，指向走廊深处，"在那个房间！"

他说的是最里面那个半掩着的房间。

整个四楼的走廊都安静得可怕，只能隐约听见水滴落在地板上的声音，显得格外诡异。

"那里是……"王烨的眉头微皱，回忆着学校的布局，突然，他眼睛一亮，"是校长办公室！"

"诡异物的源头为什么会在那里呢？"张开的声音中带着一丝疑惑。

王烨摇了摇头："还是先想办法过去吧。"说完，他指了指地面，

"用你的眼睛照一下。"

"你以为我是手电筒吗？"张开冷冷地瞪了王烨一眼。然而，王烨的表情始终很平静，压根不在意。无奈之下，张开只好泛起双眼中的绿芒，看向地面。

就在下一秒，他的表情骤然变了，因为他看到一地的尸体隐藏在黑暗中！

那些尸体仿佛失去了所有的水分，呈干尸状，像是之前的王洋一样。

"这条路……很危险。"王烨的眼中闪过一丝忌惮之色，冷静地说，"你仔细看，他们每个人死去时都在做什么动作？"

张开顺着王烨手指的方向看去，发现那些干尸的手掌都摸着自己的脖颈。

"他们……在摸自己的脖子？"张开不禁吸了一口凉气。

004 ✕ 抉择

王烨点了点头，肯定了对方的说法。

"他们做这个动作是为什么？"张开很是不解。

王烨沉思了数秒，然后抬起头，看向天花板，肯定地说："是水。"

张开更加疑惑："水？"

"没错。想来是因为有水滴落在脖子上，他们下意识地去摸。"王烨的眉头微皱，继续说，"也就是说，这个诡异物的杀人规律是水。只要触碰到天花板上滴落的水，至少其中一条杀人规律就是这个了。"

闻言，张开陷入了沉默，过了许久才深深地看了一眼对方。在他看来，这个少年实在太过神秘，明明只是一个普通人，却能让己这个异能者都颇为忌惮。短短十多分钟，这个年轻人已经给他带来太多的震惊,最夸张的是,他仅凭看到的一幅场景,就推断出了诡异物的某种杀人规律。

如果王烨知道张开的想法,肯定会说,如果他也经历过一个又一个诡异事件,付出了无数生命的代价之后……自然就能成长了。

"目前无法确定诡异物是否还有其他杀人手法,但能确定的是……这个诡异物是可成长型的。"王烨的眼神变得格外严肃,继续说,"现在水滴掉落的声音越来越频繁了,如果地面上都被水覆盖了,那难度将会翻倍。我建议你通知你们小队的成员,务必要小心水滴。"

张开立刻就明白了,拿出手机发出一条短信,然后看着手机散发的幽暗的光芒,不知道在想些什么。

约莫有一分钟,手机的光芒亮了一下,他看完后深吸口气,很明显地放松下来。

"我们小队的成员还有十分钟到达。"说这句话时,张开明显变得自信了,毕竟在之前的过程中,他几乎是被王烨普通人完全掌控,受到了不小的打击。

王烨略一点头,说:"现在最简单的办法是我们用衣服挡在头顶,然后在这里等待救援。"

张开想了想,声音变得有些低沉,担忧道:"十分钟……谁知道这只诡异物会成长到什么程度呢?而且……这十分钟,会死很多人。"

听着张开的话,一直面无表情的王烨终于露出一丝微笑,看向张开的目光中也隐隐流露出赞赏。

"既然如此,那还等什么?行动!"王烨一如既往地冷静,仿佛什么局面都不能让他的情绪产生大幅度波动。

在正常世界里,这种人往往会被认为"装",但在这种恐怖的环境中,这种性格反而会让人安心许多。

交代完毕,王烨便迅速脱下自己的外套,双手撑住边缘,挡在头顶，然后问："现在只能赌了，赌水滴必须触及皮肤才会死亡。对了，你的鞋子应该是防水的吧……"说完，他走到墙边，深吸了一口气，"好了，让我来为猜测测试一下吧。"

张开的神情瞬间凝重起来，目不转睛地盯着对方。

只见王烨一脚迈了出去，一滴水直接滴在王烨头顶的校服上。张开的眼睛随着水滴的滴落而瞬间睁大，他屏住呼吸，生怕王烨发生什么不好的事情。然而，王烨的表情几乎没有什么变化，只是安静地等待着。

三秒钟之后，什么都没发生。张开那颗提到嗓子眼儿的心终于落回了原处。

"看来我们还是很幸运的，水滴必须直接接触皮肤才会符合诡异物的杀人规律。行了，你跟在我身后吧。"王烨分析完后，便继续向前走去。

张开看着他离去的背影，内心有些复杂。这个普通人的内心究竟有多强大啊！

走出去的那一步，看起来简单，实际上，一旦测试失败，要付出的将会是生命，就会像走廊的学生那样成为干尸。这完全是在刀尖上跳舞。

不过，一个普通人都兑现了自己作为炮灰的承诺，如果自己退缩了，估计这辈子都抬不起头了吧……想到此，张开自嘲地笑了一下，然后学着王烨的样子，脱下外套，举在头顶。

在这幽暗的走廊内，遍地干尸，十分可怖。唯有两个人影一前一后地前行着，他们十分小心，几乎没有发出任何声响。

"加快脚步，水滴滴落的速度越来越快了。如果衣服湿透了，咱们可就跟他们一起去死了。"王烨感受着水滴的速度，用气声警告身后的人，同时加快脚步向前走去。

张开跟在王烨的身后，也加快速度。很快，他们来到校长办公室门口。

"站在我后面，我来开门！"说着，王烨猛地一脚踹在校长办公室的大门上。只听"嘭"的一声，门被一脚踢开。在这种诡异情况下，如果用手开门，无异于是在找死，虽然踢门显得有些莽撞，但已经是最好的办法了。

办公室里有一个中年人的尸体趴在办公桌上，身体呈干尸状，和走廊上的死者一模一样。

王烨向后一步，退到张开的身后。他已经完成了炮灰的测试，接下来的事情只能由异能者操作，不在他的能力范畴内。

不过，即便他不做事，也无法安心，因为房间内滴水声更快、更频繁，甚至地面上已经积了浅浅的积水。张开启动自己的异能——绿芒，借着绿光，王烨看见校长的身后隐约飘着一道虚影，他觉得有些不妥，便仔细观察，竟然发现办公桌上有一个已经打开盖子的黄金瓶子。

"坏了！"王烨瞬间明白了，这个黄金瓶子是封印诡异物的容器，并且明显是被镇压过的！但此时此刻，它被校长给打开了，无形中释放出了诡异物！

永夜过后，恐怖复苏。

在这样的时期，竟然还有人敢打开密封的黄金瓶子！

"张开，还有几分钟？"王烨深吸了一口气，急迫地询问。

张开看了一眼手机，说："九分钟。"

王烨又问："你的异能可以压制诡异物多长时间？"

"五分钟，而且是我的极限。"张开的嘴角泛起一丝苦涩的笑容。

时间上根本来不及……

幸好，目前唯一的好消息是——那道虚影只是静静地站在那里，没有行动。这种没有行动的诡异物，是比较好解决的。

"坚持四分钟，四分钟后你再开始压制！"王烨沉思了片刻，提出了自己的想法。

张开认同地点了点头。

005 ✕ 神秘信件

"现在需要考虑的是，我们如何在这四分钟时间内活下来。"听着水滴滴落的频率，又想了一下头顶着的校服的材质，王烨说出了问题的关键。

上一世，他死过一次了，所以他不畏惧死亡，但这不代表他想死，如果有活下去的机会，他依然要尽一切努力。

"要不我们脱下他们的外套……"张开犹豫了一下，指了指地上的干尸，问。

王烨不禁在心里暗骂一句"愚蠢"，这种时候，把手伸到外面无异于在赌命，谁知道会不会有水滴刚好落下，再说了，尸体身上的衣服都已经被水滴打湿，失去了保护作用。

按照他的估算，他身上的校服最多能再支持两分钟，过了两分钟，衣服就会被彻底打湿，也就代表了死亡的来临。

很快，王烨便想到了对策，说："张开，你过来，和我站在一起，保护好外套。等我的外套撑到极限后，再用你的。"

张开先是一愣，很快理解对方的用意，眼睛里也充满了希望。他挤到王烨身旁，保护着自己的外套不被淋湿。

就这样，两个男人在一件不大的校服下，紧紧地挤作一团。整个四楼都安静得可怕，只有水滴不断滴落发出滴答的声响。

水滴声越来越频繁，滴滴答答地，密集度也越来越高，甚至不亚于一场小雨了。

这代表着——死亡的人更多了。

时间一分一秒地过去,王烨感受着头顶外套的重量变化,突然,他开口说:"张开,用你的外套。"

张开迅速撑起自己的外套,而王烨则是将手中的衣服丢掉。

很好,完美地衔接。

"十。"

"九。"

"八。"

…………

王烨闭上双眼,用食指在胳膊上有节奏地敲打,以此来计算时间,突然,他睁开双眼,说:"开始!"

在一旁焦急等待的张开在这个瞬间迅速开启异能,眼中泛起诡异的绿芒,死死地盯着校长尸体后面站着的虚影。

只见一道绿色的光线直接定在虚影的身上,让对方僵在原地,不能动弹。

同时,水的滴落声也消失了。

"成功了吗?"王烨很谨慎,举着外套的手没有轻易放下,依旧仔细地观察着周围。

"成功了!"张开保持着异能,说话时有些气喘。

"那我们就期待你的队友们不要迟到。"王烨扔掉几乎湿透的外套,调侃道。

至于如何将诡异物重新封印在容器内的问题,这不是他一个普通人能做到的事情。换言之,现如今,整栋楼的幸存者的性命,包括王烨和张开,全押宝在张开的队友身上。

张开能做到的只是震慑诡异物,让对方不能动弹,而不是彻底封印。即便水滴暂时停止滴落，但诡域依然存在，他们还是无法逃离这座教学楼。

看着张开此时的异能压制，王烨心里多少还是带着一丝惊讶和艳羡的。

五分钟的震慑，虽然一部分原因是面前的诡异物磁场还比较弱，甚至没有行动力这种先天因素，但依然算是一个很强大的技能了。难怪在上一世，猩红猎杀小队能够进阶A级队伍呢！然而可惜的是，越强大的技能，使用它的代价越高，生命力消耗得越快，这就是异能者最大的弊端。

果然，随着时间的推移，张开的脸色变得愈发苍白。到四分钟时，甚至有鲜血顺着张开的眼眶流了下来，他的身体也控制不住地颤抖着……紧接着，天花板再次显出水汽。

王烨不禁皱起眉，张开的震慑已经到极限了吗？按照他现在的状态，即便这次事件能够解决，估计也剩不下几个月的寿命了。

但……这就是异能者必须付出的代价。他们平时享受着顶级的特权、丰富的资源，同样地，在面临危险的时候，需要冲锋陷阵挡在第一线的自然也是他们。

幸运的是，在张开即将支撑不住之际，校长办公室的玻璃被一股力量从外部打碎，一个人影快速闪身从窗口处跃了进来。

"张开，你没事吧？"一个肋后长出一对肉翅的中年人问道。很显然，这个中年人就是张开的队友了。

在这一刻，王烨悄然向后退去，消失在黑暗之中。他知道，这次的诡异事件应该得到了解决。再之后的收尾工作，他不愿意掺和进去，毕竟他只是一个普通人。

在遇见诡异事件时，普通人只要做好自己的事情就可以了。

上一世，他作为A级小队里唯一的普通人，经常出没于各个学校或是普通人聚集地,向他们普及普通人遇见诡异事件后该怎么做。

然而,普通人有很多,王烨只有一个。甚至有人曾这样说过,如果王烨也能觉醒异能,哪怕只有一个部位,都会成为顶级的存在。

果然,待他走到一楼时,诡域已经消失了。有很多调查员快步进入教学楼,准备救援幸存者,进行善后工作……

走在回家的路上,王烨皱着眉思考。上一世的这个时候,他还在永安市上学,为了测试自己能否改变上一世的人生轨迹,他特意转学到上京市。万万没想到的是,刚转学就遇见了诡异事件,上一世的他似乎没有听说上京市在这个时间点爆发过诡异事件。

按理说,上京市已经是目前最安全的城市了,毕竟无数个猎杀小队的总部就在这里。究竟是上一世他获取的信息太少,还是随着现实中他做出了改变,未来的轨迹同样会发生改变呢?这些未知让王烨感到很茫然……

不知不觉地,王烨回到了自己的新家。自从父母去世之后,他得到了一笔遗产,足够他好好生活。然而,就在打开房门的瞬间,王烨愣在原地,瞳孔骤缩。

就在新家的客厅里,竟然出现了一扇半虚半实的房门。

难道说……他又遇到诡异事件了?

紧接着,那扇门,竟然打开了……

随后,一股巨大的吸力将王烨"吸"进了这扇门中。

在他的眼前,一道白光闪过,然后他便陷入了短暂的"眩晕"中。

也不知道过了多久,眩晕感消失了,王烨缓缓地睁开双眼,第一时间查看四周的环境。

这个布局……竟然是邮局?而那扇奇怪的门也不见了踪迹!

邮局内空无一人,所有的物品都微微闪烁着光亮,似乎是介于半虚半实之间。

此时，王烨就站在邮局前台的桌子前。而桌子上，一个似乎被血染红的老旧信封就静静地放在上面。

信封旁，则放着一张纸条：

地址：城郊公墓，三号墓碑。

在墓碑前将信封点燃。

奖励：诡差绳。

期限：三天。

006 ✕ 三号墓

"城郊公墓""信封"……

王烨看着这张纸条，眉头紧皱，陷入沉思。最初他以为，这不过又是一起诡异事件，但现在看来，情况明显和之前经历的有所不同。一般来说，诡异事件都是在大范围内出现，涉及一定人数，造成一定影响。但出现在自家客厅的那扇怪异的门和这个神秘的信封，让王烨感觉分外诡异。

当然，这还不算完，最让他觉得不可思议的是——诡异物是不可交流的。这是无数人用生命总结出来的铁律。

然而，这封信和纸条上的字明显是诡异邮局给他传达的信息。这属于可交流的范畴了，并且在纸条的最后甚至写明了奖励。

王烨站在桌子前，看着神秘的信封陷入了沉思。过了许久，他的眼中泛起一丝光芒。

有什么事情，比自己看到上一世的人生轨迹还要不可思议吗？

与其无法觉醒异能，走上辈子的老路，还不如拼一把，看看这一世有什么没经历过的事情在等着自己！

想到这里，王烨将信封拿了起来，紧紧地攥在手中。随着他做出这个动作，那扇诡异的门竟然再次浮现出来。王烨不再犹豫，推开了那扇木门。下一秒，他便重新回到自己家的客厅内。而那扇诡异的木门则再次隐匿于虚空之中。

已经想通的王烨早就猜到会是如此，他看着手中老旧的信封，上面"城郊公墓"几个字显得格外醒目。想了一下，他来到书房，打开电脑，查询起城郊公墓的信息。

城郊公墓，在永夜之前就已经存在。

永夜之后，恐怖复苏，诡异物横行。然而，阴气极重的城郊公墓竟然没有发生过任何诡异事件。

最开始，调查员也曾将城郊公墓列为危险地区，但随着时间的推移，渐渐解除了这里的戒备。

现如今，那里除了一个打更的老头儿，再没有其他人了。

看似平静的公墓、神秘的信件、三号墓的主人……这之间似乎毫无联系。但王烨心里很清楚，他只有三天的时间，更何况他现在只是一个没有团队归属的普通人，没有任何权限，就连想要查探邮局的信息，还得先将这封信送过去再说。

夜深之后，王烨将一把黄金打造的匕首绑在小腿上，趁着夜色，离开了家，前往城郊公墓。

在上一世，王烨得知了一个重要信息——黄金是诡异物唯一无法影响的材质，尽管不能将诡异物杀死，但如果在恰当的时机运用，黄金匕首或许可以发挥关键作用。因此，他在梦醒后趁着黄金还能用钱买到时，就赶紧入手了，是当作保命的小手段之一。

很快，他便来到城郊公墓的入口处。那里有一间很破旧的木屋，里面微微亮着光。透过窗口，隐约可以看见一个年迈的老人正坐在木屋内闭目养神。伴随着偶尔的咳嗽声，这幽暗的公墓竟然带给人一丝安静的感觉。

为了避免麻烦，王烨将自己的身影融于黑暗之中。果然，门卫大爷没有发现他的身影。

很快，王烨便进入墓园之中。

"三号墓。"

王烨没有打开手电筒，毕竟亮度太高容易被发现。他熟练地从背包里拿出一根荧光棒，借着微弱的绿光观察两边的墓碑。

"三十八号墓。"

"三十七号墓。"

"三十六号墓。"

王烨心里吐槽：这个公墓的设计也太奇怪了，墓碑的顺序竟然是由大到小排序。如果按照这个顺序，那三号墓肯定是在最深处！

不知道为什么，整个墓园都给他一种很不舒服的感觉，让他下意识想要离开这里。王烨的眼底闪过一丝纠结，心底隐隐泛起一丝不安。但他很快调整了状态，迅速向墓园深处走去。

然而，在他没有注意到的地方，那间木屋的房门不知何时打开了。屋内的老人面无表情地站在门口，举着手中的烛灯，默默地看着王烨消失的方向。

"八号。"

"六号。"

终于，王烨渐渐摸到了墓园的深处，离所谓的三号墓也越来越近。但他的表情愈发凝重起来，因为随着深入，墓碑越发破旧，甚至有的墓碑已经风化开裂，如二号墓的墓碑就已经从中间位置断裂，只留下底部很小的底座部分完好。

等等！

二号墓!

王烨站在原地,眼神变得凝重。

四号墓之后,就是二号墓。

所谓的三号墓,消失了,或者说像是凭空被拿走了。

一股阴冷的气息不知从何处传来,他起了一身鸡皮疙瘩,内心深处的不安更强烈了,似乎有一个声音在不停地提醒他离开这里,越快越好。

"不对!"王烨强压下不安,停住原本已经下意识后退的脚步。

可以这样说,他已经很久没有产生过畏惧心理了。

因为在这里,想要活下去就不能畏惧,只能勇敢面对。但自从进入墓园开始,王烨整个人就处于一种不安的状态中,甚至在到达四号墓时,这股不安彻底转化为畏惧,让他忍不住想要逃离。

——这座墓园有问题!且问题很大!

王烨下意识拔出绑在腿边的黄金匕首,警惕地注视着四周。

很快,他便发现了怪异的地方。

在尽头的一号墓已经成了废墟,墓碑是一堆碎石块,散落在地上。如果不仔细看,根本就看不出是墓。

二号墓的墓碑从中间断裂,好似被人一刀劈开。

三号墓,是消失的。

四号墓有些破碎痕迹,但好歹比二号墓完整。

王烨闭上双眼,仔细回忆进入墓园的场景。他这才想起,貌似靠近门口的墓碑,都像是新建的,越往深处走,墓碑破损越严重。

他猛地睁开双眼,带着一丝惊疑!此刻,他心中隐隐有了一个不好的想法,如果真的如他所猜测一般,那么这座墓园太过可怕了。

一滴汗水不知不觉间自王烨的额头缓缓滴落,他的目光死死地锁定一号墓的废墟处。

007 ╳ 消失的一号墓

王烨的瞳孔猛地收缩，眼神也充满了凝重之色。因为他看到一号墓的废墟处有一个浅坑，而且浅坑的周围有抓挠过的痕迹！似乎有什么东西从里面钻出来了。

难道，有东西从一号墓跑出来了？

如果一号墓里真的有什么东西，刚才他在查资料时应该能够搜索到才对啊！王烨心里很是疑惑，他打开的查资料的平台已经是目前能够接触的权限最高的信息圈了，里面很多信息是普通人根本接触不到的。

换句话说，一号墓里跑出来的东西保密程度太高，那个资料平台没有资格公布"它"的信息！

如果是这样的话，情况就变得复杂了！

果然，神秘邮局怎么可能给他安排一个如此简单的任务呢？

想明白之后，王烨叹了口气，眼下的情况算是在自己能够接受的范围内，他需要尽快找到三号墓，尽快完成邮局安排的任务，离开这里。无论这个城郊公墓究竟隐藏着什么秘密，都不是他有资格可以去探寻的了。

突然，变故发生了。

二号墓里突然传来了一道细微的响动声，在宁静的墓园中显得如此突兀。

王烨看了过去，发现墓碑在微微抖动，像是地下有什么东西在震动。

随后，墓碑上那道裂痕似乎更深了，随时都有断裂的可能。

难道二号墓里的东西也要跑出来了吗？

想到这儿，他的表情更加凝重，如果他再找不到三号墓的话，只能先撤退,回去再想办法。神秘邮局给的期限是三天时间。

不对。

王烨皱着眉接着思考,根据目前的情况推测,神秘邮局选定了他,换言之,邮局在选择人的时候会对他先做评估,既然如此,邮局不可能安排他完成一个不可能完成的任务,毕竟他只是一个普通人。如果针对普通人都给一个会出现诡异物的任务,那可太夸张了,除非邮局的目的就是让他这样的普通人去死。

想通这些,王烨冷静下来,不再去管已经渐渐破碎的二号墓碑,而是回过身,认真地打量着周围。

"四号。"

"二号。"

"一号。"

"不对!"突然,王烨的脑海中闪过一个猜测,他似乎进入了一个误区,为什么会认为尽头破碎的废墟就是一号墓呢?!

墓碑明显已经碎裂,碎石块上的字根本看不清了,他就先入为主地将其定为一号墓。

王烨恍然惊醒,急忙上前两步,举起手中的荧光棒,翻着墓碑的残渣。旁边那座墓碑抖动的速度越来越频繁,裂纹也变得越来越大,很快便布满整座墓碑,似乎下一秒就会碎裂,那个可怕的诡异物就会破土而出似的。

"果然!"王烨的眼前一亮,嘴角也泛起一丝微笑,因为他看到一块破碎的石块上刻着一个鲜红的数字——"二"

这才是真正的二号墓!既然如此,旁边这座……他快步走到原"二"号墓前,仔细观察。随着墓碑的抖动,一块块断裂的碎块掉在地上,但奇怪的是,墓碑的裂痕处有一缕缕鲜血涌出,渐渐地布满整座墓碑,甚至连墓碑上的字都有些看不清了。

王烨微微皱眉，心想：这是怕被我认清吗？他脱下外套，擦拭着那些血迹。

如果这一幕被外人看到，一定会惊掉下巴。

诡异的墓园、涌出鲜血的墓碑，以及一个少年皱着眉头、情绪平静地擦拭着墓碑上的血迹……

在这个阴森之地，这幅画面多少有些违和了。

不知道什么时候，一个模糊的身影站在王烨的身后。

黑暗中，这个人影的双眼正默默地注视着王烨，看了许久……

人影缓慢地抬起了自己有些干枯、苍白的手掌，似乎是想推一把王烨，又像要拍一下王烨的后背。

"我就知道！"王烨忍不住小声骂道。他终于看到，这座墓碑上写的就是三号墓，只是被斜下来的一道裂痕带走了一半数字，看起来如同二一般！

在证实了自己的猜测之后，看着不断破碎的石碑，以及越来越阴冷的环境，王烨毫不犹豫地拿出信封，点着打火机将它点燃！一缕红色的烟雾伴随着信封的点燃不断升起，在半空中飘向墓碑，让整座墓碑都笼罩在烟雾之中。

很快，墓碑的抖动越来越小，红色的烟雾也渐渐飘散。

而王烨身后，那双苍白的双手也渐渐退了回去，重新隐匿于黑暗，消失不见。

"果然，这是普通人也能完成的任务，只要细心一些，冷静一些，就能做到。"王烨看着眼前这一幕，喃喃自语着。

果然，一切如同自己的猜测一般。

"但是……一号墓呢？"王烨的眼中有些疑惑，他很确定，这里已经没有墓碑了。

不过，这个地方充满了诡异，不适合久留。王烨不再好奇，收起荧光棒,再次隐匿于阴暗之中,向墓园外走去。

站在墓园门口,王烨又看了一眼木屋内依然坐在摇椅上闭目养神的老人,不禁心生感叹,这座墓园如此危险,老人却一直安全地活到现在,也是一种幸运。

幸运?

不对!

王烨的瞳孔猛地收缩,二号墓里的恐怖东西肯定跑出来过,这位老人凭什么能安然无恙?

就在刚才,三号墓的恐怖东西也险些跑出来,弄出这么大的响动,这位老人为什么听不见?

突然,木屋里闭目养神的老人突然睁开双眼,看向王烨,有些干瘪的脸庞竟然露出一丝笑意,只是这个笑容阴森可怖。

冷汗瞬间便从王烨的额头落下,他发誓,哪怕是上一世顶级的异能者看向自己时,也没带来如此大的压力,而这位神秘的老人究竟是一种怎样的存在?

王烨毫不犹豫地转身离开,很快消失在黑暗之中,而木屋里的老人,眼睛费力地动了动,再次缓缓地闭上了双眼。

黑暗中,木屋门上,有一道如同孩童刻画般的数字——"一"。

008 ✕ 疯狂的赌徒

回到家中,坐在沙发上,王烨依然不断地回忆着刚才那一幕,老人的容貌深深地刻在他的脑海中,尤其是那个恐怖的笑容。他轻叹一下,控制自己尽量不去想这件事。

来到卫生间,他用凉水冲了把脸,整个人都精神了不少。待他回到客厅后便愣住了,自言自语道:"要不要这么突然……"

不知何时，那扇神秘的木门又出现在客厅中。它似乎只是一个虚幻的投影，但当手触摸到木门时，却能碰到实体的存在，王烨心下了然。这一次，有了充足的时间，他可以仔细观察周围的环境。

邮局内，除了像前台一样的桌子，左侧是一个巨大的收纳柜。柜子里摆满了各种物品，有破碎的佛珠、生锈的钉子、青铜的小鼎等，都透着一股神秘的气息。右侧同样是一个巨大的柜子，里面摆满了信件，和之前自己送去墓地烧掉的如出一辙。不同的是，自己送出去的那封信有淡淡的红色血迹，而柜子里大部分的信封多是被红色血迹染红了大半。最引人注目的是柜子最上面摆着三封已经完全被鲜血染透的信件，甚至泛出幽暗的红色，似乎带着神奇的魔力，让人情不自禁地陷入其中。

王烨微微晃了晃脑袋，让自己从这种奇怪的感觉中解脱出来。看来，自己送出的只是最简单、最普通的信件。

是不是血迹越大、越深，就代表难度越大呢？

今天为了送这封信，他差点就栽在墓园里，还遇见了一个可怕的老人……那最上面的三封信又代表怎样的恐怖等级，而另一边柜子里的神秘物品又代表了什么……

王烨抬起头，看向远处。在不远处的幽暗中竖立着一个楼梯，因为被黑暗遮住大半，所以第一眼没有看到。但只要看到了，仅一眼，就让他从灵魂深处战栗起来，他知道，那不是普通人能有资格探寻的所在。当然，既然有楼梯，就说明邮局还有二楼。

收回发散的思绪，王烨看到桌子上摆放着一根麻绳，暗道："这就是给我的奖励吗？一根诡差绳？"

他将那根麻绳拿到手里，一种特殊的感觉浮现在他的身上，麻绳冰凉，带着一股阴冷的气息。但这股气息并未伤害王烨，反而隐隐地围在他身边，让他散发出一种独特的气质。

麻绳边放着一张纸条：

诡差绳：可以束缚诡异物。

下一封信，七天后领取。

短短的两句话，却解答了王烨所有想问的问题。

他陷入沉思之中，这个神秘的邮局，目前情况未知，但付出相应的劳动后，会领取丰厚的报酬。

换言之，自己是类似快递员或邮差的角色？

今天这封信，应该是压制住了三号墓的危机，可能里面有一只即将跑出来的诡异物，烧掉那封信，就等于阻止了它。

那这个邮局的目的是什么，是为了维护和平吗？

王烨冷静地分析着，最后带着麻绳退出了邮局。不管怎么说，现在情况还是向好的方向发展。看着手中这根麻绳，他的嘴角泛起一丝微笑。

虽然邮局对这根麻绳的介绍很简单，但他心里清楚，任何一件诡异物品都是危险的，只要利用好，就能发挥出意想不到的效果。就好像这些任务都有危险，但奖励同样丰厚。

王烨不知道的是，就在他去神秘邮局领取奖励的时候，猩红猎杀小队会议室内，一场关于他在学校诡异物入侵事件中的表现分析已经开始了。

"张开，你确定他只是一个普通人吗？"说话的是之前那个肋生肉翅的中年人，他一脸严肃地看着张开，问。

"是的，他对诡异事件……似乎非常熟悉。"张开思索着白天王烨的举动，说，"而且，他给我一种感觉。"

"什么？"中年人问道。

"他对生命太漠视了，无论是别人的，还是自己的。"想到王烨怀疑幻境有危险时，竟然可以毫不犹豫地踩上去，只为了给自己探路，以及在四楼走廊里的举动，都让张开感到不寒而栗。

虽然他也可以为了任务牺牲自己，但毫无疑问，他自觉做不到如此平静和淡定。

"就像是……"张开绞尽脑汁想用一个形容词来描述。

"像什么？"中年人追问。

张开的眉头紧锁，过了许久才眼睛一亮："像赌徒！对，就是赌徒，只要不是必输的局面，那个学生模样的人都敢赌！而且是孤注一掷，不计后果地下注！"

"这样啊……"中年人皱着眉头，也不知道在想什么，过了许久，他开口吩咐："去调查一下那个学生的情况，同时汇报给天组。"

"确定要报告给天组吗？"张开有些犹豫。

中年人笑了笑，说："无论他多有天分，终究只是一个普通人，还不如将他的信息送给天组，或许还能换一些积分。"

张开有点蒙，但还是点了点头。

"你要尽快觉醒第二个部位，不然以你目前的情况，最多两个月，身体机能将会逐渐衰竭。"中年人拍了拍张开的肩膀，严肃地说。

009 ✕ 天组

清晨，一缕阳光洒了进来。在强大的生物钟下，王烨睁开双眼。

经过诡异物入侵的事件，学校是去不成了。洗漱完毕后，王烨发着呆，无事可做。上一世，他作为Ａ级小队成员，每天都忙着处理各种诡异事件，尽管眼下安逸许多，但这所学校都爆发诡异事件了,这种安逸感反而让王烨无所适从,就好比暴风雨前的宁静。

突然,门口响起了敲门声。

王烨怔了一下,事情……来了。

没想到,这群家伙的行动挺快呀……

果然,后面能够升级成 A 小队,队长绝不会是蠢货!想到这里,王烨故作平静,打开房门。

门外,一个穿着西服的壮汉审视着王烨,问:"你就是王烨?"

"嗯,我就是。"王烨退回到房间,从冰箱自顾自地拿出一罐可乐,打开喝了一口,直接坐在沙发上,"进来坐吧。"

"你就不好奇我是谁?"壮汉走进王烨家,看对方没有反应,只好先开口问。

"我不问,你也会说,不是吗?"王烨的嘴角带着一丝若有若无的笑意。上一世,他和天组的人打了太多次交道,对这个组织,已经熟得不能再熟,他甚至都能猜到这个家伙接下来会说什么。

"我叫孙谦,来自天组。"孙谦不得不承认,在这短暂的交锋中,他败得很彻底。索性,他直接做了自我介绍,说明了身份。

"哦?天组是什么?"王烨又喝了一口可乐,问。尽管他非常了解天组,但眼下,他绝对不能表现出来。毕竟,他只是一个普通人,更准确地说,是一名普通的学生。

冷静地面对诡异事件,还可以说他遇事冷静,是个人才,但如果对天组都了如指掌,就不是正常人能做到的事儿了。

天组是很多疑的,任何不确定的因素都会被严格管控。

"永夜过后,恐怖复苏。官方成立天组,负责处理诡异事件。同样,也负责监察异能者,防止他们因为突然觉醒能力,在心态膨胀下做出一些出格的事情。"

孙谦发现,自己根本摸不透眼前这个家伙的深浅,他相信,如果他不主动透露一些讯息，这个年轻人根本就不会搭理他。

"但我只是一个普通人。"王烨放下手中的可乐，看了一眼对方，客观地说。

孙谦点了点头："没错，虽然你只是一个普通人，但通过'水滴事件'……哦，抱歉，我们为昨天经历的诡异事件做了档案命名，就叫这个。"解释完后，他继续说，"我们发现，你遇事十分冷静，而且对诡异事件很了解。现在到处都在爆发各种诡异事件，我们的人手紧缺，换句话说，我们迫切地需要人才。"孙谦看向王烨的眼神十分严肃，说话的语气十分诚恳。

然而，王烨毫不犹豫地拒绝："难道你们想派我这个普通人去解决诡异事件？如果是这样，我可不可以认为，你们是在谋杀？"

"我们也有很多人会在后方，不一定要冲到第一线。而且，配合完成任务，就会获取相应的积分。积分象征着更强的实力，或是无尽的财富、权力。"孙谦似乎早就猜到王烨会这么说，便回答王烨的疑问。

王烨却不为所动，摇了摇头，说："第一，我相信你们应该有能力看到我的档案，我不缺钱，所以你说的财富对我没有诱惑。第二，诡异物的杀人条件毫无规律可言。即便是在后方工作的人，也不能说是百分百安全，一段异能者从前方传回来的录音，都有可能莫名其妙地要了我的性命。第三，就算我现在答应你了，天组肯定会对我进行所谓的考核，那我们现在说这些，有什么任何意义呢？"

听着王烨的话，孙谦沉默了。原本以为，这是一个极其简单的任务。在孙谦的设想里，来到王烨的家，说出自己的背景，再表达一下天组想要拉拢王烨的想法，这个年轻人就会特别激动地跟着他走了。但没想到的是，自从进门之后，对话的走向、节奏都被王烨所掌控，他只能被动应付。

"好吧，你是对的。"沉默许久，孙谦点了点头，"相信对你这种人来说，无论我说什么，都不会改变你的决定。那……你会跟我走吗？"无可奈何之下，孙谦放弃说服，在他看来，王烨这种人拥有很强大的自主意识，不会被人的意见轻易影响。

王烨斩钉截铁道："当然！"

孙谦露出惊讶的表情。他原本都已经准备放弃了，没想到的是，王烨同意了。

王烨也很无奈，眼前这个叫孙谦的人，在他看来，实在是太稚嫩了。对自己而言，财富早就无法吸引他了，但唯独有一点，是王烨拒绝不了的。

情报！

各种信息、情报！

如果他单独行动的话，很多东西，他没有资格知道，就会再次出现在城郊公墓的类似的事情。他可不想再经历那种事情了。况且，七天之后，他还要送出第二封信，如果没有强大的情报来源，可能会吃更大的亏。这就是他同意加入天组的主要原因。

"我只有一个条件——你们必须给我高级情报的权限。"王烨看着孙谦，严肃地说，"如果天组能同意，我就和你去参加考核，来证明自己的价值。"

孙谦不得不深深地凝视着王烨，确定对方是不是认真的。他发现，在短短十分钟之内，这个年轻人带给了他一次又一次的震惊。

王烨，在他的眼中，显得愈发神秘了。

"我得汇报一下。"沉默片刻，孙谦妥协了，从兜里拿出手机，转身躲在角落拨打了一个电话。王烨自然也离得远了些，礼貌性地回避着……

挂断电话后，孙谦看向王烨，说："上级同意了你的请求，但考核等级难度提升为 B 级。我还是希望你考虑清楚，B 级考核，都是给异能者们准备的。你通过的可能性……并不大。"

王烨淡定地点了点头："想要获得资源和情报，就要证明我的价值，很合理。我们走吧。"

010 ╳ B级考核

上京城中心，一栋高耸入云的大厦矗立着，站在大厦顶端，能俯视整座城市。

王烨看着这座雄伟的建筑，嘴角下意识地抽了一下。看着孙谦满怀骄傲地介绍着这座大厦有多厉害，心里不免觉得讽刺。

如果他没记错的话，上一世，大概就是在三年后，天组总部，就是这座他们认为牢不可破的大厦爆发了一场 A 级诡异事件。就是因为这座建筑很高，导致上面的人完全来不及逃生，死伤无数。从那个事件之后，天组吸取教训，将总部设在并排的平房区。

进入大厦，空旷的一楼只安排了简单的前台。一个女生面带微笑地迎了上来，问："您就是王烨吧？"

王烨点了点头。

"我已经接到部长的通知，这就带您去进行考核，请您跟我来。"女生做了一个"请"的动作，邀请道。

陪在王烨身边的孙谦说："祝你好运，接下来的事情就不归我负责了。"说完，他转身离去。

女生带着他走进电梯，按下十三楼的楼层数字。

电梯门缓缓关闭，女生站在王烨的身旁，有些好奇地打量着对方。她有些搞不明白，为什么部长会让一个普通人去十三楼参加考核……

很快,十三楼到了。

电梯门打开后,女生领着王烨走了出去。

十三楼空无一人,空旷且安静,女孩说话时甚至能听见回声。

"考核内容是找到十三楼这只诡异物的源头,并且封印他。"女孩向王烨介绍完规则后,迅速回到电梯,仿佛十三楼有什么可怕的东西一般。

随着女孩的离开,十三楼彻底安静下来,弥漫着一股阴冷的气息。

王烨皱起眉头思考着,B级考核任务是独立封印一只诡异物吗?这个难度有点高了,以异能者目前的水平来讲,非突发事件的情况下,都是小队合作的模式。

天组,未免有些高估自己这个普通人了。

不知不觉间,灯光似乎受到了磁场的影响,闪烁不定。

"要开始了吗?"王烨感受周围环境、气氛的变化,喃喃自语着。

一根麻绳顺着左手的袖口缓缓滑落,被他拿在手里,右手的食指和中指之间,悄然出现一根完全由黄金打造的金针。

准备充分后,王烨并没有立刻行动,而是站在原地耐心等待。在没有摸清诡异物的杀人规律前,任何多余的行动都有可能失去生命。

"这个年轻人遇事还挺沉稳的……"一个中年人正在看投射在屏幕上的王烨的身影,赞许地点了点头。在这种情况下,临危不乱,心理素质还算不错。

中年人身旁,站着一个留着飘逸长发的年轻人,他的眼中流露出浓浓的质疑,说:"他毕竟是一个普通人,你真的认为他能单独封印一只诡异物吗?即便这是一只被改造的诡异物,但对普通人来说也存在一定危险。"

"何必强求他能封印诡异物呢？"中年人笑着说，"毕竟我们只是考核，不是任务，对吗？"

年轻人眼神深邃，不再说话。

静静等待了三分钟左右，王烨除了感觉身体有些发凉，没有出现其他什么异常。

他在心里纳闷，诡异物是隐藏起来了吗？还是我没有触发他的杀人规律？看来守株待兔是不现实了……想到此，王烨借着闪烁的灯光，警惕地观察四周。

果然，这种考核怎么可能简单过关呢？既然如此，不如主动出击。一直以来，他都坚信——只要掌握诡异物的杀人规律，即便是普通人，也可以轻松地将其关押。

当然，如果不幸碰到无解级，以及无差别杀人的诡异物，就只能祈祷自己多活一会儿了。

王烨缓缓地向前走去，但无论怎么走，他都走在空旷的中央地带。墙边之类的地方，他很避免靠近，毕竟那个诡异物什么时候出现、什么时候动手，自己都不知道，保持在中间位置，可以避免被袭击。

他没发现的是，他向前走了之后，影子却诡异地留在了原地，不停地摇晃着。

过了一会儿，影子竟然缓缓地从地面挣扎着升了起来。"它"歪着头看着王烨的背影，随后便潜藏在阴影中，悄悄地跟了上去。

"没有吗？"将整层楼搜了一遍后，王烨不禁觉得很奇怪，小声嘟囔道。

不过，这样便说得通了。如果是一只攻击性很强的诡异物，那这场考核不亚于一场谋杀，现在看来，这个任务最困难的并不是最后的封印，而是找到它。

捉迷藏吗？

真是有趣。

王烨的眼里闪过一丝兴奋之色。

"无聊，愚蠢的普通人。"长发青年打了一个哈欠，对王烨彻底失去了兴趣，因为在大屏幕里，王烨就像一只无头苍蝇般，东晃西晃。

"不，你仔细看……"中年人却摇了摇头，"他似乎已经发现异常了。才十分钟而已，我记得你当时做这项考核时，花了三十分钟才察觉到异常的吧。"中年人边说边指了一下屏幕，里面的王烨已经站在原地不动了。

长发青年不屑地"哼"了一声，目光却实在地再次看向屏幕。

"十三楼整层几乎没有遮掩物，说明诡异物能躲藏的地方少得可怜。那他……在哪儿呢？"

王烨闭上双眼，脑海中浮现出整层楼的平面图，不停地思索着。

仅用了一分钟，他猛地睁开眼睛，眼中闪过一道精光。

"找到你了——"

011 ╳ 考核结束

王烨毫不犹豫地将手里的那根金针甩了出去，直直地扎在自己的影子上。

空旷的楼层，且没有遮掩物，还存在着一只诡异物。

如果诡异物不在自己的背后，王烨也想不出它还能在什么地方了。当然，不排除诡异物拥有隐身的能力，但他相信，天组不会搞出这么难的测试。

随着金针被王烨甩出,影子果然不安分地扭动起来,似乎有什么东西想要从影子中脱离出去。

金针不停地抖动着,却牢牢地扎在地上。

王烨在心里感慨着,能够被一根金针就轻易压制的诡异物可真弱呀……果然,天组不会放一只会随便杀人的诡异物出来。

这个考核最关键的是要找到诡异物,但如果只是这样的话,就未免太简单了。毕竟,只要用心,早晚能找到它,所以……考核的真正内容是找到这只诡异物所消耗的时间……

王烨心里隐隐有了猜测,随后,他开口问道:"考核结束了吗?"

"恭喜你,考核结束,请到二十一楼。"一道电子音突兀地响起,在空旷的环境下,不停地泛起回音。

王烨耸了耸肩,不再搭理地面上那只依然在不断挣扎的影子,转身离开。

中年人的表情渐渐变得严肃起来,认真地看着屏幕上投射出的王烨的身影,一字一顿地说:"十八分钟。"

"就算用时不过十八分钟,也只是A级评分而已!"长发青年有些不满地看了一眼屏幕。

中年人转过头,别有深意地看了一眼青年,提醒道:"但你别忘了,他只是一个普通人。好了,我去见见这个有趣的家伙。"说着,中年人转身离开,只留下长发青年站在原地沉思着。

二十一层,巨大的会客室中,中年人坐在沙发上,看着站在门口的王烨,脸上浮现出一丝温和的笑容,说:"自我介绍一下,我叫张子良,后勤部部长。"

王烨点头示意,道:"王烨。我之前提的要求,孙谦都和你说了吧?"

"这个没有问题。"张子良笑着说,"毕竟是人才,在哪里都是受欢迎的。"

张子良的赞赏是王烨意料之内的事情,所以他并没有露出过于惊讶的表情,静静地等待着后续。

"我先给你简单介绍一下后勤部的工作。"张子良边说边倒了一杯咖啡,并递到王烨面前,"整个后勤部的工作就是服务天组的异能者们。比如,在处理诡异事件之前,后勤部要提前查好资料,提供给他们,增加他们生存的概率,他们处理过的诡异信息也要由后勤部上报,建立诡异档案。对了,异能者每天都面临着死亡的威胁,心理压力极大,后勤部还需要为他们进行心理疏导。"

王烨十分了解后勤部的工作,毕竟在上一世,他也有一个专属于他的联络员。不过,在那场无解级的诡异事件中,那位可爱的小妹妹貌似和他一起牺牲了,因为那只诡异物能凭声音杀人。

"如果没问题的话,我就让人安排你入职了。随后会分配给你一位异能者,你实习期的工作就是负责解决这位异能者的全部需求。"张子良说。

王烨点头说"好",算是应承下来。

张子良从抽屉里拿出一份资料,递给王烨:"看一下吧,这就是你需要负责的异能者。"

王烨打开资料,仔细阅读:

周涵,女,十八岁。

觉醒异能:保密。

性格侧写:疑似人格分裂。

备注:因不满后勤部工作,先后换了三位专属联络员,不过实力很强,处理过三起诡异事件。

看起来像个叛逆少女啊。

"对了，这个U盘给你。链接在电脑上，会自动打开一个网站。里面有很多外界查不到的信息。不过，里面都属于B级机密，不允许泄露。"张子良继续交代。

王烨的眼睛闪过一丝惊喜，忙接过U盘，放进口袋里。他辛辛苦苦折腾了一天，为的就是这个。了解更多的信息，才能在接下来的送信任务中，尽可能地活下来。

"稍后我会将周涵的联系方式发到你的手机上。有任务我会提前通知你，其他时间你是自由的，不过手机要保持二十四小时开机，以免我们联系不到你。"

王烨点了点头，便要转身离开。

"我能问一句题外话吗？"张子良拦住他，问道。

王烨停下脚步，没有转身："您请问。"

张子良似笑非笑地看着对方的背影，眼中闪过一丝锐利之色："你那根麻绳到底有什么用呢？"他的目光，死死地盯着一直挂在王烨腰间的那根朴素麻绳。

"装饰品。"王烨淡淡地说，"您还有事吗？"

"没了。祝你工作愉快。"张子良当然不会相信王烨所说，但也不再询问，只是将这个事情放在心里。

王烨面无表情地道了一声谢，便走到电梯门口处，乘坐电梯离开。

很快，二十一楼再次变得空旷起来。

"那根麻绳有点古怪。"突兀地，长发青年凭空出现在张子良的身后，说。

张子良点了点头，但无所谓地说："不过这不重要，不是吗？"

"你竟然让他负责周涵？难道说你看这个家伙不顺眼吗？那个疯

女人，想想就让人不寒而栗……"想到周涵，长发青年下意识地打了一个寒战。

"我反倒觉得，周涵会喜欢他的。"张子良微微眯起眼睛，淡淡地说。

"是喜欢他死才对吧？"长发青年纠正了张子良的话。这一刻，他突然有些同情那个叫王烨的家伙了。

而对此毫不知情的王烨终于回到家中，打开电脑，将U盘插进连接口，对那座城郊公墓，他实在有太多的疑点了。也许，这个B级的资料权限能够给他带来一些惊喜。

012 ╳ 代号：灵车

插上U盘。

电脑上弹出一个叫"灵秘"的网站，一条条新闻出现在王烨的眼前：

> 昨夜，临安市奉天区爆发B级诡异事件。代号：灵车。
> 外形为普通出租车。
> 所有上了那辆车的人都会死亡。
> 每死亡一人，灵车数量加一辆。
> 发现时，已经有上百辆灵车在城区行驶。
> 死者会变成司机，扩散程度极广。
> 目前已经有异能者小队前往解决，但目前仍无法确认初始源头的出租车在哪儿。

灵车？

王烨想了很久，无论是现实，还是上一世，他的记忆中都没有关于"灵车"的信息。

他决定先不看其他新闻，还是关注自己的事情吧。想到此，王烨在搜索列表处输入"城郊公墓"，点击确认，等待着搜索结果。

然而，让王烨烦躁的是，这个网站里竟然一点关于城郊公墓的资料都没有。难道说，天组并没有发现公墓的异常吗？

可以肯定的是，已经有诡异物从公墓里跑出来了，不可能毫无影响。

而且那位守墓的老人……到底是人，还是诡异物？

这些谜团不停地困扰着王烨，他迫切想要知道城郊公墓的秘密，只有了解诡异的墓园，才可能猜出邮局的目的。这是一套连环局。

就在他百思不得其解之际，放在旁边的手机突然响了起来。王烨拿起手机一看，是一串陌生的号码，他按下接听键。

"你就是上面派给我的新的联络员吗？"一个清脆甜美的声音在电话中响了起来。

"你是周涵？"王烨问道。心里不免有些腹诽，下午才分配了工作，晚上电话就打过来了……他突然意识到，这份工作似乎比较忙呀。

"周涵也是你叫的？"电话那边的女孩莫名生气了，冷冷地说，"叫老大！"

"如果你继续这么说话的话，那我就挂了。"王烨才不吃那一套。

据他所知，的确有很多异能者都不太正常，但像周涵这么古怪的，或者说是阴晴不定的，并不多见。

"小哥哥，你是在跟我说话吗？你是想死吗？"电话那边，周涵的声音又变得可爱起来，笑嘻嘻地说着最恐怖的话。

王烨压根不想理她，默默地挂断了手中的电话。

看来她精神状态很不稳定。

对这种精神状态不稳定的人，他向来是敬而远之。

很快，电话铃声再次响起。

接通电话后，王烨直截了当地吐出一个字："说。"

电话那边反而陷入了短暂的沉默，周涵有些不敢相信，竟然真的有人敢挂断她的电话。

过了几秒，她才开口："我突然对你有兴趣了……不过，在这之前，给姐姐我查询一下有关灵车的全部信息。"

毫无疑问，周涵正在压抑着内心的怒火，她想解决王烨在网站平台上看见的诡异事件，但并不顺利。否则她也不会压住怒火，让王烨来查询资料。

"好，等一下……"王烨依然很平淡，敲击键盘，在网站上搜索关于灵车的消息，说，"灵车，B级诡异事件。爆发于三天前，爆发地是临安市奉天区永和街。目前掌握杀人规律是上车。其他杀人规律暂时未知。源头未知。目前已知死亡人数，一百四十至一百五十人，代表着这辆灵车的分身目前在一百五十辆左右。"王烨看着电脑上密密麻麻的资料，飞快地总结出了全部有用的信息，精准地介绍着，最后总结道，"这是目前已知的全部信息。"

"知道了。"周涵冷冷地说，"看在你的效率比较高的份上，我可以只拧断你的头。"

王烨忍不住翻了一个白眼，心想：这是从哪儿来的叛逆少女，一会儿是可爱萝莉，一会儿是暴躁小辣椒，话里话外地，就是要拧掉自己的头。

在他看来，有说这种废话的时间，都足够分析出不少现场的线索了。

真是愚蠢。

这么想着，王烨毫不犹豫地挂断了电话。

045

仅仅过了三秒钟,电话铃响起,按照规章制度,王烨必须接听。

"你找死……"

听上去没有正经事,王烨再次挂断电话。

电话铃又响。

"信不信我……"

挂断。

"你不许再挂我的电话了!"因为害怕王烨再挂断电话,周涵用一种极快的语速怒吼道。

"哦,那有事吗?"王烨的口吻依然没什么变化。

"我就是要告诉你,挂电话,必须是我先挂。"说完,周涵挂断电话。

果然无聊……

王烨在心底默默地吐槽了一句,随后便开始认真地浏览起这个代号为灵车的诡异事件的资料。

资料上显示,这起事件爆发于三天前。

一位中年出租车司机在路边休息时猝死,但奇怪的是,已经确认死亡的司机竟然在几小时后又出现在市区中心的道路监控点中,之后上了这辆出租车的乘客都会在短时间内死亡。死亡的原因同样是猝死。再之后,死者的死亡地点会出现另一辆出租车,外形、车牌号和源头车辆一模一样,之前的死者也会诡异地出现在出租车上,成为司机。

幸好这起诡异事件仅仅发生三天,死亡人数为一百余人,并没有形成恐怖浪潮。如果不上出租车,死亡率应该能够控制得住……

突然,资料显示更新。王烨的表情也变得严肃起来。

最新资料显示,灵车新增了一条杀人规律——行驶途中会撞击路人,形成分身。

难道说这是一个成长型的诡异物？又或者这不过是偶然？

如果车祸算是新的杀人规律的话，死亡人数将会恐怖地飙升。

事态似乎严重了，究竟要怎么做才能破局呢？

王烨闭着双眼，坐在电脑前，陷入沉思之中。过了许久，一个念头自王烨的脑海中闪过。

013 ✕ 青铜血钉

找出周涵的电话号码，拨了过去。还没接通就被拒接。

"愚蠢！"王烨暗骂一声，这种女人，是怎么能活到现在的？他将手机丢在一旁，继续浏览网站，也没了再给周涵打电话的想法。

但是很快，他的手机响起，是周涵。

王烨皱着眉，按下接听键。

"你为什么不再打过来？"电话那边，周涵有些挑衅地说出了疑惑。

王烨道："如果你想活得更久，尽量少说一些废话。我刚才详细查阅了资料，灵车的杀人规律是只要坐上车，必死。"

"这还需要你再次打电话过来提醒我吗？"周涵也突然变得冰冷，"你是觉得我的时间很充裕吗？"

"闭嘴，听我说！"王烨毫不犹豫地打断了周涵的话，"诡异物是无法被杀死的，这是铁律。但……上灵车的人必死，这是杀人规律。如果我们拦下一辆灵车，送一只诡异物上去，会发生什么？"王烨等了几秒，继续说，"我分析，最后局面会变成两只诡异物相互比拼。"

周涵那头没有说话。

王烨继续分析："灵车为了完成自己的杀人铁律，会将分身回收，到最后，诡异物上去的那辆车就会是真正的源头车辆。如果我们的运气足够好，灵车会因为无法完成自己的杀人规律而陷入沉睡之中，也就是被彻底封印。"

电话那头的周涵在听到王烨开始分析时，就打开了免提，身边的几名异能者皆是面面相觑，似乎他们从未想过，原来诡异事件还有这种解决办法。

"好。"过了一会儿，周涵只简短地说了一个字，便挂断了电话。

王烨则是关闭电脑，在客厅的跑步机上开始锻炼。他的这具身体实在太过于羸弱了。

天组总部的办公室里，张子良听着那段电话录音，眼睛愈发明亮，嘴角还带着一丝笑意。站在一旁的长发青年则是陷入了沉思之中。

终于，录音结束，张子良兴奋地拍了一下桌子，赞道："好！这个王烨还真是个人才！快将这个想法向副组长汇报。这次终于轮到我们后勤部立功了！"

一直以来，后勤部的作用只是服务、配合，甚至行动部的异能者任务失败，也会将失败的原因归结于后勤部，怪他们的情报不及时。

甚至有人连理由都懒得编，直接说联络员和自己说话的态度不够尊敬，他不高兴，所以才导致任务失败。但如果王烨今天提出的理论能够成立的话，那就代表着，他们后勤部，也是可以消灭诡异物的！

"果然，我独具慧眼，没选错人！"张子良激动不已，在办公室不停地来回走动着。

长发青年无语地看着眼前这位部长，想要反驳两句，但最后只能酸溜溜地说："算那小子聪明。"说完，他将王烨的提议整理成材料，转身离开。

十分钟之后，异能组召开紧急会议。半小时后，一个异能者拎着一个黄金做成的箱子，坐上直升机，急匆匆地离开。

第二天，王烨习惯性地打开"灵秘"网站，看看上面的新闻是否更新了。

刚一打开，最上面就有一排大字，十分显眼：

灵车事件完美解决。

点开标题，里面记录了小队成员如何英勇，如何奋不顾身，但具体的细节并未记录。这并不是天组想要贪功，毕竟现在释国、儒城两大势力的态度十分暧昧，飘忽不定。而城市外的荒土又充满了危机……在这种情况下，一种新型的解决方案不可能被轻易公开。

新闻上之所以没有王烨的名字，应该也是为了保护他，毕竟他只是一个普通人。

刚到中午，天组那边的嘉奖电话就打了过来。在电话中，张子良难掩兴奋的情绪，看起来这次后勤部捞了不少好处。只听张子良大气地问："你是第一个实习期仅一天的人，恭喜你，转正了。你想要什么奖励？"

王烨沉思了数秒，问："A级情报权限，可以吗……"

"做梦。"张子良骂了一句，果断拒绝，"十积分。好了，我去忙了。"说完，他毫不犹豫地挂断电话。

说实话，他被王烨提出的要求惊出一身冷汗，心想：这小子，可真是狮子大开口啊。就算是他张子良，也不过就是A级的情报权限啊。不过，刚刚上岗一天的家伙就赚到了十积分，这已经比一些

049

异能者都快了。这么一想，张子良的心情又好了起来，毕竟是他慧眼识人呐。

被强制挂断电话的王烨则是微微有些恍惚。他当然清楚积分的重要性，现在这个时间段，积分还算比较好赚，到了几年之后，恐怖复苏会二次爆发，危机也愈发加深，钱几乎如同废纸了，唯一通行的货币就是积分。甚至可以说，积分无所不能，房子、金钱、权力……只要你拥有积分，这些都是你的。王烨心想：自己的起步还不错，仅一天就获得了十积分，不过，这点积分可以换取的东西很有限，不急着去兑换，未来会升值的。

就这样，随着灵车任务的结束，周涵进入了休息时间，同时，王烨也获得了短暂的安逸。

随着时间的推移，王烨也越来越期待。

七天时间到了。神秘邮局，将再次开启。

不知道这次又会安排自己去哪儿送信。

终于，凌晨十二点整，木门再次出现在客厅中。王烨平静地打开木门，走了进去，邮局前台处的桌子上放了一张纸条：

地址：沁园小区四栋四单元404号。

将青铜钉钉在卧室的照片上。

奖励：觉醒手部异能。

时间：三天。

什么？觉醒手部异能！

王烨的眼睛瞬间亮了起来，上一世始终困扰他的问题终于找到方法了吗？

很快，王烨凭借强大的自控力让自己冷静下来，看向一旁，果然，一根带着干枯血迹的青铜色钉子静静地放在桌子上。

"这次……不是信吗？"

014 ✕ 腐烂

看着摆放在桌子上的诡异的青铜长钉，王烨小心翼翼地将它收进口袋里。

确定了邮局不会给出其他提示后，他回到了自家的客厅里，快速打开电脑，熟练地登录"灵秘"网站，查阅着沁园小区的信息：

> 档案：沁园小区。
>
> 代号：诡异物童。（D级）
>
> 杀人规律：被诡异物童注视，便会遭到追杀。
>
> 已解决。
>
> 备注：永夜二年，三月二十九日，爆发诡异事件，死亡人数二十三人，异能者周涵带队解决事件。目前，小区的大部分居民都已搬离，人烟稀少。

已经解决了吗？王烨有些纳闷，他相信，邮局不会让他去做一件无意义的事情。

通过这次查询的档案信息，王烨开始相信，并不是城郊公墓的级别太高，而是根本没有收录。毕竟自己现在能够查看沁园小区的资料，并不是查不到，而且诡异事件已解决，目前状态安全。

然而，按照这个邮局的特点，怎么可能让他去真正安全的地方呢？

上一次，只是一封轻微染血的信，他就险些永远留在公墓。这一次，邮局直接给了一件疑似诡异物品的钉子，恐怕事情没那么简单……看来，他需要好好谋划一番了。

上一世，始终没有觉醒异能是王烨最大的遗憾，现在机会就在眼前，他不想错过。

于是，王烨认真地查询了沁园小区的地址，并研究了小区的平面图、房间内部构造图等一系列的信息。

做好了万全准备后，他将麻绳挂在腰间，离开了家。

赶到沁园小区时，已经是下午了。阳光下，已经荒芜的小区显得格外安静，仿佛没有任何危险，但他不由得开始警惕起来。据说，那些诡异物怕阳光，所以白天没有诡异物出没。但这则消息在他看来非常可笑，如果诡异物真的怕阳光的话，那城市之外的万里荒土上，诡异物横行就成了笑话。

因此，即便是白天，即便有阳光，他也不能掉以轻心。

王烨站在远处看着小区，和自己脑海中的布局图对比了一下，发现没有失误后，松了口气，走进小区。作为普通人，想要逃离一场又一场诡异事件，靠的并不是顶级的格斗术，而是谨慎。任何细微的失误，都有可能葬送自己的性命。

小区里，那些建筑显得有些老旧，和资料里记录的一样，这里荒无人烟。王烨没有再去观察四周，而是以极快的速度向四号楼赶去。

突然，一声怪异癫狂的轻笑传来，吓得王烨直接站在原地，打了个激灵。他看见一个披头散发、身着鲜红色衣服的女人。

那个女人站在不远处，脸色苍白，像是长时间的营养不良造成的。这个女人一边笑一边嘟囔着"恐怖"，就这么重复着这两个字。

然而，她的眼神没有焦点，就像压根看不见王烨一般。

王烨不敢大意，谨慎地站在远处，观察了许久。

荒无人烟的小区里出现一个疯女人，而且在"灵秘"网上，对这个女人毫无介绍……王烨不由得给她贴上了"神秘"的标签。但他观察了许久，发现女人只是站在原地傻笑，没有下一步的动作。王烨松了口气，走远了几步，绕过女人，继续向四号楼赶去。

在这种环境里，好奇心太强不是什么好事，只要能完成任务，活着离开，就可以了。至于这个女人到底是谁、要干什么，等回去后可以上报给天组，让他们去调查，如果运气好的话，或许还能获得一些积分。

这个小区并不大，很快，王烨便来到了四号楼四单元的门口。不知道为什么，从进入小区开始，他心里就隐隐有一种悸动感，却找不到来源所在。

王烨深吸一口气，看着有些阴暗的走廊，果断地走了进去。

在走廊内，因为长时间没有住人的原因，楼梯间的灯已经坏掉，显得有些幽暗。

空荡荡的楼梯间，只有王烨的脚步声在不断地回响着。

很快，他就到了四楼，站在404房间的门口。让他感到意外的是，这个房间的门，竟然是虚掩着，透过门缝，能够看见房间里的摆设。

果然，邮局给出的任务，不会简单。

早就做好心理准备的王烨轻轻地推开了房门，走了进去，并观察着四周的环境。由于长时间无人居住，家具上都布满了灰尘，那些木制茶几、椅子格外老旧。紧接着，他便看到了墙上挂着一幅巨大的、红色的线绣出的十字绣。

王烨有些发愣，那幅十字绣是一只手。没错，十字绣上面只绣了一只断手，甚至还有鲜血流下。

053

不得不说，制作的人技术很好，整幅十字绣看起来十分逼真。

王烨很快移开了视线，这个十字绣给他的感觉很不舒服，他只看了几秒钟，就有一种精神恍惚的感觉。

很快，他再次愣住了，因为布满灰尘的地板上有清晰的脚印。

有人来过！

除了他，还有谁会来这种地方呢？

王烨皱着眉，过了许久，才继续向前走。从不远处的厨房里传来一股浓郁的味道，他闻了一下，表情变得严肃起来。

是腐尸味！但404房间的厨房里怎么会出现腐尸味呢？

天组不是早处理过了吗？难道说他们在诡异事件收尾时，工作做得如此粗糙吗？

王烨在心里骂一句，便走进了厨房。

果然，厨房里的腐尸味道更浓郁了，几乎到了呛鼻的程度。但诡异的是，厨房内布满了灰尘。锅内、冰箱内……一切能藏物品的地方，他都检查了一遍，却没有任何发现。

这时，王烨的视线落在菜板上，只见一把沾染着干涸血迹的剔骨刀安静地放在那里。

腐尸的味道，似乎就是从这把剔骨刀上传来的……

015 ✕ 剔骨刀

剔骨刀上散发出阴冷的气息。

王烨默默地注视着它，心里仿佛有一个声音在不停地响起："拿起它，它将给你带来无尽的力量。"

最开始，这个声音极小，但随着时间的推移，这种喃喃自语声渐渐充斥着王烨的大脑……

"够了!"在剧烈的疼痛下,王烨捂住头,下意识地大声喊道。

随着这一声呵斥,大脑里的声音渐渐小了许多,但这把剔骨刀的阴冷气息愈发浓郁起来。他几次想要直接离开厨房,视线却无法从这把剔骨刀上移开。

王烨强迫自己冷静下来,耐心思考:完成邮局的任务,就会获得相应的奖励。这表示,邮局有意培养送信人,因为只有这样,送信人才能去更多危险的地方。这样说的话,是否可以在完成任务的过程中,来增强自己的实力……

开始专心思考之后,那个充满诱惑的声音彻底消失了。王烨想明白了,这需要赌……赌邮局,也赌他自己。于是,他不再犹豫,果断地拿起剔骨刀。

果然,一股阴凉的气息遍布王烨的全身,他无意识地打了一个寒战。

紧接着,这股阴凉的气息越发强烈,不停地涌入他的大脑,在剧烈的刺激下,他发出阵阵低吼。

一幅幅画面浮现在他的脑海中。

一双手。

一双很漂亮的手。

但这双手拿着这把剔骨刀,周围……

一座古朴的四合院,这双手的主人坐在院子里,正在使用这把剔骨刀……

而"他"剔的,竟然是一个人头!那颗人头,正露出奸诈的笑容,散发着诡异的气息!

画面一转……依然是这把剔骨刀,依然是那双手,只是位置变了,竟然是在404房间内!这双手的主人似乎很紧张,拿着剔骨刀的手在微微颤抖!

紧接着，画面消失了。

不知何时，汗水布满了王烨的全身，他剧烈地喘着粗气，刚才的画面在脑海中不停地闪回着。

那个四合院究竟是哪里？这把剔骨刀如此强大，究竟是怎样恐怖的存在，让剔骨刀的主人都感觉害怕呢？这个强大的诡异物就在404吗……

一连串的疑问让王烨的瞳孔猛地收缩，看起来，这个地方比城郊公墓危险多了！

天组的人到底在干什么？为什么这么恐怖的地点都没有封锁呢？

王烨深吸了一口气，平复了一下自己的情绪，然后将剔骨刀绑在小腿上，离开了厨房。

不知道为什么，当他接触到剔骨刀后，那股浓郁的、腥臭的腐尸味便消失不见了。

王烨来到卧室的门口，他的任务地点就是这里，要在墙上的照片上钉入青铜钉。

王烨站在卧室的门口，停顿了数秒，一番心理建设后，他猛地打开了卧室的门！

卧室里非常安静，仿佛没有任何危险。房间内摆放着一张朴素的木床，木床旁有两个刷着红油漆的木柜，除此之外，床头的上方挂着一张照片。

照片里，一个女人穿着一袭旗袍，嘴角露出一丝微笑。

王烨瞬间愣在原地，这个女人，他刚刚见过。小区里那个疯女人和照片中的女人长得一模一样！

突然，楼梯间里传来一阵急促的脚步声，他看着手中的青铜钉，计算着脚步声的主人上楼的速度，仅分析了两秒，王烨就知道，来不及了！

他咬了咬牙,看着自己身旁的红漆木柜,迅速钻了进去,并轻轻地关上了柜门。

刚刚躲好,那个脚步声的主人便进入了客厅。

紧接着,脚步声慢了下来。

咚。

咚。

脚步很重,不急不缓地在客厅中走着。王烨屏住呼吸,极其小心,他知道,如果被那个东西发现,自己大概率是跑不掉了。

不过,束手就擒显然不是他的风格。王烨小心翼翼地将绑在腿上的剔骨刀抽了出来,拿在手上。只要那个家伙打开柜门,他可以在第一时间将剔骨刀刺进那个家伙的身体中。虽然诡异物无法被杀死,但哪怕能够影响到它一秒,王烨就多了一分活下去的机会。

剔骨刀上,不时传来阵阵阴冷感,时刻刺激着王烨,让他愈发冷静。

脚步声在客厅内游荡着,步伐很慢,不时传来声响,渐渐地,脚步声去了厨房的方向。

但同时,脚步声逐渐加快,似乎是察觉到了什么。听起来像是有人在屋内寻找着什么,不停地走来走去。

就在这时,王烨感觉自己摸着柜子的手摸到了一点湿润,并且有一股淡淡的血腥味传进鼻子。

是血!

这个柜子不是用红漆刷的,而是用血浸染了!

但现在,这已经不是重点了。随着时间的推移,脚步声的主人似乎愈发急躁起来,不停地在房间内走动着,还伴随着翻动物品的声音。

突然,脚步声来到了卧室。

那个东西，进来了！

王烨的心瞬间提了起来，下意识地屏住呼吸，不敢发出任何声响。

紧接着……脚步缓缓向着衣柜的方向走来，最后……

"它"停了下来，就停在衣柜前！

王烨缓缓抬起手中的剔骨刀，对准柜门的方向，准备随时出手。

时间渐渐过去，王烨依然保持着这个姿势，不敢有任何动作。

突然，旁边的木柜门传出声响，随后，似乎是一个人从柜子里冲了出去，发出了巨大的响声！

隔壁的柜子有人！

王烨心里一惊，原来这段时间里，有个人一直躲在柜子里！

瞬间，他感到有些后怕。如果他刚才躲进另一个柜子的话，那个人搞突袭，那他岂不是要成为一具尸体了？

看来最近太过安逸了，让他有些放松警惕了。王烨在心里自我反省了一下，在这个诡异物复苏的时代，自己必须要时刻保持警惕。

听声音，旁边衣柜里的人似乎成功地冲出了卧室，紧接着，那个沉重的脚步声也追了出去。

卧室内，再次安静下来。

016 ╳ 命悬一线

听声音，它们似乎一前一后地下了楼。

王烨不禁暗自庆幸，幸好自己沉得住气，如果他没有顶住压力跑了出去，那死的可能就是自己了。当然，他更庆幸，旁边柜子里的人替他吸引了火力。

沉重脚步声的主人应该是发现了厨房里的剔骨刀不见了，所以才会这么急迫的吧。

王烨看着手中的剔骨刀,露出若有所思的表情。

很快,他打开柜子,从里面钻了出来。

看着自己的手,还有蹭在衣服上的鲜血,王烨微微皱眉,这个柜子似乎有隔绝诡异物探查的功效。

如果只是一个普通的柜子,那个东西早就把柜门打开了。

这间屋子里的每个物品似乎都不简单,包括客厅上挂着的十字绣。不过,拿了一把剔骨刀就遭遇这么大的危机,以致他根本不敢再去碰其他的东西。

王烨不再管其他的事情了,而是定睛地看着卧室墙上的那张照片。

照片里的女人穿着老式旗袍,在王烨的记忆中,这是几十年前的穿衣风格,并且照片中的建筑物也非常古老,但诡异物苏醒,部分人类获得异能都是发生在永夜之后。

永夜……

难道,在更早的时候,就已经出现过类似的事情了吗?王烨的表情变得有些凝重。

就在他低头沉思时,照片里的女人似乎若有若无地看了王烨一眼,嘴角的笑意更浓了。然而,当王烨再次抬起头时,照片里的女人恢复静止,仿佛之前的一切都是幻觉。

不管了!王烨走到照片前,拿出那枚染血的青铜钉,对着照片里女人的额头,狠狠地扎了下去。

然而,他似乎高估了青铜钉的尖锐程度,这根诡异的钉子根本就没有扎进去。不知道是不是错觉,他觉得,照片里的女人似乎动了一下。

就在这时,楼梯间的脚步声再次响起。

那个家伙回来了。

脚步声很急,难道是想阻止自己的行为吗?

再次躲进柜子里已经来不及了,王烨咬了咬牙,把手里的剔骨刀当锤子使,将剔骨刀柄用力地敲在青铜钉上。

一道清脆的声音响起,青铜钉略微扎进去了一些。

照片中,女人的表情变得狰狞起来,用怨毒的目光死死地盯着王烨,身体也疯狂地挣扎着,仿佛要从照片里钻出来一般。

有效果!王烨心中一喜,无视照片的诡异,再次用力地砸了一下。

青铜钉又进去了少许,但王烨的额头处仿佛被重击了一下,有些头晕目眩。

"该死,这是剔骨刀的副作用吗?会反噬到使用者身上!"王烨晃了晃头,重新恢复了清醒。

照片里,似乎传来一道凄厉的呐喊声,女人挣扎得更加剧烈了。

楼梯间的脚步声变得更急促了。

随后,客厅处的大门发出"咚"的一声巨响。

那个家伙进来了!

王烨咬了咬牙,再次用力砸了下去,一下,两下!

青铜钉一点一点地砸了进去。

女人不再挣扎,凄厉的惨叫声也停了下来。可以看见照片里的女人的额头处,似乎流出一缕鲜血,她放弃了抵抗,只是用怨毒的目光死死地盯着王烨,让人心悸。

客厅中,脚步声突然消失,似乎一切都没有发生过。

王烨松了口气,强忍着头部的眩晕感,来到客厅。

这里空无一人,沾满灰尘的地面上依然只有自己和最开始那个人的脚印,仿佛之前的声音是幻听。

"结束了吗……"王烨吐出一口浊气,整个人都放松了下来。

休息片刻，缓解了头部的不适感，王烨走出了这间神秘的404，并轻轻地关上了房门。

再次来到小区外部，他抬起头，看着天空中还未落下的太阳，很难想象，在短短一小时内，自己经历了一场生死危机。

"果然，人们向往美好。诡异物也许并不畏惧阳光，阳光却能让人充满安全感。"王烨感叹着，突然，感觉似乎有人在注视着自己，他猛地转身，看向四周，却空无一人。

"是我的错觉吗？"王烨喃喃自语道。他不着痕迹地从口袋里掏出手机，没有解锁，而是利用着手机屏幕的反光观察四周。

突然，王烨僵在原地，一股凉气瞬间涌遍全身。

手机屏幕的反光中，404房间的窗口处，一个头部有着血洞的女人正在用怨毒的目光注视着自己。

是那个疯女人！

该死，她不是已经被青铜钉封印了吗？

王烨暗自骂了一句，加快脚步离开了这里。这个鬼地方不能待了，果然，邮局提供的地点，都是超级恐怖的！

随着王烨的离去，404的女人默默地离开了窗口，而整座四号楼，也渐渐变得有些虚幻，消失在了沁园小区，仿佛这栋四号楼从未存在过一般。

过了许久，一片废墟中，一只干枯的手臂突然伸了出来，撑在地面上，渐渐地，一个青年从地底钻了出来。青年整个身体犹如干尸一般，但神奇的是，随着时间的推移，他干枯的身体渐渐变得饱满起来，呆滞的眼神也恢复了清明。

"死过一次吗？"青年喃喃自语道，"这该死的地方到底什么情况，怎么会有如此恐怖的存在？"说着，青年向四号楼的位置看去，随后，他的瞳孔剧烈收缩，脸上充满了震惊。

"消失了吗？我真应该庆幸自己能够活着出来。"青年满脸后怕的表情，随后迅速离开这里，消失不见。

回到家中，王烨打开一个新买的日记本，认真地记录着：

代号：404

备注：诡异的房间，染血的剔骨刀，神秘的十字绣，可以隔绝诡异物探知的木柜，以及……疑似永夜前就已经存在的女人。屋内还有一个神秘人，没机会看见长相，听脚步声，应该是一个男人。

重点：女人疑似未被封印，并且已经盯上我了。需要小心！

写完日记后，王烨又看了看上一页记录的城郊公墓发生的事，合上了日记本。这是专属他的档案记录，也是最高机密。

有些诡异物的能力是篡改记忆。将一切记录在本子里是王烨多年以来养成的习惯。

这时，客厅内那扇通往邮局的木门，再次出现了。

017 ✕ 糖果游乐园

"果然，要等到十二点。"王烨看着突然出现的木门，眼中闪过一抹思索之色，喃喃自语着。

"终于要觉醒异能了。"他的心泛起一丝波澜，甚至有些紧张，但很快便恢复冷静，推开木门，王烨进入邮局。

前台的办公桌上，一副血红色的手套安静地存放着。手套旁，还是一张熟悉的纸条，上面浮现出几行字迹：

将手套戴在手上，可觉醒手部异能。

下次配送时间：七天后。

王烨若有所思地点点头，心想：果然，每次送信间隔都是七天。他将目光落到手套上。那是一副暗红色的手套，上面有一条条类似人体脉络的红色线条，还微微闪烁着红光。

他表情严肃地将手套拿在手中，甚至能够感受到手套上的脉络似乎在有节奏地振动着。

王烨很是果断，毫不犹豫地将手套戴在手上。下一秒，那些红色的脉络便如同一根根细微的针，轻轻地扎在他的双手上。随后，手套上的红光更亮了，脉络也逐渐明亮，他的血液顺着脉络涌进手套中，又返回到双手上，形成一个循环。

王烨的脸色瞬间苍白起来，手部剧烈的疼痛刺激着他，脸上布满了汗水，忍不住痛苦地低吼起来。

半个小时之后，疼痛感终于消失。他整个人好似从水中捞出来似的，衣服完全被打湿。王烨颤抖着抬起双手，手套已经消失不见，和他的双手融为一体了。

王烨闭上眼感受着双手的变化，惊讶地睁开双眼，他竟然觉醒了三种能力。一般情况下，大部分异能者觉醒某个部位后，都只有一种能力，少数天赋异禀者，像张开，能够拥有两种。能觉醒三种能力的异能者，几乎都是顶尖的存在。

要知道，每多出一种能力，都会大大提升自己的实力。后期很多觉醒三个部位的人，加起来也不过是三种能力而已。

他默默地感受着手部异能的能力，嘴角露出一丝微笑。终于，他在面对诡异事件时也有底气了，这是无论多么顶尖的格斗术都无法替代的。

重新回到自己的房间后，王烨再也忍不住疲惫，倒在床上沉沉地睡了过去。

清晨，一阵电话铃把王烨吵醒了，看着屏幕上显示的电话号码，他微微皱眉，是周涵。接听后，熟悉的甜美声音传来："我亲爱的联络员小哥哥，开始工作啦。"

"说。"王烨迅速恢复了清醒，起床给自己倒了一杯水，公事公办地说。

"果然又是这种冰冷的语气……"周涵的声音里充满了委屈，"不过，这次的合作要见面哦，终于有机会好好教训你一顿了……嘿嘿。"她似乎是想到了什么，语气充满了兴奋，忍不住笑了起来，只不过这甜美的笑声中带着一股子阴森。

王烨愣了一下，说："我需要资料、地址。"

按理来说，后勤部的人没有必要去前线执行任务，因为大部分的后勤部成员都是普通人。

王烨不停地回想着天组目前的局势，以及那位神秘的部长。想了片刻，他若有所悟。

看来，这位部长也有自己的野心呀。

是改革？

还是什么？

至于具体的答案，或许只能在这次任务中慢慢发掘了。

他终于提起了一些兴趣。

"自己去看新闻吧，不过你只有三十分钟的时间了。"

王烨毫不犹豫地挂断电话，打开电脑，插上U盘，查了起来。

果然，网站首页，最新资料就是这个所谓的"爱哭诡"：

代号：爱哭诡。

地址：上京市糖果游乐园。

杀人规律：暂时未知。

自身带有屏蔽信号的磁场，布满游乐园，并伴随幻境迷雾，普通调查员进入后会很快迷失。只能隐约听见哭声。

游乐园的维修日，并没有游客，但五十二名工作人员被困，死亡人数未知。

看着电脑上的资料，王烨陷入沉思之中，竟是"二级诡域"。目前还处于永夜过后的初期阶段，大家都还在摸索前行，很多等级并未合理划分，但后来，针对各种诡域，已经列出了清晰的等级列表。像之前教学楼那种，只能制造轻微幻境，不能屏蔽信号的，只是初级诡域。能够影响视觉、手机信号、定位，以及出现幻境的，属于二级诡域。至于等级再高的，就不是他这种普通人能够接触到的了。

叹了口气，王烨将麻绳捆在腰间，又将染血的剔骨刀绑在小腿上，带上几根黄金制作的钉子，确认没有遗漏后，向目标地址"糖果游乐园"出发。

恐怖复苏的年代，享受到的一切权利都是需要付出代价的。在他获得相应的权利时，也要承担相应的风险，这很公平。

小区门口，一辆黑色的轿车停在那里，一个穿着调查员服饰的中年人站在车前，看见王烨后，他上前两步："请问是王烨吗？"

王烨点了点头。

"请上车，具体的情况我在车内和您说。"说着，调查员打开车门。

王烨上了车，调查员关闭车门，自己小跑着进入驾驶位，发动汽车。

"目前，诡异事件已经发生四十分钟，周涵长官已经到达，同时赶到的异能者还有两个人，后勤人员三位。之前有十二名调查员进去探查，但进去后信号消失，定位系统失灵。在游乐园外面能够听见里面传来阵阵哭声。现在公路已经封锁，不会发生堵车的情况，咱们二十分钟后将会到达。"调查员一边开车，一边将目前已知的信息尽量简短地向王烨汇报。

王烨微微点头，表示自己听明白了。看着封锁的公路，以及公路两边好奇地看着自己车辆的普通人，他闭上双眼，放松精神，争取让自己的状态达到最佳。

前方的调查员不再说话，认真开车。

018 ✕ 挑衅

大概二十分钟后，车缓缓地停了下来。

"请努力活下来吧！"调查员打开车门后，满脸真诚地看着王烨。

"谢谢。"王烨点了点头，下车。

"一个后勤部的人，竟然让我们等你，架子可真大啊。"一道阴阳怪气的声音响起。

王烨皱了皱眉，转头看去。

一个青年露出一副不高兴的表情，眼神透着凶光。

"田七，这是我的联络员，我可以认为你是在挑衅我吗？"突然，远处一个穿着红色风衣的女人走了过来。女人不过二十多岁，但此时她脸若寒霜，看向青年的眼神也带着一丝杀意。

王烨的眼中闪过一丝赞赏，好漂亮的女人，她应该就是周涵吧，看起来似乎精神挺正常的呀，并没有像电话里表现得那么疯。

听见女人的声音，田七的表情猛地一变，看向周涵的目光里带着浓浓的忌惮，脸色也有些阴沉，不再多言。

"哈哈，接下来还要合作呢，搞这么僵，至于吗？"一个身材壮硕的爽朗男人打着圆场。

壮硕男人这么一说，周涵也不再计较，她把目光转移到王烨的身上，脸上的冰冷仿佛春雪一般骤然化掉，露出一抹甜甜的笑容，说："你就是王烨哥哥吧？放心，我会保护你的。毕竟，我是要亲自教训你的人。"

电话里周涵的表现就已经很奇怪了，在现实中，搭配着甜美的笑容，说着恐怖的话语，饶是王烨，也难免有些不太习惯。

王烨淡淡地看了周涵一眼，说："现在不是说废话的时候吧？"

"对，既然人都到齐了，那咱们进去吧。"壮汉依然是一副爽朗的模样，笑呵呵地说。

王烨深深地看了一眼壮汉，在这群人中，这个壮汉才是城府最深的人，表面看起来十分爽朗，没什么心眼儿，但几次说话都无声无息地解决了矛盾。

"走吧。"周涵恢复了冰冷的表情，站在游乐园的门口看着里面浓浓的雾气，"你们三个后勤部的人，跟紧点儿，死了可不负责！"

那个叫田七的男人依然是一脸的张狂，他随意地瞥了一眼王烨和另外两位后勤部的人员，便和周涵、壮汉一马当先地走了进去。

另外两位后勤部成员的脸上带着淡淡的恐惧，他们对视了一眼，咬了咬牙，紧紧跟着周涵他们三位异能者。

王烨则是在最后，默默地注视着游乐园门口的布局图，并记在心里。

听着园内传来的哭声，不知为何，王烨的内心也莫名有些悲伤。

王烨心想：看来，这个哭声会影响自己的情绪，不知道这是不是它的杀人规律。正想着，其他几个人已经走远了些，他默默地跟了上去。

几个人进入游乐园的大门，视线便受到雾气的影响，只能看清前方五米左右的距离，原本若有若无的哭声，瞬间变得清晰起来，让听到的人心里隐隐变得悲伤。

诡域会增强哭声的威力吗？王烨思索着，默默地跟在众人身后，尽量把自己变成一个小透明。

现在的情况和上次在教学楼的时候有所不同，上次只有张开一名异能者，且情况危急，周围都是没有经历过诡异事件的普通人，如果王烨不站出来，估计会死更多的人。但这次，无论是三位异能者，还是后勤人员，都是专业人士，这种情况下强行出头，明显是一种愚蠢的行为。

前方，壮汉的脚步渐渐慢了下来。他警惕地看着四周，严肃地说："你们感觉到了吗？哭声越来越大了，而且我的情绪波动特别大，好像随时都有可能会哭出来……"

田七在一旁咬了咬牙，抱怨道："我想跟猩红小队借调张开，结果那群混蛋像宝贝一样藏着！如果有张开的异能，这次就能轻易解决了！"

"呵呵，张开可是猩红小队的宝贝！"周涵冷笑一声，瞥了一眼田七，眼神中充满了不屑，"大家的身体机能在这儿摆着，异能的使用次数都是有限的，如果不觉醒新的身体部位，等待异能者的只有死亡。这种宝贝的辅助异能者，凭什么借给你？"

"你！"田七的眼中充满了愤怒，死死地盯着周涵。

"呵……"周涵再次冷笑出声，仿佛猜到了田七不敢动手一般，眼神中的不屑更明显了。

这时，其中一位后勤部的成员突然捂着脸，蹲在地上痛哭起来。

"我……我想我妹妹了……"他一边哭一边说。

另一位后勤部的小姑娘似乎和他比较熟，看着三位异能者，替他解释道："他妹妹在三个月前，死于一场诡异事件……"

突然，那个正在痛哭的后勤部成员脸部变得扭曲，似乎是被某种力量挤出了一个笑容，紧接着，便倒在地上。

壮汉的表情一变，急忙走过去，仔细观察。数秒后，他叹了口气，说："他死了。"

"什么？"田七的脸色十分难看，"这才刚进来十分钟就死了一个人？那之前被困的普通人，岂不是……"

王烨的眉头也紧紧皱着，感受到体内涌出的悲伤情绪，心里思索着：杀人规律中也包括哭声吗？哭声会引发心里的悲伤情绪，诱导人哭出来。而哭泣就触发了杀人规律，就会死亡……

这个人的妹妹在前一段时间刚刚去世，所以心情抑郁，在哭声的引导下，很容易哭出来……于是，他死了。

王烨大概分析出了一些情况。

另一位后勤部的小姑娘看着眼前的场景，忍不住发出一声尖叫，被吓得瘫坐在地上。她只是一个普通人，舅舅是调查局的一位高层，也正是因为如此，她才会被安排进后勤部，原本以为在后勤部就不会有生命危险，还能在这糟糕的世道里获得安稳的收入，谁想到后勤人员也需要进入诡异事件之中，辅助异能者解决诡异物。

这一刻，听着耳边一直若有若无的哭声，泪水在她的眼眶中打转。

019 ✕ 青雾

王烨的表情猛然一变，急忙上前一步，看着那个小姑娘，呵斥道："别哭！"

小姑娘愣了一下，委屈地看向王烨。

"如果不想死的话，最好把眼泪憋回去。"王烨的情绪并没有明显地外化，仿佛地上那具刚刚死亡的男性尸体不存在一般。

小姑娘意识到眼泪就是杀人规律，努力控制自己的情绪。

"心理素质这么差，怎么进的后勤部？"看着强忍泪水的小姑娘，王烨忍不住吐槽道。

"我……我……"小姑娘正在平复心里的恐惧，说不出一句完整的话。

"哟，这小子还可以呀。"田七看向王烨，若有所思地说，只是口气里依然是阴阳怪气的。

周涵冲着田七甜甜地一笑，冷冰冰地问："你是想死吗？"她的双眼眯成一道月牙，显得分外可爱。

"我感觉这个诡异事件没这么简单……"壮汉则是愈发严肃，警惕地看着四周的环境。

"哼，如果不是他们拖后腿的话，我能轻松解决。"田七冷哼一声，边说边瞥了一眼王烨和小姑娘。

"真不知道上面怎么想的，带着几个联络员进来，除了当累赘，不知道他们能有什么用！"不知为何，田七对后勤部的抵触情绪特别大，包括刚刚死亡的，属于他的联络员。

王烨沉默不语，心中却隐隐有了一些猜想。如今的后勤部，大部分人是通过关系被塞进来的。毕竟，后勤部已经算是最安逸、最舒适的部门了，这才导致后勤部变得"乌烟瘴气"。

如果张子良部长想要改革的话，通过比较温和的手段应该可以达成。可这次以雷霆之势出手，如此果断，显然是想借着生命被威胁吓退那群家伙。看起来，这位部长不简单呀，下手挺狠，不拖泥带水，也不怕引起众怒。

"算了，继续往里走吧，争取早点找到那个鬼东西的源头，解决掉它。"田七嘟囔着，一马当先地向前走去。

王烨冷冷地看着他的背影，心想：这个急躁的家伙。

就在众人离去后不久，之前死亡的那位后勤部成员的尸体竟然突兀地睁开了双眼，露出似哭似笑的表情，最后，"它"以一种怪异的姿势站了起来。紧接着，它看向众人离去的方向，也跟了过去。

张子良背着双手站在巨大的落地窗前，看向糖果游乐园的方向，微微有些出神，不知道在想着什么。

站在身旁的长发青年面带疑惑，看着张子良的背影问："咱们后勤部的工作一直是在后方处理资料，这次为什么……"

过了许久，张子良才悠悠地叹了一口气："杨琛，你来后勤部多久了？"

杨琛甩了甩飘逸的长发："一年。"

"是啊，已经一年了……这一年时间里，后勤部的环境你应该都看见了。成员之间拉帮结派，不思进取，把这儿当成养老的地方。我不是做慈善的，天组同样不是。况且，现在不仅是后勤部，就连天组都有些乱了，再不出手整顿，就晚了。"张子良的声音有些沙哑，语气低沉，甚至是有些落寞。

杨琛叹了口气。他是一名异能者，是上面空降下来的，专门负责后勤部部长的安全。最开始，他并不乐意，认为自己堂堂一个异能者，凭什么要做普通人的保镖呢？但跟在张子良的身边，看着他的一言一行，以及他做的每一个决定，逐渐被折服了。原来普通人也可以如此优秀，也可以做出巨大贡献，他渐渐将自己融入后勤部，成为张子良的左膀右臂。

"组长颁布了新政策。一个月后，成立 A 小队。一共有三个小队的名额，每个小队五人。我想争取过来一个名额，这样搭配后勤部本身的资源优势，咱们的话语权就会大得多，更能给情报部、行动部那群家伙一些压力，让他们都认真一点，但是咱们的功绩不够……毕竟后勤组几乎都是普通人。"说到这里，张子良不甘地叹了一口气。

杨琛也明白了部长的意思，眼睛一亮："所以……"

"所以，功绩是需要用命拼的。"张子良的情绪似乎平复了下来，继续说，"虽然会有很多人牺牲……"

杨琛似乎想到了什么，脸色变得有些苍白，说："每一次变革，都需要鲜血的洗礼，只有破而后立，才能迭代新生。今天的事件只是开始，接下来的一个月，所有的后勤部人员都会出去执行任务，只有活下来的人才是真正的人才，而不是吃粮食的蛀虫。"张子良的声音中，带着一丝铁血杀气。

而杨琛则是陷入了沉默，没有反驳。

"这个诡域似乎和之前那些都不太一样……"田七不高兴地嘟囔着，耳边持续的哭声让他显得特别烦躁。

王烨站在同为后勤部成员的小姑娘身旁，沉默不语。

周涵也是皱着眉，明显是一副烦躁的表情。

"有东西过来了！"进入游乐园后，很少说话的壮汉眼神一变，看着一个方向，说。

王烨则是不动声色地侧过身子，再次巧妙地站在几个人身后，心里暗想：这个家伙的直觉好敏锐呀！自己也不过是刚刚有所察觉，这个壮汉却能和自己同时反应过来。

几个人深深地盯着弥漫在游乐园里的雾气,过了数十秒,一个人影渐渐出现在几个人的视线中。紧接着,后勤部的小姑娘猛地睁大眼睛,满脸不可思议的表情,惊恐地说:"竟然是他!"那是刚刚死去的同事,但他不是死了吗?怎么活过来了?眼前看到的一切给她造成了巨大的冲击,她不由得浑身战抖。

"为什么抛下我……"那个人影的声音充满了悲伤,到最后,甚至边哭边说,"为什么……要抛下我……"

第二章
荒土诡域

020 ╳ 哭泣

那个人影的声音充满了悲伤，比四周隐隐传来的哭声的影响力强很多倍，让人听了会忍不住生出愧疚感。

壮汉的眼中闪过一丝精光，警惕地后退了两步。一直脾气火爆的田七同样向后退去。两个人几乎是同步进行，只有周涵站在原地，凝视着明明已经是一具尸体的人影。

王烨仿佛不经意般地看了田七和壮汉一眼，嘴角露出一丝若有若无的微笑，这两个人，真是有趣……

随后，他果断向前一步，右手袖口处滑落出一把极其锋利的匕首，迅速划过人影的脖子。

人影并未倒在地上，仍然一脸怨毒地看着王烨："为什么……"

没等它的话说完，王烨毫不犹豫地又是一刀。

终于，那具尸体倒地不起，只是眼睛依旧死死地盯着王烨。

"这个诡异物不能改变人的身体机能，一切还需要遵从现实规律吗？"王烨露出若有所思的表情。上一世，他遇见过的最恐怖的诡异物，即便只是控制尸体的头颅，都可能会攻击人类，完全违背人体常识，但显然这只诡异物并没有达到那个级别。

那位未经过什么风浪的后勤部小姑娘被眼前这一幕吓得瘫倒在地上。满地的鲜血，疯狂地刺激着她的神经。

终于，小姑娘忍不住发出了一声尖叫，随后便无声地哭了出来。

王烨下意识地看过去，表情一变，想要制止她，却已经晚了。

小姑娘原本正在无声哭泣的表情戛然而止，紧接着，面容变得扭曲，同样挤出一张难看的笑脸，倒在地上。

在后方默默地观察全程的田七和壮汉微不可察地对视了一眼。随后，田七满脸不屑地向前一步，看着已经变成尸体的小姑娘，说："废物！"

随后，他的脚上隐隐泛起一道黑光，对准小姑娘的尸体，重重地踩了下去。

田七张狂地看了王烨一眼，充满了嘲讽。前后一对比，王烨挥舞数刀的举动就像个废物。

"愚蠢！"王烨冷笑着看着田七，不屑地说，"按照你这种异能的用法，最多三个月，你就可以准备后事了。"说完，他也不理会别人的反应，往前走去。

田七看着他的背影，脸色阴晴不定，咬了咬牙，他不动声色地看了一眼壮汉，随后也向游乐园的深处走去。

难得安静的周涵看着王烨的背影，眼神放光芒，仿佛看到了什么宝贝。

按照游乐园门口的地图，现在应该已经来到了将近游乐园中心处的位置。对比着眼前巨大摩天轮的坐标，王烨微微皱眉，心想：这个诡异物的哭声，难道不是距离越近，声音越大吗？然而，无论他怎么移动，耳边的哭声都没有变化，想要根据哭声来锁定诡异物源头的计划失败了。

"谁?"突然,壮汉的眼神闪烁,看向旋转木马的方向。

那里有一个人影一闪而过,转眼便消失不见。

壮汉咬了咬牙,果断地向着人影的方向追了过去,田七也毫不犹豫地跟了上去。

待王烨赶到时,发现壮汉一脸的凶相,正将一个人影按在身下。

"不要杀我,不要杀我……"即便被壮汉压制住,那个人影仍然不断地扭动着身体,嘴里发出求饶声。

"是人?"壮汉的眼中闪过一丝惊喜,立刻松开手。

一旁的田七吐了一口唾沫,骂骂咧咧地:"我还以为人都死绝了呢……"

王烨走近一看,这才发现,那是一个穿着游乐园工作服的员工。

"你们……是来救我们的?"员工看着王烨等人,眼神中充满惊喜和期待。

"我们?"王烨抓住重点,盯着这名员工追问。

员工点了点头:"是的。我是负责摩天轮维修工作的,出事的时候,我和几个摩天轮的工作人员待在一起。"

"几个人?"王烨问。

"原本是六个,现在……只剩下五个了。"员工的脸上露出一抹浓浓的失落。

什么,死人了?王烨的表情猛然一变。

壮汉和田七也立刻想到了什么,对视了一眼。

壮汉上前一步,急切地问:"死多久了?在哪儿死的?"

员工被他的反应吓了一跳,联想到刚才壮汉对自己动手的行为,眼神中带着一丝畏惧,下意识地后退了两步。

"就……就在刚才,我们的耳边一直有哭声。他……他没忍住,哭了……然后人……人就死了。"员工似乎想起了当时的画面,眼中带着浓浓的恐惧,身体有些颤抖,小声说,"我实在受不了,就跑了出来。想要……想要找到出口……"

听着员工的话,王烨严肃地说:"如果你不希望另外几个人也死掉的话,就立刻带我们过去。"

"啊?"员工听到王烨的话有些没反应过来,愣了一下。

"别废话,赶紧带路。"脾气火暴的田七一脚踢在了员工的屁股上。

员工不敢再说话,满脸畏惧地在前方带路。几个人跟在他身后,向着他们藏匿的地点走去。

周涵则是站在原地,眼中闪过一丝疑惑。她仔细地看了看四周,却没有发现什么异样,便也跟了上去。

就在众人离开不久,在摩天轮上,一个浑身散发着浓郁的悲伤气息的男童现身了,他站在高处,默默地看着众人前行的方向……

021 ✕ 救人

旋转木马旁边有一个狭小的员工室,里面传出阵阵惨叫声。带路的员工听见惨叫声后,脸色瞬间变得惨白如纸,站在原地,再也不敢上前一步。

王烨微微皱眉,快步向前走去,一把推开办公室的门。一只诡异物正狰狞地看着众人,不停地怒吼着。地上,一个女人痛苦地捂住脖子,看上去已经不行了。

这只诡异物满脸凶相,其他四个人则是缩在原本就狭小的员工室内瑟瑟发抖。

"真是废物!"王烨忍不住骂了一句,只是一只普通的诡异物,除了能够产生让人感到悲伤的情绪,以及类似丧尸般的杀人手段之外,几乎没有其他能力了。

五个人竟然被这么一只诡异物轻易吓退，还怎么在这恐怖如斯的环境中生存呢？

王烨脸色阴沉，一把拽住这只诡异物的肩膀，用力丢了出去，正好摔在田七的脚下。他看着对方说："来吧，高手，展现你实力的时候到了。"

"呵……你是在挑衅我吗？"田七的表情有些愤怒，恶狠狠地瞪了王烨一眼，随后，他的腿部泛起一抹黑光，一个侧踢腿便踢在诡异物的头上。

不知为何，壮汉竟然保持了沉默，不再打圆场，并且站在靠后的位置，仿佛要置身事外。

周涵自从进来之后就一直有一种违和感，趁着田七在收拾诡异物之际，闭上双眼，感受周围的变化。突然，她猛地睁开双眼，看着摩天轮上空的位置说："找到了，在那里！"

众人的目光下意识地望去，隐约发现，有一个人影在摩天轮里站立着，正透过玻璃静静地看着他们。

"原来真正的源头在那儿！"田七露出一个有些狰狞的笑容，双腿泛起的黑色暗光不停地闪烁，整个人以超越人体极限的速度奔跑起来。

眨眼间，他就跑到了在摩天轮正下方，猛地跺了一下地面，蹿起了足足十米。紧接着，田七踩在摩天轮的铁柱上，不停地向上跳跃。仅仅数秒，他就已经到达人影所在的位置。

但不知何时，那道人影竟然消失不见了。

田七暗骂了一句，随后，整个人如同炮弹一般，从高空中跳了下来，重重地砸在地面上。

"那个东西不见了。"看到壮汉询问的目光，田七咬了咬牙，满脸懊恼地说。

壮汉点了点头，转头看着周涵，询问道："你还能探寻到那个东西的位置吗？"

周涵闭上双眼，数秒后，微微摇头，道："它离开了。"

壮汉也显得很是懊恼："这只诡异物太狡猾了。"

"是诡域的原因。"王烨突然开口说，"这属于更高级一些的诡域。在诡域内，诡异物会拥有一种类似瞬间转移的能力。诡异物的实力越强，冷却的速度越快，移动的距离越远。目前这只，不可能瞬移太远的。"

瞬间移动？壮汉和田七对视了一眼，眼中都带着一丝凝重。而田七的眼里，莫名对王烨浮现出一丝微不可察的杀气。

"那应该怎么破解？"周涵没有质疑王烨为何知道这些信息，而是直截了当询问解决方法。

"除非有更高级的诡域压制。"王烨微微摇头，"不过，我们可以散开，呈正方形包围。只要任何一个人发现它，迫使它使用瞬间转移，咱们就能进行合围。在短时间内，它无法使用第二次。"

"就凭你？我们三个都有实力拖住诡异物，但你是什么东西，一个普通人，你也配？"田七不屑地看了一眼王烨，嘲讽道。

王烨面无表情，甚至连看田七一眼的兴趣都没有："不试试又怎么知道呢？如果我死了，也怪不到你们头上，不是吗……"

田七还想继续出言嘲讽，但看了壮汉一眼之后，强行把话憋了回去，不高兴地瞪了王烨一眼。

"小兄弟，我相信你不会拿自己的生命开玩笑，我同意你的建议。周涵，你呢？"壮汉看了王烨一眼，眼神有些深邃，不知道在想什么。随后，他询问周涵的意见。

周涵突然背过手，像个单纯的小女孩似的，甜甜地笑了起来："我听小哥哥的，毕竟他是我的联络员。"

王烨已经适应了周涵的说话方式，表情没有一丝波澜，只是平静地点了点头："好，接下来，我们分散行动吧。如果发现了诡异物，就大声喊人，他刚使用一次瞬移，走不了太远，所以我们的包围圈也不用太大。"

三个人里，除了田七阴冷地看着他，其他人明显没什么意见。

几个人刚要散开，原本在角落里瑟瑟发抖的普通人突然开口了："你们不是来救我们的吗？别走啊！"

"就是，你们可不能把我们扔在这儿。不带我们走，信不信我们回去投诉你！"一群面对诡异物充满畏惧的人，面对异能者却突然变得勇敢了。

王烨看着这几个普通人，说："前面的路我们已经清扫出来了，不要想任何悲伤的事情，不要哭，一直往出口冲，就能出去了。当然，如果你们不放心的话，可以躲好，等我们彻底清除诡异物之后再出去。"说完，他便不再搭理这几个幸存者，而是看向其他三个异能者，说，"咱们行动吧。"

"真是有趣。"周涵舔了舔嘴唇，挑选一个方向，转身离开。

"谁遇见诡异物谁倒霉。但我总觉得，最先遇见的会是你。"田七表情阴冷地看着王烨，又看了一眼壮汉，两个人默契地转身，分别朝着两个方向离开。

"这些东西，谁说得准呢……"王烨喃喃一句，随后便消失在浓雾之中。

022 ✕ 释囯

这只诡异物没有其他的杀人规律吗？

站在空旷的游乐广场上，王烨皱着眉思索着。按理说，一个拥有二级诡域的家伙，攻击方式不可能如此单调。毕竟单纯地抵御哭声，只要心理素质足够强大，一般人都能坚持很长一段时间。但如果这只诡异物拥有其他能力，仅仅几十个员工而已，应该早就被干掉了，怎么可能会有幸存者呢？

他一边思索一边向远处搜索，雾气愈发浓郁了，几乎遮挡住了全部的视线。

"嘿嘿嘿……"突然，一个诡异的笑声从王烨的耳边一闪而过。

王烨猛地停下脚步，眼中闪过一抹厉色，向声源处看去，可惜，四周雾影绰绰，那个笑声也仿佛只是错觉一般，消失不见了。

王烨变得更警惕了，加快了探查的速度。

"在这里！"远处突然传来一声喊叫，听声音，应该是田七。

王烨在心里暗笑：这家伙的运气似乎不怎么样。随后，他向田七发出喊声的位置赶去。

"这只诡异物已经被我缠住了，快消灭它！"田七的声音中带着一丝急促感，明显是中气不足了。

王烨看过去，发现田七的双腿处有一道阴影正向远方探去，而在阴影的尽头处有一名男童，身上充斥着悲伤的气息。

原来，田七的另一个能力是束缚诡异物，就是不知道极限时间能有多长。

想到这里，王烨笑了一下，站在不远处停下脚步，看着田七说："我只是一个普通人，没办法封印它，无能为力。"说完，他若有所思地看向了前方。

"混账！"田七的脸色已经变得苍白，咬着牙死死地盯着王烨。

这时，壮汉赶了过来，看着眼前的情景，也别有深意地看了王烨一眼。随后，他的身体泛起点点金光。

光芒明明很淡，却让王烨的内心瞬间变得祥和。

"释国人！"王烨的表情猛地一变，下意识地后退两步，看向两个人的目光终于带上了一丝忌惮。

永夜过后，释国关闭，国民闭关不出，为什么在上京城内会出现释国的子民呢？

要知道，在上一世，几座城市都面临过数次灭顶之灾，向释国求援数次，都没有回应，如果不是儒城那群家伙，天知道会死多少人。从那以后，释国就被打上了冷血的标签，不受人待见。

释国被官方针对，怎么可能派出子民来完成任务呢？换言之，眼前这个壮汉一直在隐藏身份，现在暴露了，却依旧是有恃无恐的样子，难不成他是想要杀人灭口吗？

这么想着，王烨的双眼也泛起冷漠。

"想必你已经猜到了。当然，我也没有隐藏的想法。"壮汉的脸上再也没有之前的那份爽朗，而是满脸阴郁，看向王烨的眼神也充满了浓浓的杀气。

"喂！现在不是说废话的时候，快来封印他，我快压制不住了！"田七的脸色已经愈发苍白，忍不住出声喊道。

壮汉看着田七，似乎是觉得对方沉不住气，眉头一皱。随后，他抬起手掌，毫不犹豫地拍在田七的后脑处。

田七满脸不可思议地转头看向壮汉，根本不敢相信他会对自己出手。紧跟着，他的嘴角缓缓流出一缕鲜血，重重地砸倒在了地上。

"他以为他有资格和我合作，可以借着我的资源向高爬，自认为有我身为释国人的把柄……你觉得他可不可笑？甚至他都不清楚释国人的实力究竟有多么可怕……"说着，壮汉身体周围的金光瞬间亮了起来，闪烁着异样的光芒。

诡异的是，之前被田七所牵制的诡异物，此时，正双目呆滞地站在了壮汉身后。

原来，这只诡异物是被压制了。王烨紧皱的眉头舒展开来，他终于明白了，一只拥有二级诡域的诡异物，攻击方式为什么会如此普通。

不过，释国人的能力果然很神秘，竟然能够控制诡异物！

023 ╳ 卧底

壮汉看着王烨冷笑道："你是在等周涵吗？放心吧，她不会来了。我已经把她引到了别处，这里只有你和田七，不足为惧。"壮汉耐心地为王烨解答，"直觉告诉我，她对此可无能为力。"

王烨平静地看着壮汉，说："如此说来，你是释国潜伏在天组的卧底。因为你想要获得更高的权力，打听到更多的情报，所以需要更高的位置。于是，你自导自演了这次的诡异事件，为自己增加功勋？"

壮汉听着王烨的分析，没有任何惊慌，反倒是露出一丝赞许的微笑："果然，真是好悟性，从一开始，你就要比田七更聪慧。"

王烨挑了挑眉毛，道："我可以认为你是在夸奖我吗？不过，这种事情做多了，肯定会被发现的，风险极大，除非万不得已……难道说，官方要有什么动作吗？"

壮汉点了点头，倒也不隐瞒，说："官方要成立小队了……"

王烨明白了，这一切也解释得通了。释国的卧底需要迅速赚到一大笔功勋，这样才会有机会进入官方队伍。结合上一世的经历，官方的小队拥有很大的权力，情报、武器都是顶尖的，和他所加入的民间队伍完全不是一个级别，即便民间队伍达到了A级，也无法和官方小队相比。

"不过，你真以为我会束手就擒吗？"王烨的嘴角突然露出一丝微笑。

壮汉眉头一皱,不知为何,看着王烨的笑容,内心隐隐有些不安。

他双手合十,声音里还虚情假意地充满了怜悯。

只见始终站在壮汉身后的诡异物猛地向前一步,迅速向王烨冲了过来。

壮汉死死地盯着王烨,想不到,事到如今,这个年轻人竟然如此淡定,手里还有什么底牌也说不定……

"呵呵……"王烨轻笑了一声,右手突然变红,数道如同血管般的脉络浮现在手上,显得十分诡异。随后,他一拳打在诡异物的身上。下一秒,诡异物便停在原地,身体不停地在虚实之间闪烁。而王烨则趁机向前一步,抓住诡异物的脖颈,将其拎在半空当中。

"就只有这些吗?"他看向壮汉,笑着问道。

"你不是普通人?"壮汉的眼神里充满了震惊,随后便懊恼起来!早知道王烨是异能者的话,就不应该那么快杀死田七,毕竟资料里王烨只是普通人,那么,身为异能者的田七明显威胁更大一些。

"是我走眼了。"壮汉很快便恢复了镇定,表情阴郁地盯着王烨,但依然十分自信。

王烨看着对方的变化,表情没什么变化。

"我就知道,仅凭这只诡异物,根本就撑不起一个二级诡域。"下一秒,一个发出阵阵笑声的女童突然出现在王烨的身后,双手悄无声息地伸出,摸向他的腰间。

王烨早就发现了它的踪迹,猛地转身看向女童,随后,另一只手迅速抽出腰间的麻绳,轻轻一甩,便套在它的身上。只一瞬间,女童就和王烨手里拎着的男童一样,眼神呆滞,目视前方,一动不动。

短短半分钟的时间,王烨就轻松地压制住两只诡异物。

"该死!"壮汉的脸色阴沉如水,死死地盯着王烨,忍不住骂道,

"我承认是我看走眼了,但你应该也没有什么多余的底牌了吧?"说着,他的身体散发出浓郁的金光,只是脸色十分苍白,嘴角还流出一缕鲜血。

操控两只诡异物,对他来说,还是太勉强了。

随即,壮汉低吼一声,向王烨冲了过来。

"你不觉得自己低估了一个人吗?"王烨似笑非笑地看着壮汉,没有任何动作,看向壮汉的目光也好像是在看一个死人。

"你说什么?"壮汉的表情猛地一变,似乎想到了什么,脸上也充满了震惊之色。

下一秒,一道寒光在他的脖颈处一闪而过,壮汉直接倒在地上。

周涵从雾气中走了出来,嬉笑中带着一丝好奇看向王烨,问道:"小哥哥,你是什么时候发现我的呀?"说话间,一把锋利的小刀闪烁着寒光,不停地在周涵身体周围漂浮着,像是一个玩具。

王烨不置可否,将手中被压制住的男童诡异物丢向周涵,说:"一人一只,功劳平分。"

"呦,这可都是你自己抓的。而且我相信,就算我不出手,你也能解决这个讨厌的家伙。你会好心地把功劳分给我?"周涵看都不看诡异物,而是眨巴着漂亮的眼睛,好奇地看着王烨,显得十分可爱。

"吃独食是活不长的。再说了,就算没有我,这个家伙,再加上两只诡异物,也会被你轻松解决的吧?从一开始就在藏拙的周涵小姐。"王烨的话里带着明显的调侃意味。

"讨厌!"周涵害羞地低下头。

王烨右手的异样渐渐消散,很快便恢复了正常人的模样。他将麻绳的一端绑在腰间,另一头捆着女童,看着渐渐消散的迷雾,转身朝着游乐园大门的方向走去。他边走边说:"你应该知道出去怎么汇报这次的情况吧?"

周涵也想学王烨的方法,将男童拴在身后,但苦于没有绳子,只能生气地嘟囔道:"知道!毕竟谁没事想招惹释国这个麻烦……"

她控制男童飘在半空之中,让它跟在自己的身后。对比了一下王烨的方法,觉得自己这样也很帅,满意地点了点头。

024 × 只剩两人

王烨停下脚步,转过头看向周涵,指了指自己那根捆着女童的麻绳,笑着说:"不,我指的是关于异能的事情。毕竟我只是一个运气很好、有一件诡异物品傍身的普通人。"

周涵愣了一下,意味深长地看了他一眼,说:"果然,男人的嘴,骗人的鬼。不过,你放心,我会替小哥哥保守秘密的!"

果然,有时候真的不知道这家伙究竟是真疯,还是装疯卖傻。想到此,王烨的嘴角微微抽搐了一下,便不再搭理周涵。

弥漫在游乐园的雾气已经彻底散去,在一群调查员紧张、期待的目光中,王烨和周涵缓缓地出现在众人的视线当中。

行动部的副部长许泽看着他们微微皱眉,道:"怎么只出来了两个?"

按道理来讲,这个诡异事件的等级并没有那么高,更何况自己派出了正巧在附近的高级异能者——周涵,在他的预估中,事件应该能被轻松解决呀……

"调查员准备入场,进行营救工作。另外跟进几名医生,紧急治疗。"虽然觉得疑惑,但许泽仍然在有条不紊地进行着善后工作。

处理得差不多之后,他急匆匆地走到王烨和周涵身边,问道:"怎么就你们两个出来了,其他人呢?"虽然是在和他们两人说话,但许泽的目光只放在周涵的身上,在他的眼中,王烨就是张子良安排进来送死的可怜人。

"没看见吗？两只！"周涵已经恢复了冷冰冰的表情，瞥了一眼许泽，说。

"两只？"许泽闻言，急忙向周涵的身后看去。果然，一只插着黄金钉子的诡异物安静地漂浮在周涵的身后。

只有一个，那另一个呢？

许泽下意识地看着周涵的周围，并没有发现另一只诡异物的存在。

"咳——"王烨轻咳了一声。

许泽终于看到了王烨，表情一怔，只见一根麻绳的一头绑在王烨的腰上，而另一头……竟然是一只安静的、被压制的诡异物，无声无息地站在那里。

"这个家伙？"许泽一时间有些不敢置信，一个普通人，凭什么能够压制住诡异物？

"这位先生，能别光看着吗？还是先将这两只诡异物关押起来吧！"看着明显傻在当场的许泽，王烨颇感无奈。说实话，有些事情，他不想搞得太张扬，在这个生命随时被威胁的年代，低调才是活下去的本钱。

"哦，好的，辛苦了。"许泽表情木然地点了点头，整个人还处于迷茫的状态，呆愣愣地离开了。

片刻之后，一个明显是异能者的人拿着两个黄金容器走了过来，轻轻"呵"了一声，两只诡异物好似化作一团烟雾，飘进黄金容器之中。随后，他封闭了容器，在离开之前，实在没忍住，好奇地看了一眼王烨。

"好了，没事的话，我就先走了。"看着四周乱糟糟的人，王烨不耐烦地说了一句。其实，他不喜欢人多的地方，其中一个原因是在诡异事件爆发的地方,人越多,越容易死。

周涵无所谓地看了一眼王烨,点了点头,没有说话。

"你现在这个样子,顺眼多了。"王烨难得调侃了一句,在周涵没有反应过来之前,快速离开,回到之前送他来游乐园的车子上。

很快,车子启动,消失在周涵的视线当中。

周涵冷着脸看着王烨离去的背影,过了许久,她突然笑了起来,自言自语道:"真是个有趣的家伙。"

车里依然是那名调查员当司机,他一边开车,一边通过后视镜观察王烨。他不免很是好奇,也想不通像王烨这样一个普通人,是怎么在诡异事件中活下来的。他听说了,这次诡异事件中,异能者都牺牲了两名。

总部的办公室里,张子良正皱着眉接听电话,过了许久,眼睛猛地亮了起来,问:"你说的是真的?"

电话那头的人不知道说了什么,但很明显,肯定是说了什么好消息。

张子良大喊了一声"好"字,才满脸兴奋地挂断了电话。

杨琛有些好奇地看着他,问道:"怎么,你老婆有了?"

"一边去!"张子良没好气地骂了一句,随后,他难掩内心的喜悦,宣布道,"王烨活下来了!"

杨琛颇感无语,说:"即便是普通人,只要躲在异能者的身后,不冲动行事,也是有很大可能性活下来的,有必要这么激动吗?再说了,你不会真的认为咱们后勤部的人全是废物,没有人能活下来吧。那你这就不是考核,而是谋杀了。"说着,他翻了一个白眼,"这个王烨我有印象,表现挺不错的。"

张子良瞪了杨琛一眼,没好气地说:"你懂什么,如果他只是活下来了，我会这么激动吗？"说着，他咳了一声，郑重其事地说，"他不仅活下来了，而且亲手压制了一只诡异物！而且，所有人都低估这次诡异事件，有两位异能者都在游乐园里牺牲了。这代表了什么，就不需要我多说了吧……"

听完之后，杨琛的表情已经从最初的慵懒变得严肃起来，不敢置信地问："你是认真的？"

"废话！"张子良深吸一口气，渐渐平复下来，"这说明，我的计划是可行的，既然王烨这个新人都能凭借自己的能力压制一只诡异物。那群平时惜命的、好吃懒做的老油条们，也不能出工不出力了吧！毕竟这群老家伙，还是有些本事的。"说着，他的嘴角忍不住地上扬，"我就知道，凭我锐利的眼光，早就看出王烨这家伙不简单。"

"呵呵……"杨琛又从震惊再次恢复到最初慵懒的模样。

普通人能够压制一只诡异物，听起来的确让人很震惊，但也不是完全没有可能。只能说，一只蚂蚁，杀死了一只比它体型大数倍的虫子，会让人觉得惊讶，但仔细想想，人类杀死虫子，似乎更容易一些。王烨只不过加了一层蚂蚁的弱小光环而已，当然，如果他能够踩死大象，就会成为令人敬仰的存在了……

"我要见王烨！"张子良深吸了一口气，眼中闪烁着光芒。

025 ✕ 积分

早在王烨进行 B 级考核的时候，他的全部资料就已经被送到后勤部部长的手上。资料显示，这个家伙是无法觉醒异能的。其他的异能者，在经历优胜劣汰后，会不断地进步，但王烨作为普通人，幸运地压制住一只诡异物的事情不会再发生了。

正在开车的调查员轻轻伸手拨弄了一下戴在耳朵上的蓝牙耳机，

仔细倾听。随后，他通过后视镜看向王烨，说："张部长想见你。"

"见我？"王烨先是有些吃惊，有些纳闷地看着车窗外不断闪过的景色，陷入了沉思。

他知道，在不久之后，恐怖复苏将会二次爆发，到那时，诡异事件将全面升级。如果没有背景，在更艰难的生存条件下，就算是他，也很难安稳地活下去。不过，他的目标可不是后勤部，而是A小队，或者说，是要去当A小队的队长。

目前，属于A小队刚刚建立的节点，在不久的将来，将会有B小队、C小队。再之后，还会推出一个独立的组织——影。

影只有十个人组成，只有当某位成员死亡之后，才会再次选拔新成员。而影的成员必须从官方小队的队长中产生的。更准确地说，影是一个极其神秘、可怕的组织，它会得到整个官方资源的倾斜。这也是王烨当初同意加入后勤部的目的之一，通过后勤部，转入行动组，再进入"影"。

在邮局赋予他的诡异异能觉醒之后，他的心活络起来。所以，对张子良这种明显带着招揽目的的行为，他心里多少是有些拒绝的……

不对！王烨突然意识到了什么，嘴角勾出一抹笑容，原来张子良让后勤部成员亲自参加诡异事件是为了这个，还真是个冷血的领导啊。不过在行动组，自己未必有资格当队长。

但后勤部……

"好。"这么一想，王烨便对调查员点了点头，表示同意。

调查员很快便调整方向，向着总部驶去。

王烨看着窗外，再次陷入了沉思当中，不知道在想着什么。

还是熟悉的二十一楼。看着远处的办公区，一群人端着杯子，无聊地看着电脑，又或者和同事嘻嘻哈哈着，王烨的嘴角微微抽搐。难道这就是自己的同事吗？难怪张子良要孤注一掷，但这群家伙真的有能力完成张子良的计划吗？他突然有些后悔自己的决定了。

很快，他来到张子良的办公室，坐在熟悉的沙发上。王烨看着办公桌前的张子良，适当地用眼神表示自己心中的疑惑。

"很不错，我没有看错人。"张子良看着王烨的目光中充满了赞赏，然后关切地问，"这次很危险吧？"

王烨摇了摇头，说："还好吧，这两只诡异物的杀人规律比较单一，只要控制住自己，危险系数并不高。"

"但是有两名异能者牺牲了。"张子良别有深意地看了一眼他，很快便恢复了笑容，仿佛只是不经意间提起一般。

王烨的表情很平静，说："那是因为他们愚蠢。"是的，如果壮汉不愚蠢，就不会自大地先杀死田七，以为一切都在自己的掌握之中。当然，就算壮汉和田七联手，结果也是一样的。

"你想要什么奖励？"张子良端起茶杯，轻轻地吹了吹，抿了一口，问。

"A级情报权限。"王烨完全没有考虑，早有准备。

"噗——"张子良刚喝进去的茶水瞬间就喷了出来，他缓了缓，说，"换一个。"

王烨保持了沉默，不再开口。

真是个难缠的家伙。张子良叹了口气："A级情报权限不是那么好拿的，就连我也只是A级而已。而且你现在的功勋不够，这次任务大概有十五积分的奖励，算上之前的，你一共只有二十五积分而已。想要获得A级情报权限，最起码要二百积分打底。"他耐心地和王烨解释道。

"但我只入职了七天。"王烨抬起头，看着张子良微微一笑。

张子良瞬间呆愣住了。是啊，这个家伙仅入职七天，就已经获得二十五积分了。更主要的，他只是一个普通人……张子良下意识地喝了一大口茶水，想要借此来平复一下心情，但因为茶水太烫，再次吐在地上。

王烨无语地看着张子良，忍不住提醒道："小心，烫。"

"咳咳咳——"张子良咳了两声，索性耍起无赖，"反正A级情报权限是不可能给你的，换一个吧！不然就没机会了。"

王烨仿佛早知道张子良会这么说，眼里没有半点失望，嘴角还泛起一丝微笑，轻声说："A小队！"

张子良脸上的笑容瞬间消失，脸色变得冰冷起来，眼神深邃，凝视着他，问："你是在哪里听说A小队的。"

王烨也反过来凝视着张子良，笑而不语。

"年轻人，你似乎没有档案上写得那么干净啊……"失去笑容的张子良才像是一位部长级的实权人物，和之前那副笑呵呵的样子判若两人。

"眼见为实。"王烨的表情还是淡淡的，"而且，你将后勤部的人送到诡异事件里，为的就是这个，对吗？"

"你这是在玩火。"空气瞬间变得压抑。

不知何时，杨琛出现在门口的位置，一言不发地盯着他们，双手也微微泛起青光。只要张子良一句话，下一秒，王烨这个小子就会被他攻击。

"那么紧张做什么，部长？"王烨淡淡地笑着，仿佛没看见杨琛一般，"你是后勤部部长，我是后勤部员工，你想要后勤部在天组里拥有更多的话语权，我同样想变得更强。咱们的利益是一致的，而且在完成目标的过程中，我可能会死，而你依然是手握实权的部长，不是吗？"王烨直视着张子良的目光。

张子良深深地凝视着王烨，过了许久，他笑了一下。

026 × 普通人？

"你想要获得我的投资，但是你只是一个普通人，凭什么笃定我会将资源倾斜到你身上呢？"张子良看着王烨，原本冰冷的表情，骤然如春雨般化开，再次浮现出笑容。原本有些凝重的气氛也在瞬间消失，仿佛一切都没有发生过一般。

王烨看着张子良，笑了。

"谁说我是普通人了？"说完，他伸出双手，只见手臂和双手都变得鲜红，一条条血管般的脉络浮现在手臂上，紧接着，对准门口的杨琛，"你可以试试我的第二种能力……"

王烨的第一种能力今天已经试验过了，可以在瞬间便压制住诡异物，那第二种……

一股巨大的吸力袭来，杨琛觉得自己似乎是在一瞬间就被某种巨大的力量拎了起来，身体不受控地冲向王烨的手中。

不知何时，王烨已经站起身来，像是拎着鸡仔般掐住杨琛的脖子。而杨琛手部的青光也被压制得看不见了。

吸附和压制，这两个能力同时使用，似乎有意想不到的效果。王烨满意地点了点头。

"部长，不知道我的实力，您是否满意？"王烨边说边把杨琛放下，看着张子良微微笑道。

从头到尾，他都没有看过杨琛一眼，仿佛杨琛只是在关键时候配合自己展现能力的道具而已。

张子良微微皱眉，看了一眼王烨，过了许久才笑着说："没问题，希望你永远是我们后勤部最优秀的员工。"

"当然。"说完,王烨和张子良如同两只老狐狸一般,握手、对视、微笑。他们两个人站在巨大的落地窗前,俯瞰着整座城市。至于站在一旁的杨琛,此时好似透明人一般。

"后勤部的这群家伙,真的能指望他们立功吗?他们能在诡异事件中活下来吗?"合作意愿达成后,王烨终于问出了心中的疑问。

毕竟在未来很长一段时间,他都属于后勤部,这些所谓的同事就关系到自己的计划能否成功了。

张子良笑着摇了摇头:"都是一群关系户罢了,改革之后,没有能力的人只要不想死都会主动离职。再说了,谁说我们后勤部都是普通人了?"他模仿着王烨刚才的语气,转过身,看着王烨玩味地一笑。

真是个记仇的家伙。王烨在心里吐槽道,心却放了下来。果然,张子良敢玩这么大,还是有一定底气的。如果他真的认为凭借外面那群歪瓜裂枣就能在诡异事件里贪到功劳,那王烨就得考虑是否需要换个合作伙伴了。

两个人聊了许久之后,张子良亲切地送王烨离开。

回到办公室里,张子良的笑容彻底消失,坐在沙发上,手指轻轻敲击着沙发上的实木扶手,脸上带着思索之色。过了许久,他看向杨琛问:"杨琛,你觉得王烨的实力如何?"

杨琛回忆着刚才的场景,一脸后怕地咽了咽口水:"很强。至少我觉得,他刚才要是想杀死我,我没有任何反抗的能力。"他有些羞怒,"不过,我只是不熟悉他的力量,如果给我准备的时间,我……我……我一定可以抵抗一会儿的!"

张子良直接无视了杨琛的后半句话,再次陷入思索中。

过了许久,他淡淡地说:"提升王烨为二组组长,挂个虚职就好,然后派人将目前后勤部最新的装备送给他一套。我有预感,咱们这次是捡到宝了。"他喷了一声,"不过,这个家伙究竟是什么来头呢?明明体内没有能量,根本就无法觉醒异能啊……算了,暂时先别上报。要是被实验室那群疯子知道,估计会想办法把人要走研究了。"吩咐完后,他似乎有些累了,闭上双眼,休息起来。

和这只小狐狸斗智斗勇,多少有些费神。

杨琛咬了咬牙,似乎想要证明自己不比王烨差,但想到实力的对比,最终还是没有说话,转身离去。

"等我觉醒第二个部位的!"杨琛不忿的声音传进张子良的耳中。

过了许久,张子良睁开双眼,露出若有所思的表情:"虽然比顶尖的那群人要差了一些,但应该够了。"

办公室内,再次陷入了安静当中。

回到家中,王烨给自己倒了一杯水,然后便坐在沙发上休息。他在想,目前的计划已经走出了第一步,算是一个好的开始,只是……

他看着自己的双手,能够明显感觉到,自从异能觉醒后,双手似乎和身体之间有些不协调。怎么形容呢?好像双手在对身体传达着一种不屑的情绪……

今天自己短暂地用过两次异能,使用结束后,身体都出现了一定程度上的虚弱,应该是身体的机能、素质有些跟不上双手的状态。长此以往,双手过分调动其他部位的精力,身体却不协调,会导致其他部位渐渐腐烂,只有觉醒了第二个部位之后,两个位置的能量互补,达到一个稳定的平衡,才能增加自己的存活时间。如果身体的所有部位都觉醒了,每一次觉醒都会伴随着剧烈的痛苦,如果某两股能量产生冲突,这具身体会因为承受不住巨大能量而爆炸的。

这也是为什么大部分异能者都会死在觉醒的过程中,觉醒的部位越多就越危险,这就是脑部觉醒者是公认的实力最强的原因。因为脑部最先觉醒，温柔的属性会极大地降低其他部位的觉醒风险，并且意念很强。

"我通过邮局任务觉醒异能，风险会降低很多，真的有些期待下一个任务了。"王烨喃喃自语着。

接下来的几天，王烨安稳了很多，除了后勤部送来一些装备之外，再也没有打扰过他，包括周涵那个奇怪的女人。不过，张子良传来的消息，他已经将大部分人员派往各个诡异事件的现场，导致绝大部分靠关系进来养老的员工提出了离职。让所有人惊讶的是，后勤部里的异能者，竟然足足有十二个人，而且其中几个人的实力都不算弱。

一时间，天组高层的内部风云涌动，所有人的视线都关注到了平时不声不响背锅的后勤部部长。对此，王烨不怎么关心，而是推开了客厅里那扇诡异出现的神奇木门。

027 ✕ 转正

来到熟悉的邮局，王烨隐隐有些期待。虽然每次任务都充满了危险，但获得的奖励和付出是成正比的，是值得的。如果没有前两次的任务奖励，他也没有和张子良那种人物谈条件的筹码。

对于自身的定位，王烨还是比较清楚的。

他熟练地来到前台，看到上面的东西，瞳孔骤然收缩，表情也变得凝重起来。一封几乎被鲜血染透的信件静静地放在桌子上，信封旁边则是一把有些锈迹的钥匙。

"这是送命的任务吗？"王烨看着眼前的信件，有些不敢置信。上次仅仅是一封染了几滴鲜血的信，就已经让他感到后怕了。

而这次的信件彻底被鲜血染透,让心态平稳的他都忍不住倒吸一口凉气。

王烨沉思了数秒,心想:邮局的任务,不管再危险,都有完成的可能。这么想着,他仔细阅读起提示字条:

任务要求:
驾驶邮车,按照导航行驶,在终点处下车。
将信送给第一眼看见的人。
任务期限:五天内送达。
奖励:转正为一级诡差、诡差服。

"转正?"王烨若有所思,"难不成之前只是实习考核吗?这么说来,转正后的权限应该会增加吧?"他的表情逐渐带出一缕疯狂,仿佛这才是他压抑在外表下的真实自己。

王烨默默地拿走前台上的信件以及钥匙,放在自己的口袋,转身离去。

回到客厅,他站在窗口,面无表情地看向楼下。

果然,一辆款式老旧的邮车已经停在小区门口,静静地等待着。

"是直接引导能量传达现实。还是有人在故弄玄虚呢?"王烨思索了许久,百思不得其解。

于是,他默默地拉上窗帘,倒在床上,睡了过去。每次行动前,都必须养精蓄锐,他很重视。

次日,将一切准备妥当后,王烨来到小区门口,用前台留给他的钥匙打开车门,钻了进去。邮车的内部同样非常老旧,仪表盘上布满了灰尘。启动车子时,发动机发出巨大的轰鸣声,让人怀疑车子是否还能启动,幸好,邮车没有罢工。

随着邮车缓缓启动,一旁的导航也在这一刻亮了起来。

摸着方向盘,王烨微微皱眉,这个方向盘的触感有些奇怪,似乎……像摸在人的皮肤上,而下面的刹车,则像是踩在一坨肉上。

导航的光芒微微闪烁,像是坏掉了。随着汽车的启动,周围的场景渐渐变得虚幻起来,街上的人影似乎变得有些模糊。这一刻,王烨及邮车仿佛和这些行人处在不同的时空。与此同时,闪烁的导航上终于出现了路线图。

看着导航上的位置,王烨脸色一变,甚至变得苍白。

永夜过后,整个世界沦为荒土。其中,有两股势力凭借神秘的底蕴,强行开辟净土,在荒土中,建立释国、儒城,得以生存。随后,在儒城的帮助下,官方开辟出十座城市,抵御着荒土的侵蚀,即便如此,城市中还会时常爆发恐怖的诡异事件。不过,城市依然算是乱世中的净土了。

除此之外的地方则彻底沦陷。用一句话来概括——是诡异物的乐园。

只要出城,不走官道,就要做好随时死亡的准备。通往其他城市的火车,每天只有一辆,还需要众多异能者的保护才能顺利行驶。

当然,虽然荒土很危险,但也充满了机缘,有很多活不下去的人,或是即将死亡的异能者,都会选择前往荒土,希望能淘到宝贝。他们,被统称为——拾荒者,然而,百分之九十九的人都死了,存活下来的人都带回了价值不菲的东西。

此时,导航的定位就在荒土之中,且是在荒土深处,那是一片完全没有被开发的地方。单从数据来分析,此次任务,十死无生……

王烨心想:要相信自己的判断,邮局不会给出无法完成的任务。这么一想,他深吸了一口气,眼中闪烁着疯狂之色,用力地踩下油门,发动机传来一阵轰鸣声。而邮车则以一种和声音不符的速度窜了出去。路人对这辆神秘的邮车完全没反应,应该是看不见。

王烨开着邮车,在城墙处,直接穿墙而出。看到这个场景,他露出一副果然如此的表情,心想:果然,邮车是介于真实与虚无之间的。

就这样,一人一车离开了安全的城市,前往充满着神秘传说的荒土之中。

"嘻嘻,小哥哥一定想不到我会去找他。就在他开门的瞬间,我就狠狠教训他一顿。"在王烨家的小区楼下,周涵露出纠结的表情,嘟着嘴坐在花坛边。一把把黄金制作的小刀围在她身边,不停地飞舞着。

过了许久,她的眼睛亮起来,恢复了甜美的笑容。

来到王烨家的门口,周涵还很有礼貌地敲响房门。

房门打开,"王烨"面无表情地站在门口,只是这个"王烨"脸色苍白如纸。

"王同学,你好呀!"周涵的双眼眯起来,像月牙般可爱,笑嘻嘻地看着"王烨"。

"王烨"看了一眼周涵,一言不发,有些僵硬地转身回到客厅。

看着王烨的背影,周涵的眼中闪烁着一丝奇怪的光芒。下一秒,无数的黄金飞刀在空中不停地飞舞着,冲向面无表情坐在沙发上的"王烨"。

"王烨"只是漠然地抬起头,看向周涵。随后,他被瞬间肢解。

但诡异的是,倒在地上的"王烨"的尸体伤口处,没有流出一滴鲜血。透过砍断的伤口处,可以看见他的体内,空无一物。

周涵仿佛没有发现异常,露出一脸得意的表情,拿出手机,站在"王烨"的尸体前,美滋滋地自拍了一张照片。随后,她开心地离开了王烨的家,甚至没忘了替他关上房门。

过了许久……家里"王烨"尸体上方那颗空洞的头颅突然滚动起来,眼睛不断地转动。

在神秘的荒土之上,随着邮车的快速行驶,王烨已经离城市越来越远了。

整片荒土都笼罩在诡域之中,充满了阴森、恐怖的气息。隐隐可以看见一些拾荒者们正小心翼翼地在土地中挖掘着什么,但他们没有一个是组队状态的。

王烨对此倒是了解。

拾荒者,不组队。这是一个不成文的规矩。

荒土中遇见诡异物的概率非常大,如果你在外面游荡一天,没有碰见诡异物,反而是稀奇的事情。如果遇见正常的诡异物倒还好,总能有些人存活下来,但如果是那种可以附在人身上的……那对所有人来说,就是一场灾难。

死亡,对拾荒者来说并不可怕,毕竟风险与机遇并存,每个拾荒者在出城的时候就已经做好了死的准备。不过,人为财死,在亡命徒的眼中,只要能获得宝贝,天王老子都敢杀,渐渐地,不组队已经成了大家不言说的规则。

看着偶然发现的拾荒者,王烨有些沉默,在上一世知道自己无法觉醒异能后,他曾一度想过出城拾荒,或许能够找到一条属于自己的路。如果不是在那场诡异事件中死亡的话,估计自己……也是这些人中的一员吧。看着车窗外的景象,不时有拾荒者陷入诡异事件中,但诡异的是,所有的诡异物,似乎都对这辆邮车敬而远之。

最开始,王烨只是单纯地以为诡异物看不见自己的车。但随着时间的推移,他观察到,大部分诡异物都会主动避开邮车。

"他们……是在畏惧这辆邮车吗？"王烨若有所思。

邮车渐行渐远，大概一个小时之后，已经彻底远离了城市，甚至连拾荒者的身影都看不见了。

大部分的拾荒者只敢在城市附近游荡，荒土深处过于危险了。

神秘的邮车无声无息地在诡异物中穿梭着，最开始，王烨悬着一颗心，渐渐地，开始放松下来，诡异物见得多了，也就麻木了。

不过，王烨对荒土的了解比一般人都要深。但现在看来，荒土明显比他想得还要恐怖，那所谓的禁区又会是怎样恐怖的存在呢？而且，禁区是如何被发现的呢？究竟是多么恐怖的家伙，才能横穿荒土，到达禁区，并且活着把消息带回去呢？

这一刻，王烨卑微地发现，自己终究也只是一个小人物而已。

突然，他的瞳孔猛然收缩，就在前行的路上，一个披麻戴孝的诡异物跪在地上，面前放着一个火盆，发出阵阵哭声。那个哭声甚至能透过邮车，传进王烨的脑海之中。只一瞬间，他的眼睛变得血红，血色的泪水顺着眼眶不停地滴落。

这哭声……比糖果游乐园的那只诡异物要强大无数倍。

王烨感觉自己的身体瞬间虚弱起来，似乎随时都会死去。

"该死，我就知道血色的信不会这么容易送达！"王烨暗骂了一句，用力踩在油门上，但前方的诡异物仿佛毫无感觉一般，依然往火盆中扔着纸钱，只是哭声愈发大了。

血泪不停地顺着王烨的眼眶流下，他的脸也愈发苍白。

撞上去，还是绕道呢？他不断地纠结着，大脑也陷入混乱之中，脑海里不停地回荡着哭声。

终于，王烨狠狠地咬了咬嘴唇。在疼痛的刺激下，他短暂地恢复了清醒，猛地转动方向盘，险之又险地擦着诡异物的身子绕了过去。

他松了一口气。如果撞上去,不知道会发生什么后果。

王烨猛地踩下油门,邮车离那只不停哭泣的诡异物越来越远。哭声渐渐变弱,直至消失之后,他才仿若虚脱一般,瘫坐在车座上。

如果那只诡异物出现在上京城……他打了一个寒战,那将造成无法预估的伤害。

"前面的路,估计不好走了。"王烨咬了咬牙,表情也变得郑重了起来。他知道,刚才那个家伙不过是开胃菜而已,后面会更凶险。毕竟,如果一封被血染透的信,只是开开车就送到,那这奖励拿得也太容易了。

"什么?好的,我知道了。"天组总部,二十一楼的办公室内,张子良微微皱眉,挂断了电话,皱起眉头。

"怎么了?"杨琛看着他的表情,疑惑地问。

张子良愣了一下,摇了摇头:"没事。对了,那群家伙怎么样了?"

"大部分蛀虫都已经离职了,十二个异能者……牺牲了五个了。"杨琛耸了耸肩,表情有些凝重。他知道,为了拉拢这十二个异能者,张子良付出了什么代价。这是后勤部的底牌,现在牺牲了五个,对张子良来说,绝对算得上是伤筋动骨了。

让他感到惊讶的是,张子良似乎对此并不怎么上心,只是轻轻地点了点头,说:"知道了,你先下去吧。"

沉默片刻,杨琛转身离开。而张子良则是看着桌子上的一份档案,陷入了沉思。

档案上,名字一栏赫然写着王烨的名字。

"这家伙越来越神秘了……"张子良轻声叹息道。

另一边,王烨的神情凝重。不知不觉间,邮车开进了一片坟场。

102

坟场中，那一个个老旧的墓碑静静地矗立着。

让他感觉不可思议的是，所有墓碑的造型、款式，几乎和城郊公墓里的一模一样。

"该死，这到底什么情况？"王烨暗骂着，加快了行驶速度。

下一秒，他的瞳孔猛地收缩。一个微微闪着烛光的木屋出现在他的视线中。这间木屋和城郊公墓的竟然也完全一样！

木屋内，一个人影背对着窗口，微微弓着身子，似乎是一个行将就木的老人。

老人？

一股凉气，瞬间涌遍了王烨全身。

028 ✕ 断手

看着木屋内背对着自己的老人，王烨全身涌出一股凉气，难道他就是城郊公墓的那个老头？但他怎么可能会出现在这里呢？这个老家伙到底是人还是诡异物？这里已经是荒土深处了，人怎么可能在这种诡异的地方存活下来？无数的疑问充斥在王烨的脑海里。

邮车依旧向远处行驶着，足足开了二十分钟，才离开这座坟场。

一直在心里计算的王烨此时震惊不已。没想到，这座坟场足有五平方千米那么大！如果此处的坟场和城郊公墓一样都埋葬着诡异物的话……

随着邮车的离开，木屋的门才被缓缓推开，老人手里拎着一盏烛灯站在门口，默默地看着王烨离去的方向。

过了许久，他的嘴角突然浮现出一抹诡异的微笑。

如果王烨还在的话，一定会发现，这位老人，正是之前在城郊公墓看着自己的那位。

103

据导航显示，王烨距离目的地还有三分之一的路程，他不知道自己是否能活着将这封信送出去。眼下，这辆神秘的邮车再也无法给他带来一丝一毫的安全感。

漆黑一片的荒土中，一座宁静的古宅在远处浮现。古宅上挂满了白布，似乎正在办白事。

"古宅？"王烨的表情很是凝重。突然，绑在腿上的剔骨刀散发出诡异的凉气和深深的怨念。

是的，是怨念。他能够直观地感受到从剔骨刀上传来的怨气。

"是剔骨刀记忆碎片里的那栋古宅！"王烨瞬间想起自己在404房间内，刚拿起剔骨刀时，脑海中闪过的记忆碎片。其中，剔骨刀的主人曾在一栋古宅里用这把剔骨刀剔一颗头颅上面的肉……但更多的画面，他有些记不清了。

感受着剔骨刀的异常，王烨的大脑在不停地运转着，努力回想当时的画面……

突然，他愣住了，脸色变得苍白，一滴冷汗从鬓角流下。因为他赫然想起，被放在盆里的，被剔骨刀割肉的人头似乎是自己的脸！

王烨感到不寒而栗，为什么当时看到这幅画面时会觉得很正常，竟然完全没有发觉？不对，凭自己的警觉，怎么可能犯下这样的错误呢？

他不停地回想着拿到剔骨刀那天的情形，神秘的古宅也伴随着邮车的行驶而渐渐落在了身后。

不知何时，古宅的大门轻轻地打开了一道缝隙，一只眼睛紧紧地贴在缝隙处，阴森地看着邮车离去的方向。

王烨仍然在不断回想古宅中发生的事情，第一次，他对自己产生了怀疑。

"不管了，生死有命，富贵在天！"实在想不通，他被气得砸了一下方向盘，暗骂一句，重新调整好心态，继续往目的地行驶。然而，还没等他松一口气，前方就突然出现了一个诡异的红色戏台，一个穿着戏服、脸上画着浓浓戏妆的女人站在台上，轻声低吟着。

戏台下方，一群或没头或身体残缺的，周身散发出恐怖气息的诡异物坐在椅子上，正聚精会神地听着。

隐约间，戏曲声透过车窗传入王烨的耳朵，他忍不住痴迷起来，下意识想停下车，和那些诡异物一起坐在戏台下。

在意识还能保持一丝清明之际，他用力咬了一下舌头，用力之大，他瞬间尝到了鲜血的味道。在剧烈的疼痛刺激下，他终于恢复了清明。

这诡异的声音充满了诱惑，比之前那只不停哭泣的诡异物还要恐怖无数倍。

王烨收回已经伸向车门的手，不敢再看那个戏台一眼。突然，远处天空上，一只恐怖的手飘了过来，缕缕黑气从手上不断地散发出来，十分骇人。王烨仅是看了一眼，脸色就变得惨白，心跳不断加速，眼眶处，竟有一缕缕鲜血流出。

随后，这只恐怖的断手飘到戏台上方，轻轻一拍。戏台上的女人就那样诡异地消失不见，仿佛从未出现过，而台下坐着的诡异物，则是被断手狠狠地拍在地上。

剧烈的响动震得邮车不断地晃动，而王烨通过后视镜看到这个画面，嘴里猛地喷出一股血雾。这只断手能量太过恐怖，仅是看了一眼，就让他险些送命。

王烨的心瞬间提了起来，疯狂地踩着油门，邮车飞快地驶离这片区域。

很快,断手消失在了他的视线之中。

"断手?"不知为何,王烨的脑海中浮现出404房间的客厅墙壁上挂着的十字绣,上面的断手虽然诡异,却不及这只手的万分之一,似乎只有形,而无神。

先是城郊公墓,紧接着是神秘的404房间……

看似安全的上京城内,这两个普通的地点却和荒土存在着紧密的关联,似乎一切都没有那么简单。

"该死,那个邮局到底是什么样的存在?"王烨忍不住低声骂着,这一个个看起来独立的存在,却被神秘的邮局诡异地串联起来。

终于,剩下的路没有再发生什么异常。是都被那只手解决了吗?王烨无法确定,看着导航上显示,还有不到五百米的距离,他忍不住松了一口气。

终于,他活着到达了目的地。当邮车按照导航停下来时,一座看起来平平无奇的宅院出现在王烨的视线中。宅院的外墙是老旧的青砖,院门也微微有些残破。大门外,摆放着两个石头雕刻的雕像。和传统门雕不同的是,这两个雕像是孩子的模样,看上去诡异极了。

更奇怪的是,在宅子门前竟然种着一片花圃。很难想象,在恐怖的荒土深处,究竟是什么样的人还能有如此闲情逸致?

王烨坐在车里,警惕地看着四周。任务提示上说……将信送给自己第一眼看见的人,但没说一定要下车。

这辆车,已经是王烨目前最大的保障了。突然,通过倒车镜,他发现一个中年男人不知何时站在自己的车旁,正满脸微笑地、静静地看着自己。

029 ╳ 哭丧棒

看着倒车镜上的人脸，王烨的汗毛瞬间立起。他敢确定，就在三秒前，那个位置还空无一物。一个人可以无声无息地出现在自己身旁，着实让人不寒而栗。

想到任务提示，将信交给终点站第一个看见的人，他咬了咬牙，想要打开车门。

就在这时，宅院的门突然打开，一个老太太气喘吁吁地跑了出来，朝着王烨焦急地说："信别给他，他不是人！"

"不是人？"王烨的眼中闪过一抹亮色，身上瞬间布满冷汗。

一瞬间，他的大脑飞速运转，仿佛想通了什么，露出一副后怕的表情。

"该死的邮局，任务提示里有陷阱。"王烨咬牙暗骂，提示上写的是，交给第一眼看见的人，但诡异物并不是人，如果他弄错了，将信交给诡异变化出来的人，后果将不堪设想。

男人听到老太太的话，脸色瞬间阴沉下来。他转过头，死死地盯着她，过了许久，才冷冷地开口："你别被她骗了，把信给我。"

"不能给！"老太太一脸的紧张，看着王烨不停地摇头。

眼前这一幕让王烨的瞳孔瞬间收缩，这两个人竟然能对话？这可打破了他的认知。眼前这两个家伙，至少有一个是诡异物，换言之，这只诡异物并非没有思维能力，而是高级的、有思想的，他之前从没有遇见过。

很快，王烨收回了发散的思维，表情凝重地看着两个人。他坐在车内，不发一言，静静地等待着。诡异的是，外面那两个人明显对对方有所忌惮，也是默默地对视着，等待王烨做选择。

王烨坐在车内，观察了许久。

脸色苍白、诡异的中年男人,以及满脸紧张的老太太。

"我知道了……"终于,王烨的目光中带着一丝果断,以一种极快的速度下车,将手中的信塞进男人的手里。

拿着信,男人原本苍白的脸庞瞬间红润起来,不再是那种死气沉沉的模样,而是有了一丝属于人的生气,看向王烨的眼中也带着赞赏。

老太太的表情瞬间变得狰狞起来,怨毒地看着王烨。

"为什么?"她不甘地大喊一声,身体正在以一种诡异的速度干瘪下去,整个人如同一具干尸,一只眼球从眼眶中掉落……她的头上,钉着一枚散发古老气息的青铜钉。

王烨下意识地后退了两步,站在男人身后,别有深意地看了一眼老太太头顶上的钉子。

果然,是邮局内的物品,和自己钉在404房间里的照片上的钉子,完全相同。

"你是怎么发现的?"老太太的声音变得阴气沉沉,看向王烨的眼神也充满了怨毒,好似要用目光将王烨撕碎。

"首先,荒土深处,怎么可能有一个走两步路都会喘得不行的老人呢?其次,你太正常了,正常得像个邻家奶奶,这种正常人活不长。最后,你一直站在宅院门口,却没有迈出来,应该是被封印了吧……"王烨十分冷静地分析道。

站在旁边的中年人似乎已经看完了信件,手里的信也化为灰烬,消散在空气中。

"你,很不错。"男人似乎不善言辞,看着王烨一字一顿地说。随后,他的目光落在老人身上,嘴角露出一丝微笑,向前迈去,整个人的身上都闪烁着青光。

看着男人的背影,王烨的瞳孔骤然收缩。

五个部位!

足足有五个部位都在闪烁着青光!

在觉醒一两个部位就已经是顶尖强者的时代里,荒土深处竟然有人觉醒了五处。

要知道,每觉醒一个身体部位,整个人的实力就会增加至少一倍,身体部位觉醒后,通过血液循环,身体机能达到互补,产生的效果是巨大的……真不敢想象,这个家伙究竟是多么恐怖的存在。

而且,他似乎对邮局的信并不陌生,或许在他这里能够问到一些关于邮局的秘密。

可惜的是,就在王烨想要张口的瞬间,男人身上的青光闪烁,宅院、男人、老太太全部消失在荒土之中,仿佛从未出现过。

"消失了?"王烨露出一副震惊之色,眼前这一幕,是他的认知中无法解释的。

或许,自己对这个世界的了解还是太少了。

眼前的景象,带给他震惊之余,也让他充满了斗志。

终有一天,这个世界将会在自己的眼中没有秘密。

很快,王烨便冷静下来。空气渐渐变得阴冷起来,远处,一个穿着白色丧衣,手里拿着哭丧棒的人影出现在他的视线之中。

王烨表情微变,迅速回到邮车,关上车门,启动车子。然而,车子迟迟无法启动。

"该死!"王烨的眼中闪过一丝焦虑,看着远处越来越近的人影,不停地踩着油门。甚至,人影上的面孔都已经隐约可见。

这……这鬼东西似乎没有脸!

终于,伴随着发动机的一阵轰鸣声,邮车动了。王烨急忙打着方向盘,循着来时的路,快速离去。

这诡异的荒土,仅仅下车一分钟,都有死亡的威胁。

随着邮车远去，拿着哭丧棒的人影停在原地，冰冷的眼神不带任何感情，默默地注视着邮车离去的方向，没有脸的面孔上，竟然扭曲地浮现出五官。最终，形成一张和王烨一模一样的脸，这张脸开始还有些僵硬，但渐渐地，竟然浮现出和王烨离去前一样的表情。

一个冷哼声在空中响起，一道青光自虚空处闪过，不偏不倚地劈在人影的脸上。人影露出痛苦的样子，发出一声凄厉的惨叫。最后，王烨的面容消失了，人影再次失去面孔，他站在原地，停滞了几分钟的时间，然后，再次消失在浓雾之中。

030 ✕ 鬼脸藤

随着邮车渐行渐远，王烨终于松了一口气。

就在刚才，面对那只没有脸的诡异物时，他心里有一种预感，这辆邮车保不住他。可以这么说，短短几个小时的荒土之行，已经让王烨的世界观彻底崩塌。

在荒土之中，危机重重，机遇重重。

那只诡异物手里拿的哭丧棒，一定是一件十分厉害的诡异物品。

这么一想，王烨突然有些懊恼，邮局每次给的任务，似乎都有薅羊毛的机会。

回想那座恐怖的十里坟场，再联想到城郊公墓，以及满地的墓碑碎片……那些墓碑碎片一定是好东西，最起码有镇压诡异物的功能！可惜第一次没经验，错过了。

看着熟悉的道路，王烨谨慎地驾驶着邮车，不停地注视着四周。

那只恐怖的断手不知何时已经消失不见。

之前的戏台处出现了一个巨大的坑洞，唱戏的女人站在坑洞边缘，戏服随风飘动。好在这次女人没有唱戏，他得以安全离开。

那座熟悉的古宅，大门不知何时打开，只是这次剔骨刀没有出现异常。

一幕幕熟悉的场景在车窗外不断地倒退，王烨松了一口气，看来回去的路，好走多了。

突然，不远处的一座矮山上散发出阵阵诡异的光芒。

王烨透过车窗看过去，隐隐能看见山顶有一道血红色的光。

在山顶上，一个手拿拂尘的人正在和一个身上散发浓郁金光的人战斗。

就在此时，天空中，之前那只恐怖的断手再次降临，对着山头拍了下去。

伴随着轰鸣声，邮车离去。再之后的情况，王烨就看不见了，现在的他甚至连凑热闹的资格都没有。

好在接下来的路途难得顺畅起来，根据导航，他离上京市越来越近了。

"邮局每次的任务，都会给薅羊毛的机会。"王烨似乎想到了什么，喃喃自语着。

邮车前行的速度渐渐慢了下来，他有更多的机会看向两侧。

不远处的天空中，漂浮着几张燃烧了一半的纸钱。王烨的眼睛一亮，猛地踩下油门，停下车子，他以最快的速度下车，将纸钱卷到手中。紧接着，一股阴凉的气息传遍王烨全身，他明显感觉到拿着纸钱的手有股堵塞感。

异能用不出来了吗？也就是说，这些纸钱能够压制人体内的异能！

随着异能的觉醒，哪怕不使用异能，身体的其他部位也会渐渐腐烂，如果这些纸钱能够压制人体内的异能，岂不是能变相地延长人的寿命？

真是好东西！

这时，一缕哭声隐隐传来。王烨的眼睛再次有些发红。

"该死，还是那个鬼东西！"他的脸色一变，急忙上车。

这次，他很聪明地没有熄火，邮车继续以极快的速度离开。

就在王烨离去不久，之前停车的位置，出现了一个穿着孝服，端着火盆的家伙不停地哭泣着。而火盆中，类似的纸钱不断地燃烧着。

"果然，虽然有风险，但收益同样可观！"王烨谨慎地将卷到手里的三枚纸钱收进镀了一层金的盒子中，眼中闪烁着光芒。

邮车开得更慢了，这种能够安全地在荒土中拾荒的机会，弥足珍贵。

但很快，王烨不免有些失望，途中确实遇到几个好东西，但无一例外地，附近都有诡异物看守着，并且它们身上散发出来的气息，让王烨本能地感到心悸。

眼看车离上京城越来越近，王烨的脸色变得有些阴沉。

突然，前方路边，一株长着鬼脸，浑身布满暗红色脉络的植物出现在王烨眼前，而他握着方向盘的手，也开始有些发热。

好东西！适合自己！

王烨听说过，异能者可以通过外在因素来强化自身的异能，这个东西，难道可以强化自己的手吗？

他毫不犹豫地将车停下，以最快的速度冲到鬼脸植物前，想把它拔出来。然而，随着他的动作，植物上的鬼脸宛若活了一般，甚至隐隐发出痛苦的尖叫声。而一股剧烈的疼痛感，传遍王烨全身，似乎体内的血液都从手部向那株鬼脸植物涌去。

鬼脸植物上原本暗红色的脉络，渐渐变得鲜红，而顶部的鬼脸，表情变得有些狰狞，眼神怨毒地看着王烨。

"该死！"王烨低吼着，双手变红，脉络清晰可见，甚至能隐约看见脉络中的血液在流动。

下一秒，鬼脸植物被他直接拔了出来，伴随着一声凄厉的尖叫，植物上面的鬼脸闭上了眼，表情变得宁静，似乎没有了声息。

就在此时，一道破空声在他的身后响起。

王烨的瞳孔微微一缩，下意识地扭头，一支黄金制作的弩箭扎在了他面前的地面上，箭尾处不停地颤抖着。

"谁？"王烨的眼中闪过一丝杀气，两根金针无声无息地顺着袖口滑落，稳稳地夹在指尖，毫不犹豫地向身后射去。

借此机会，他站直身体，迅速向身后人影所在的方向冲去，手部连同手臂瞬间变红，胳膊仿佛都变得微微粗壮了些，对着人影猛地砸下去。

人影的脸上带着一丝惊讶，似乎没有想到王烨的反应如此之快。感受到手臂带来的威胁，人影的眼中带着些许慌乱，它咬了咬牙，以一种极其难看的姿势在地上滚了一圈，险之又险地避开了。

下一秒，一股剧烈的冲击袭来，之前人影站立的位置，出现一个土坑，石块四散。几块微小的石头砸在人影身上，带来阵阵疼痛，这是王烨手部觉醒的第三个能力——巨力。

他测试过，用尽全力时，能将十厘米厚的钢板打穿。感受着这股力量，人影的表情猛地一变，看向王烨的眼神里充满了忌惮和懊恼。而王烨也终于看清了人影的模样，一个脸上带着恐怖疤痕的壮汉。

"朋友，是个误会。"壮汉说。说话间，他脸上那如同蜈蚣般的疤痕轻轻扭动，显得分外狰狞。但很快，壮汉的脸上又浮现出了笑容，微不可察地向后退了两步。

031 ╳ 诡异玩偶

"误会？"王烨的脸色冰冷，锐利的目光看向壮汉。

"大家都是出来拾荒的，遇见好东西自然要尝试着抢一下，但很明显，你更有资格拿到它。当我眼拙，咱们多一事不如少一事，如何？"壮汉讪笑着看着王烨，双手张开，表明自己并没有敌意，"再说了，荒土里充满了威胁，我自认不如你，但也不是你可以秒杀的。拖的时间越久，你也越危险，对吧？"壮汉的脸上充满了笑容，眼神却冰冷。

王烨不为所动，泛起一丝冷笑："你是在和我开玩笑吗？"他的眼底闪烁着杀气，如果不是他反应够快，现在已经是一具尸体了。说着，王烨抬起右手，红光微微闪烁，通过脉络可以看见，体内流动的血液瞬间加快。

壮汉的表情一变，毫不犹豫地转身向着远处跑去。刚刚一瞬间的交锋他就知道，自己打不过王烨。

下一秒，一股巨大的吸力传来，壮汉咬了咬牙，从口袋里掏出一个稻草做的残破玩偶，扔在地上。眨眼间，玩偶如同被赋予生命一般，僵硬地移动着身体。紧接着玩偶就被王烨吸到手里。

"嘻嘻……"玩偶突然露出一丝诡异的微笑，双眼变得鲜红，随后，身体诡异地燃烧起来，化为灰烬。整个过程只有三秒钟，而壮汉也借着这个机会逃离到很远的位置。

"果然，能够来到荒土的拾荒者，没有一个简单的。"看着已经远去的壮汉，王烨喃喃自语着。

随后，他回到了邮车上，启动车辆。如果他坚持追杀壮汉，可以尝试开邮车去追他。但壮汉离去的方向并不在导航路线上，王烨不确定偏离导航会发生什么事，与其承受危险，不如安心回城。

然而，摸着方向盘，王烨喃喃自语道："可我控制不住自己的内心啊。"随后，他毫不犹豫地调转方向，沿着壮汉离去的方向追赶上去。

一直正常工作的导航开始变得错乱，不停地闪烁着亮光，紧接着，屏幕上就出现几个鲜红的大字：

请回归正确轨道！

王烨假装没有看见，仅用了十几秒，凭借邮车的速度，他就看见了壮汉的身影出现在远处。

他腹诽道："哼，我这个人是出了名的记仇！"说着，眼底还闪过一丝疯狂。

下一秒，他就行驶到壮汉的身边，刹车，停下，准备下车！

壮汉一看，又丢下一个东西，快速遁走。

王烨定睛一看，嗯，地上还是那个玩偶。虽然玩偶浑身残破，还带着诡异的笑容，但这种能替自己抵挡攻击的玩偶，简直是可遇不可求。

"算了，看在玩偶的份上，放过你吧。"王烨觉得心满意足，便回到邮车上。邮车上的导航屏幕已经像是被鲜血浸泡了似的，他皱起眉头，迅速启动邮车。

直到他按照记忆回到了偏航之前的位置，导航屏幕才恢复正常，熟悉的路线图再次出现。

剩下的路程，王烨再也没有发现什么宝贝，毕竟路线是固定的，找到好东西的概率并不大。终于，他看到了垒砌了厚厚墙壁且散发光芒的上京市。

将邮车停在小区门口，王烨疲惫地回到家中。站在门口时，他发现了一丝异样，门前的地面上有一根微不可察的发丝。这是他多年养成的习惯，每次出门时，他都会在门缝处夹上一根头发。

有人进去过！王烨想了想，还是打开房门，进入屋内。里面十分安静、十分整洁。他假装什么都没有发现，从冰箱里拿出一瓶水，坐在沙发上，疲惫地闭上了眼睛。

过了许久……阴影中，一个和王烨长得一模一样的人突兀地出现。他脸色苍白，僵硬地移动着身体，缓慢地来到王烨的身后。

终于，他缓缓地抬起双臂，向王烨的脑袋摸去。

"忍不住了吗？你倒是挺愿意替我打扫房间的！"突然，坐在沙发上仿佛睡过去的王烨猛地睁开眼睛，嘴角泛起一丝冷笑，不知何时拿在手里的麻绳也瞬间挥了出去。

032 ✗ 收获的季节

麻绳在空中划过一道诡异的弧线，缠绕在了"王烨"的身上。

"王烨"眼神空洞，任凭自己被麻绳捆住，没有丝毫反抗的意图。随着麻绳一层一层地缠绕，"王烨"好似不受影响，依旧用空洞的眼神看着王烨。

"咦，不是诡异物？"王烨明显一愣，麻绳可以束缚诡异物，但对其他东西没有丝毫作用。

就在这时，被麻绳捆住的"王烨"发生了变化，僵硬的脸庞变得扭曲，对着王烨费力地做出一个微笑的表情，紧接着，他的身体诡异地自燃起来，散发出一股浓浓的尸臭味。

王烨满脸警惕，下意识地后退几步，牢牢地注视在那个和自己长得一模一样的人影，直到那团火焰燃烧成为灰烬。

闻着难闻的尸臭味，他满脸嫌弃地打开窗户。很快，屋内的味道散尽，王烨看着那堆灰烬，陷入了沉思：很明显，这个东西想要偷袭我，被我发现后，直接自燃。或者说，控制他的人知道这个东西对付不了我，也不想让我得到线索……那背后操控的家伙究竟是人，还是……

如果在以前，王烨会直接判断背后操控的家伙是人，毕竟诡异物没有思维，只知道按照规律杀人。但刚刚的荒土之旅，让他对这个世界有了更深的了解。

或许，荒土深处，禁区之中，那些诡异物已经和人没有什么区别了……

将灰烬打扫干净之后，电话适时地响了起来，是张子良。

王烨有些疲惫地按了按太阳穴，接通电话，问道："张部长，有事吗？"

这一天的荒土之行，他的精神始终处于紧绷之中，回到家后又经历了这么一件诡异之事，现在整个人的精神状态都不太好。

"屋子里的鬼东西解决了？"张子良倒是了如指掌。

闻言，王烨的表情瞬间变得严肃，问："你是怎么知道的？"

"如果连这点情报能力都没有，我还混什么……行了，不管怎么说，我也是后勤部部长，不是吗？"张子良的口吻里没有半点炫耀的意味，只是在陈述事实。

真是只老狐狸！王烨在心里暗骂，果然这些当部长的没有一个是简单的，知道他的房间有问题，连一句提醒都没有，想来这也是检验他实力的一种方式吧。

"那就多谢张部长关心了。"王烨冷冷地说。

张子良听着王烨的声音中气十足，肯定是没有受伤。看来解决得还算顺利。他沉默了片刻，说："好了，说正事吧。今天，荒土中的一只诡异物透过外面的能量层闯了进来。"他的声音十分严肃，"目前，后勤部还活着的异能者有七个人，我已经全部派过去了。这次事件已经造成了很大的影响，如果能解决，拿到一个小队的名额，问题应该不大。"

听着张子良的话，王烨的眼中闪过思索之色，片刻之后，才笑着说："所以，你需要我去兜底吗？"

"是的，这次诡异事件，凭借他们七个人的能力，想要解决不是很容易。所以，到了危急时刻，需要你出手。"

闻言，王烨的表情变得凝重起来，眼中带着一丝忌惮："既然如此，为什么不让我现在就过去？"

电话那头，张子良沉默了良久，才说："毕竟，只有在人最绝望的时刻英勇出现，形象才是最光明、最崇高的，不是吗？"

"哪怕会有人因此而牺牲？"王烨问。

"是的，我需要的，是精英组成的 A 小队，而不是养老所。"张子良的话显得是那么理所应当。

王烨握着电话的手有些发抖，沉默了许久才开口："好，我知道了。"挂断电话后，他看着手机通讯录上"张子良"三个字，陷入了沉思。

当初自己选择和这个冷血的家伙合作，真的正确吗？没人能给出答案，毕竟谁能知道，遇见事情就开心得像孩子的张子良，内心竟然如此冰冷呢？

感受着身体的疲倦，王烨小心翼翼地将那株鬼脸藤收了起来。他现在的精神状态并不适合强化身体。

随后，他珍重地将三枚烧了一半的纸钱拿出来，选了一枚燃烧痕迹最小的，小心翼翼地贴在手上。于是，他的手渐渐变得麻木，那种与身体其他部位格格不入的异样感逐渐消失。

原本一直在以微弱状态变差的身体,似乎随着这股冰凉感缓解了下来。

"果然,纸钱能延缓身体机能的腐朽……"王烨满意地点了点头,将剩下的两枚放回盒子里。然后,又将这两样东西放在房间的暗格中。

至于那个替身玩偶,王烨则是贴身存放。毕竟,这是保命的东西。处理好一切后,他松了一口气,终于忍受不住精神上的疲倦,沉沉地睡了过去。

夜,深了。

伴随着阴冷的气息,木门再次诡异地出现在客厅里,王烨的眼睛几乎在木门出现的同时睁开。

"终于到了收获的季节……"他心情很好,推开木门,走了进去。

与往常不同,他刚刚进入邮局的瞬间,便感受到一股能量涌入身体,在剧烈的疼痛刺激下,王烨趴在地上。

血珠顺着他的身体不停涌出,将衣服染红,脸色也随之变得苍白,他忍不住发出阵阵低吼。

我刚刚崛起的时候，所有人都叫我赌徒。

第二卷 · 逆命

第三章
孤身入局

033 × 初级特权

不知过了多久,这股剧烈的疼痛感才逐渐消失,鲜血已经染红了王烨的衣服,紧贴在皮肤上。皮肤上的裂痕也已经消失不见,原本已经有些腐朽的机能,再次恢复了正常。

他从地上站了起来,感受着自己体内的变化,心想:自己的身体被强化了吗?就是这股能量有些过于霸道了。

回忆起刚才的经历,王烨忍不住打了一个寒战,那种痛苦,他实在不想再经历一次了。

不过身体的力量、速度等等,似乎在刚刚的能量洗礼中,全部得到了强化。

这就是成为诡差的奖励吗……果然,无论何时,危险永远和机遇并存。他来到前台处,一套黑色的有些复古的衣服放在前台上,看着上衣背后,那个鲜红的宛如鲜血涂上的"差"字,王烨的嘴角微微抽搐,还真的是邮差服。

旁边的字条上,一如既往地写着介绍:

诡差服：可抵挡远程诅咒（可升级）

初级诡差特权：每个月可借用邮车一次（三小时）。

下次送信时间：七天后。

看着字条上的内容，王烨的眼睛瞬间亮了起来，邮车的力量，他刚刚亲身体验过。能够在荒土的外围肆意行驶，甚至能在风险中深入到荒土之中。如果利用好的话，岂不是每个月都可以外出拾荒一次？

而且，这件诡差服自带的能力也让王烨十分满意。目前已知的诡异事件中，存在着远程诅咒杀人的诡异物。最出名的一个是能够利用电台广播传递声音。所有听见声音的人，全部都会在三天内因为各种问题死亡，好在传播率并不高，也算是不幸中的万幸。

"看来，邮局也怕自己的邮差运气太差。"王烨的眼神中带着期待，"真是期待下一个任务了呢。"说着，王烨拿着诡差服，回到了自己的家中。

看着自己身上充满血腥味的衣服，还有身体上的脏污，王烨去洗手间简单冲了个凉水澡之后，就毫不犹豫地将诡差服换上。

一股凉意传遍全身，他能够感受到，自己的身体强度似乎正在以一种十分微弱的速度，不断地提升着。

"还能增强体质吗？"王烨觉得有些惊喜，看起来这个诡差服远没有邮局介绍中说的那么简单，可能在邮局那边看来，这些能力都不值一提，唯一特殊的只有抵抗诅咒这一点。

"虽然衣服丑了点，但关键时刻能保命啊！"王烨心满意足地坐在沙发上。

这时，张子良再次打来了电话。

"喂，刚才给你打电话，你不在服务区，怎么回事啊？"张子良问道。

王烨的表情不变，淡淡地说："我刚才在研究一个诡异物品，可能被屏蔽信号了吧。"

那个东西比想象中要恐怖得多，他们已经顶不住了，目前传回来的情报是……阵亡三人！张子良简单诉说完，声音有些沉重："所以，需要你出场了。"

"好，我知道了，给我十分钟准备一下。"王烨应承下来，便挂断电话。

深吸一口气，他打开暗格，取出那株鬼脸藤，将手上贴着的纸钱摘了下来，拿着鬼脸藤的手，瞬间变红。

鬼脸藤仿佛被刺激了一般，上面的暗红色脉络涌现，可以清晰地通过脉络看见，王烨的手臂，似乎在鬼脸藤上不断地吸取着什么，鬼脸藤发出阵阵凄厉的叫声。五分钟后鬼脸藤彻底枯萎，化作一缕灰尘，消散在天地之间，王烨的掌心处不知何时，出现了一个和鬼脸藤上面的鬼脸一模一样的存在，只是鬼脸的表情有些诡异，似笑非笑的。

王烨收回了能量，鬼脸在他的掌心处消失，一切恢复正常。将麻绳挂在腰间，检查了一下剔骨刀、玩偶，确定一切没有问题后，王烨推开房门，离开家中。

小区门口，那辆神秘的邮车不知道什么时候消失不见了，取而代之的是熟悉的黑色轿车和司机。

司机看王烨出来，急忙打开车门，看起来情况确实比较严重，他的神色中带着焦急和不安，看着王烨说："地址在城南路出城口附近的一家商场，附近一公里范围内全部封锁，目前幸存的三名异能者全部被困在里面。异能者资料，张晗，男，二十三岁。血液觉醒，目前已知能力，血液触碰到诡异物后，可以对诡异物形成短暂压制。柳倩，女，二十岁。喉咙觉醒，目前已知能力，声音中带有诱惑力，可以在一定程度上影响诡异物的行动。王强，男，三十岁。皮肤觉醒，目前已知能力，抗打击能力极强，其他未知。"

王烨听着三位异能者的资料，暗暗点头。果然，张子良早就做好准备了，这三个异能者的能力互补，很适合小队组成。

王烨问道："诡异物的资料呢？"

司机沉默了许久，才缓缓开口道："诡异物的一切资料……未知。"

"未知？"王烨微微皱眉，用审视的目光看向司机。

"是的……"司机有些无奈，"里面一直属于无信号状态，无法联系异能者。直到半个小时前，才有了短暂、微弱的信号传出。而且信号只传输了十秒钟。传输内容只有一条短信：张晗，柳倩，王强存活。求援！"

034 X 诡奴

"张晗，柳倩，王强存活……求援！"听着司机的话，王烨陷入沉思之中，能够屏蔽信号，最少是二级诡域。二级诡域的覆盖下，除非特定情况，否则很难发出短信。

"是诡异物在引诱异能者自投罗网吗……"王烨喃喃自语。

如果真的是诡异物在刻意引诱救援，那说明这只诡异物是存在意识的，恐怖指数无限提升。一切，只能到现场再说了，现在他已经上了张子良的这条船，短时间内是下不去了。

很快，车穿越封锁线，在一众路人好奇的目光中，停在了商场不远处。

"我只能送你到这儿了,一定要活着回来!"司机打开车门,深深地看了王烨一眼,说。

"谢谢!"王烨点了点头,下车,来到商场门口。

商场的大门敞开,里面漆黑一片,如同深渊的入口一般,让人不寒而栗,仿佛里面有什么无比恐怖的东西一般,王烨站在门口停留片刻,随后毫不犹豫地迈了进去,如同被吞噬了一般,消失在黑暗之中。

一束光芒闪过,王烨下意识地眯了眯眼睛,随后看着眼前一切正常的商场,他的瞳孔微微收缩。

商场内,灯火通明,两排的店家热情地招揽着生意,一位又一位顾客在商场内行走着,挑选着自己喜欢的物品。仿佛,这里并没有诡异事件一般。

一切正常,但透露出浓浓的诡异感。现在是凌晨。

凌晨,一群人逛商场吗?

王烨眼中闪过一丝寒芒,警惕地在商场内行走着,注视着四周,他有一种错觉,似乎所有人都在盯着自己,但看过去时,却又一切正常。

"这只诡异物……不简单。"王烨谨慎地向前走着,一家家店铺过去,甚至听见了顾客和店家因为价格的问题吵架。

普通,正常,这是王烨心底下意识地给出的答案。他没有发现的是,在他的视线之外,所有人全部静止下来,脸色变得苍白,眼神空洞,诡异地看着他。当王烨看过去时,一切又恢复正常。

…………

"该死,这只诡异物到底在哪儿?"四楼,一个封闭的房间内,张晗忍不住骂着，眼神中是藏不住的恐惧。

柳倩的脸色苍白，嘴角处还有一摊鲜血，同样有些惊慌，听着张晗的话忍不住说："能不能安静一会儿，你是怕那个东西找不到你吗？"

王强沉默地靠在角落里，带着审视的目光，一言不发地看着两个人。就在刚才，他认识一年的朋友，拿出刀毫不犹豫地捅向他，好在他觉醒的部位是皮肤，才幸存下来，而他的那个朋友，则表情变得麻木，消失在黑暗之中。作为一个年龄最大，觉醒异能最久的老人，他现在无法相信任何人。

"算了，短信已经发出去了，等救援吧。"看着两个人情绪逐渐变得激烈，渐渐发生争吵，王强终于说话。

听着王强的话，两个人沉默下来，可以看出，他们的内心深处，对王强还是很信任的。

一时间没有人再开口说什么，恐惧的气息，不停地弥漫在这个小房间内。

"你说……会有人来救我们吗？"终于，张晗受不了这种压抑的气氛，声音有些沙哑地问道。

"我们作为异能者，还是有价值的，而且诡异事件总归要解决，放心吧。"王强沉默了许久，才开口道。

张晗明显松了一口气。而柳倩脸色更加苍白了少许，明显伤势有些恶化。

突然，房门打开。另一个张晗出现，眼睛通红，充满了惊慌："快跑，那个是诡异物！"

说着，他的目光看向房间内，那个和自己长得一模一样的人。

王强、柳倩的脸色猛然变化，迅速远离身边的张晗，眼睛不停地在两个张晗间审视。

"呵呵……"房间内的张晗,却突然充满了阴森感,眼神变得空洞,看着王强、柳倩,身体渐渐腐烂,即使他的脸已经面目全非,但是眼睛一直看着王强等人……

"跑!"王强拉起受伤的柳倩,迅速冲到门口,和门口的张晗汇合,向远处跑去。

谁也没有看见,跟在他们身后,一脸惊恐的张晗,眼底不易察觉地闪过一丝精芒……

在商场内,走了足足十分钟,王烨的情绪越发烦躁,周围的一切,都太正常了。

"这是你想让我看见的吗……"王烨喃喃自语着,"既然你想将一切塑造得完美,那我就破坏掉你的心血!"说着,他猛地停下脚步,打开身边的消火栓,拿出里面的安全斧,攥在手中,看向一旁的服装店,慢慢走去。

"买衣服吗?"店主完全无视了王烨手中的斧子,脸上带着殷勤的笑容问道。

"买。"王烨点头,猛地将斧子砸在玻璃门上。

一声巨响,玻璃门碎落一地。那个店主仿佛完全没有看见一般,依然看着王烨殷勤地笑着:"买衣服吗?"

下一秒,王烨的斧子落下。店主的尸体倒在地上,但他依然机械地说:"买衣服吗?"

"真是坚持不懈啊……"王烨就这么拿着消防斧,一家又一家店砸去,之前那个店主的表情变得狰狞,声音也变得尖锐起来:"你为什么不买我的衣服?"随着声音响起,整个商场中,所有人诡异地静止下来,他们的眼睛在这一瞬间都变得空洞,看向王烨所在的方向,嘴里不停地说着:"为什么……为什么……"

"不玩儿了吗?"王烨看着眼前这一幕,"但我……还没玩儿够啊!"

035 ╳ 相遇

看着周围面无表情、眼神空洞的人群，王烨擦了擦脸上的血液。

"现在到我了！"说着，消防斧仿若没有重量一般，在王烨手中不停地挥舞着，仅仅三分钟，王烨身边数十米内，已经没有站着的人了。

王烨狰狞地笑了笑，但眼神却出奇地冷静。很明显，这只诡异物可以操控尸体，那么，在找不到诡异物的情况下，暴力，才是最有效率的办法。

如果心怀善念，觉得这些人可能还有救活的机会，那么死的人，就是王烨了，他很清楚地知道这一点，所以动手迅速，毫不犹豫。

这时远处一个青年气喘吁吁地跑了过来，看着王烨眼睛一亮，眼中充满了喜色："你是总部派来支援的吗？我是张晗，他们两个现在被诡异物缠上了，需要救援。"青年激动地说着。

王烨冷冷地转过身，看向张晗，一股凌厉的杀气弥漫……

"他们在哪儿？"看着张晗，王烨面无表情地说。

"就在四楼！"张晗的声音十分急促，看起来有些焦急，"我带你过去，现在四楼有一个和我长得一模一样的人混在他们中间，再拖下去的话，他们就危险了！"说着，他率先向楼梯口走去。

下一秒消防斧冰冷的锋刃砍在了张晗的脖颈处，他震惊地转过身，看向王烨的眼神中充满了不可思议。

"为……什么……"他仿佛用尽了全部的力气，说出了这三个字，随后彻底闭上了眼睛。

王烨默默地收回斧子："看见我连身份都不确认，就相信我是总部的人。还是在已经死了四名异能者的情况下，对总部只派我一个人来不感到奇怪。看着一地的尸体，毫不惊讶，奇怪……你是在侮

129

辱我的智商吗？最后谢谢你的指路。"

王烨看着地上张晗的尸体，拎起已经鲜血淋漓的斧子，向着四楼的方向走去。

商场内，众多表情僵硬，眼神空洞的人，伴随着王烨的步伐，自动向后倒退着。一旁，倒在地上张晗的尸体，猛然睁开眼睛，眼神怨毒地看着王烨的背影。

楼梯间空无一人，安静的环境下，只有王烨的脚步声回响着。每层楼楼梯间的入口处，都有一个面无表情的人站着，默默地看着王烨。

王烨仿佛对此视若无睹一般，拎着不停滴血的斧子，向四楼走去，终于，看着楼梯间，显示着四楼的号码牌，以及出口处堵着的人群，王烨抬起手中的斧子，搭配满脸的血迹，浑身弥漫着杀气。

"你们确定还要堵着我吗？"随着王烨的身影落下，人群沉默了数秒钟，随后开始不断地向后倒退，将门口的位置让了出来。

斧子在空中划过一道优美的弧线，被王烨扛在了肩膀上。

"有智慧的诡异物，似乎更容易解决一些呢。"说着，王烨就在无数僵硬尸体的包围中，大摇大摆地走了出去。

在四楼漫无目的地游荡了许久，一直没有发现那三个异能者的身影，王烨微微皱眉。

"不会让那只诡异物骗了吧？看他刚才的表现，应该不会有这么高的智商才对。"王烨忍不住低声地自言自语，眼睛不停地看着四周，只是这群尸体总是站在他不远处，凭借人多的优势，遮挡着他的视线。

"这只诡异物真是够胆小的。"王烨忍不住吐槽了一句，看着周围被控制的活死人，他不耐烦地道："滚远点，不然我可动手了，烦不烦。"

"呵呵……死……"一群僵硬的尸体,脸上同步浮现出诡异的笑容,空洞的眼神看着王烨,同时发出低沉的声音。

"真够烦的。"王烨微微皱眉,眼中瞬间爆发出凌厉的杀气,抬起手中的消防斧,杀向尸群之中。

这些僵硬的尸体行动能力极其迟缓,对王烨来说并不算危险。

行动迟缓?

不对!

王烨瞬间警觉起来,刚才那只诡异物冒充的张晗,行动简直和正常人一样。王烨的眼中闪过一丝寒芒,僵硬的尸群中,一个年轻的女人不知何时,已经悄悄来到王烨的背后,苍白的双手抬了起来,对着王烨的脑袋摸去。

王烨感觉脖颈处有些发凉,一种威胁感传遍王烨全身。

危险!

王烨的眼神冰冷,毫不犹豫地转过身,一斧子毫不犹豫地劈了过去。

"差一点……就差一点……"女人的目光死死地盯着王烨,充满了怨恨,不停地重复着说。就在王烨转身后,一个老人的眼神突然变得诡异,身体变得灵活起来,再次悄悄抬起双手,向王烨的头部摸去,带着森森寒气。

"还来!"王烨凭借强大的直觉再次抡起手中的斧子,划出一道优美的弧线……

王烨的衣服不知不觉已经被鲜血染红。看着仅剩的几具尸体,他向后退了两步,靠在墙边,轻轻地喘了口气。

036 × 最后一只

随着王烨的身体靠墙,所有尸体再次恢复了之前那种僵硬的状态,以一种缓慢的速度向他靠近。

王烨微微皱眉,眼中闪过思索之色。

"只有在人没防备的时候,才能变得灵敏吗?还是说,需要在人背后的位置……"

"不,不是背后!之前那个假张晗来的时候,在正面位置,依然很灵敏。这么说的话,是需要在人没有警觉的情况下。而且每次动手,都是来摸我的头。难道只有触碰到头部才能杀死我?"王烨忍不住吐槽,不过,眼中却带着一丝了然之色。

这种诡异物,在一对一的情况下,或许没有什么特殊,但在商场的特定环境下,很容易滚雪球,将商场里的人无声无息地全部干掉。

"现在,你还有其他的手段吗?"短暂的休息过后,王烨拎着手中的斧子,再次朝诡奴走去。

不到十分钟的时间整层楼,只有王烨站着,手里拎着一柄已经卷刃的消防斧,血液不停顺着斧刃滴落,整个商场变得如同修罗场一般,阴森,恐怖。

"你……你是总部的吗?"突然,不远处一个房间里,传来一个声音。

王烨的眼中闪过一丝寒芒,控制不住充满杀气的双眼向传来声音的方向看去。

对方看着浑身浴血,气息狠厉的王烨,直接吓得愣在了原地。

"咳咳……我叫柳倩,后勤部的异能者,喉咙部位觉醒……"柳倩推开门,捂着胸口,脸色苍白地走了出来,不停地咳嗽着。

屋内，张晗，王强同样面带谨慎地走出来，看向王烨时，眼中充满了浓浓的震惊之色，以及深深的恐惧。

看着眼前布满血迹的脸，王强的心底只能浮现出魔鬼两个字。

为了证明自己的异能者身份，柳倩拿出手机，翻出自己之前发出的救援短信，远远地给王烨看着，小心翼翼地说："求援短信是我发的。"

王烨微微皱眉，表情冰冷，他冷冷地问道："这种级别的诡域下，你是怎么发出短信的？"

柳倩咳嗽两声，嘴角流出几滴鲜血："我的异能，可以短暂影响磁场，只是代价很大。我喉咙处的伤，就是强行突破诡域磁场时留下的。"

"好。"王烨冷漠地说，"那就速战速决吧。"

"啊？"王强愣了一下，仿佛没听清一般，"怎么速战速决？"

看着他们一行人，王烨答道："这只诡异物能够操控尸体，还能改变容貌。找到它最简单的办法，就是清除掉商场内所有被它操控的诡奴，只有这样，那只诡异物才会暴露出来。"

说完，他就将手中已经卷刃的消防斧丢掉，在一旁的消火栓中重新换了一柄。

王强微微皱眉，思索了片刻，点了点头："可以。"

所有人中，只有张晗的表情有些犹豫："这……太残忍了吧。"

"那你可以留在这里等死。"王烨转身，比画了一下手中的斧子，试试顺不顺手，冷冷地说。

仅仅犹豫了两秒钟，王强就行动起来，跑到远处的另一个消火栓处，有样学样地拿起一柄消防斧。柳倩、张晗对视了一眼，咬了咬牙，也行动起来。

"小心点，你们背后的诡奴会趁你们不注意的时候偷袭，现在可没人救得了你们。"王烨一边挥舞着斧子一边提醒他们。

　　王强等三人有些沉默，一言不发，努力地贡献着自己的力量。

　　直到整栋商场内，所有的活死人都被解决得差不多后，除了王烨外，三个人身上或多或少地存在着一些伤痕，气喘吁吁地靠在墙边。

　　一楼的大堂处，最后一个诡奴站在原地，眼神空洞地看着王烨等三人，露出一丝怪异的笑容。

　　"最后一个了！"王强的眼神中带着一丝兴奋，咬了咬牙，攥紧手中的斧头，对着那个诡奴劈了下去。

　　诡奴僵硬的身体躲闪不及，直挺挺地倒在了地上。

　　"不是？"看着轻松被自己砍翻的诡奴，王强愣在原地，忍不住回头看向王烨，眼神有些质疑，"你是不是猜错了？"

　　"该死！我就知道，这么做是不可能解决问题的。"张晗的情绪有些焦虑，不安地看着四周，看向王烨的目光中充满了不满。

　　一旁的角落里，柳倩咬了咬嘴唇，看了王烨一眼，没有说话。

　　"谁说这是最后一只了？"王烨淡淡地开口。

　　"什么？"王强、柳倩和张晗不解地看向王烨。

　　王强微微思索了片刻，猛然醒悟，瞬间后退两步，握紧手中的斧子，冷冷地注视着柳倩、张晗，眼神中充满了审视。

　　柳倩也很快反应过来，表情略微有些苍白。

　　张晗沉默着捡起已经扔到远处的斧子，表情冰冷。

　　"狼人杀游戏现在开始，你们之中谁是诡异物呢？"王烨的表情依然冷漠。

037 ╳ 恐惧

"我凭什么相信你?"张晗拿着消防斧,看着王烨,"从头到尾,节奏全部掌控在你的手中。"

"你说砍了这些诡奴,我们也砍了,现在你又说我们有问题?我反倒怀疑,有问题的是你!"张晗一边说一边转过身,死死地盯着王烨,眼神中充满了警惕。

王强和柳倩陷入沉默之中,一言不发,但一直警惕地看着周围。

"呵呵……你成长得很快……"王烨轻声笑了一下,看着张晗说。

张晗的表情猛地一变,脸色阴沉地问:"你什么意思?"

"当然是夸你了。"王烨的声音在空气中回响,人转瞬间消失,以一种极快的速度出现在了张晗身后,抬起手中的斧子,对着张晗的后背处砍去。

鲜血飞溅染红了王烨的脸。

张晗转身,目光死死地盯着王烨,随后用尽全部力气对着王强和柳倩说:"他才是诡异物,快……跑。"说完,张晗重重地倒在地上,没有了呼吸。

"你!"柳倩的眼神微微转动,下意识地向后退了一步,谨慎地看着王烨,喉部的骨骼微微颤动着。

"你还挺喜欢演戏的……"王烨冷笑着,眼神冰冷,举起斧子,再次劈在张晗的身上。

王强微微皱眉,用力攥了攥手中的斧子,皮肤隐隐变得晶莹剔透。

王烨看了看柳倩、王强,轻笑着说:"你们的判断力如果只有这种程度的话,我真的会怀疑张子良的眼光了。"

王强的目光微微闪烁,过了许久突然笑了起来:"我们从未在商场中提起过张子良的名字，我相信你。"说完，王强将手中的斧子丢在地上，站在远处，不再说话，柳倩也微微松了一口气，深深地看了王烨一眼。

"现在，你还有表演的兴趣吗？"王烨看着张晗倒在地上的这具尸体，冷笑道。

突然，地上的尸体以一种极其扭曲的姿势站了起来，完全不符合身体规律的，头反转了过来，脸冲着后背的方向，怨毒的目光深深地盯着王烨。

"该死，你们全该死。"张晗的面容渐渐变得狰狞，鲜血顺着额头不断流下来，眼眶凸起。

下一秒，王烨仿佛打高尔夫一般，用消防斧背面的位置猛地砸在张晗的脑袋上，打得他再次趴在地上。

相信你进城也是冒充人类的模样吧。"说着，一根染着点点鲜血的麻绳出现在了王烨的手中，捆在了张晗的身上。

张晗狰狞地怒吼着，直到麻绳彻底将他绑住，他的目光也渐渐变得麻木、空洞，宛如一具石像。

"收工，准备下班。"看着渐渐消散的诡域，王烨冲着王强和柳倩笑了笑。

只是浑身沾满鲜血的他，这个笑容明显不是那么友善。柳倩下意识地打了一个寒战，离王烨远了一些。

王强则是身上涌起一股凉气，头皮发麻。这个让他们小队几乎全员折损的东西，在王烨眼中，解决起来就如此简单吗？

而且从头到尾，王烨似乎连异能都没有用过，完全不知道他的能力是什么。充其量能了解到的，就是身体素质特别，特别强……

没有再理会愣在原地的王强等二人，王烨牵着诡异物，仿若散步般走出了商场的大门。

随着他的出现,一群调查员纷纷迎了上来,准备善后工作。但是在看清王烨之后,所有人表情瞬间变得紧张,紧接着疯狂地向后退去,把手中的武器对准了王烨,仿佛只要他再有任何异动,就会毫不犹豫地开始攻击。

王烨确实浑身浴血,身上充满了浓浓的血腥味儿,此刻说他是诡异物,估计丝毫不会被人怀疑。

看着调查员们的反应,王烨忍不住苦笑着道:"我是后勤部王烨,诡异事件已经解决了,我身上是血,可以去善后了。"随后为了自证身份,他将工作证丢了出去,好在前几天张子良派人把做好的工作证拿来了,不然真的不好解释。

一个调查员队长郑重地接过证件,仔细核对了许久,终于松了一口气:"取消警戒,是自己人。"说完,调查员队长对着王烨猛地敬了个礼,"辛苦了!"

"辛苦了!"无数调查员尊敬地看着王烨,敬礼道。对于处于一线解决诡异事件的异能者,调查员总是报以最大的尊重。

王烨微微感叹着,郑重地将麻绳交到调查员队长手中,反复强调了这只诡异物的能力,让他妥善处理。

毕竟这次的诡异事件看起来解决得简单,但王烨知道如果让这只诡异物进入市中心,真正扩散开……那简直是一场灾难。不过关押的事情,就不是他需要操心的事情了,这种情况下,还能让它跑了,只能证明天组的无能。

随后,身上同样沾满鲜血的王强和柳倩走了出来。确定没有其他幸存者后,众多调查员涌了进去……

仅仅十秒钟,他们就仿佛像是看见了洪水猛兽一般,都惊恐地退了出来。一些年纪小的小姑娘更是忍不住吐了起来。

整栋商场仿若地狱。

王烨仿佛是从地狱中走出来的魔鬼,他们表情复杂地看着一旁正在喝水的王烨,很难想象,这个男人在经历了一切后,是怎么做到面色如常的。

甚至……还喝得下去水。

这时,电话声响了起来……

038 × 雷音果

看着手机屏幕上张子良的名字,王烨皱眉,这个老狐狸,情报系统很强大啊。这样想着,王烨接听电话。

"解决了?"张子良平淡的声音在电话中响起,仿若有一种泰山崩于前而面不改色的气派。

"嗯,就活了两个。"王烨有些疲惫地说着,这个诡异事件解决起来,不太费精神,但耗费体力,如果不是在邮局里得到了强化,凭借他之前的身体素质,想要解决多少有些困难。

"什么?"张子良那种淡定的感觉瞬间消失,声音中充满了肉痛。

"这可是我攒了一年多的家底啊。"张子良嘬着牙花子说。

看来你也不是那么淡定嘛。王烨觉得有些好笑,不过回想着之前王强和柳倩的表现,说:"剩下两个叫王强和柳倩的活着。"

"王强的智商还是够用的,而且也够谨慎,是个不错的肉盾。至于那个柳倩……"王烨微微摇头,"这个人的求生欲很强,而且能够为了生存放弃一切。"

张子良沉默了片刻,显然最后无奈地接受了现实:"好吧,具体情况我会和上面汇报的。"

"不出意外的话,咱们后勤部终于有拿下小队名额的资格了。"说完,他微微松了一口气,挂断了电话。

王烨觉得自从自己和张子良摊牌之后,他对自己的态度明显变化得太快了。最开始还夸他能干,是个人才!一副欣赏他的领导模样。但自从上了他的贼船之后,刚忙活完一场死了无数人的诡异事件,连句辛苦了都没说。

果然亲切都是留给陌生人的,微微摇头,王烨将手机收起来,看着忙碌的人群,回到了那辆熟悉的黑色轿车上。

司机闻着车内浓烈的血腥味,脸色微微有些苍白,但依然坚持着将王烨送回了家中,直到王烨离开后,才忍不住吐了起来。

王烨也不喜欢自己身上的味道,回到家急忙洗澡,换了一身干净的衣服,舒服地坐在沙发上,突然,他微微皱眉,耳朵轻轻动了动,下意识地摸向腰间的麻绳,反应过来刚刚已经交给调查者中的那个小队长了,还没收回。

王烨的眼中闪过一丝无奈之色,他轻轻打开沙发面前茶几的抽屉,在里面拿出一把夸张的手弩,上面摆放着一把黄金制作的、散发着锋芒的弩箭。

"出来……"说着,王烨猛地站了起来,举起手弩,对着身后的位置,这把手弩,是他当时花了很高的价格才收购来的,制作精良,劲头很大。可以说,这把手弩已经是他觉醒异能前最大的撒手锏了。

"还是被发现了呢。"周涵嘟着嘴,一副不开心的模样,坐在不远处的椅子上,幽怨地看着王烨。

一把黄金制作的小刀,在半空中飞舞着,不知道什么时候已经飘到了王烨的附近。

看着空中飘浮的黄金刀,王烨微微皱眉,眼中闪过一道寒芒,声音渐渐变得冷了下来:"你想杀我?"

周涵却完全没有在意王烨的态度,从椅子上下来,将空中的小刀收回到了手里,晃荡着两根马尾辫,走到王烨身边:"相比于这个,你不应该更好奇我是怎么进来的吗？"

"无聊的女人。"王烨的表情冰冷，淡淡地看了周涵一眼，将手弩放下，"没什么事的话，你可以离开了。"

嘴上说着无聊，但王烨的目光还是微不可察地瞥了一眼远处开着的窗户，难道是飞进来的？但窗户是锁着的。难道是脑部觉醒的意念者，王烨很快就有了相应的判断。

感受着王烨的态度，周涵露出一脸委屈的表情："你就这么讨厌我嘛，我可是每天都在想着你呢……"

"想着怎么解剖我吗？"王烨淡淡地瞥了一眼周涵。

周涵沉默了数秒钟，突然舔了舔自己的嘴唇，性感地笑了起来。

"男人，你成功吸引了我的注意。"说着，周涵向前两步，凑到王烨身边，微微低下头，在王烨的耳垂处，轻轻地吹了一口气。

"又转变性格了吗？你这是病，得治。"王烨再次抬起手弩，对准周涵的眉心，丝毫不会让人怀疑，下一秒他会扣动扳机。

看着王烨的动作，周涵的嘴角微微抽搐着，很快表情变得冷漠下来。

"说正事。拾荒，去不去？"周涵表情冷冷地看着王烨，说。

王烨沉默下来，思索片刻后说："看你的身体机能，应该还是很好的吧？而且第一个部位觉醒脑部，第二次觉醒时，危险程度应该小很多。"说着，他的眼中泛起幽幽的光芒，深深地看了周涵一眼，"所以……你又为什么冒着风险去拾荒呢？"

周涵沉默下来，过了许久，她才抬起眼，看向王烨："我有一条很隐秘的情报。城东十里，乱葬岗，有好东西……"

王烨却仿佛对此毫无兴趣，微微摇头，道："首先，这种情报很难判断真假，其次，好东西就一个，就算我和你一起去了，怎么分呢？所以啊，不划算。"他毫不犹豫地拒绝了。

"如果是雷音果呢？"周涵的脸上突然泛起一丝笑容。

王烨的瞳孔微微收缩，不敢置信地问："你是说雷音果？"

039 ✕ 消失的尸体

王烨的眼神中带着一丝凝重。这东西，不用说自己，就连普通人都知道它的价值。

众所周知，释国，儒城，这两大流派的人觉醒体系和普通人不太一样。释国讲究的是修身！他们的身体强壮无比，并非单一地觉醒某些部位，而是身体全面发展。之前他遇见的那个释国人，只是最低级的弟子而已，身体强壮得并不明显，所以被轻松地解决。如果是遇见释国高手，就仿佛打不死的小强一般，而且他们身上散发出的金光，对诡异物有一种天然的压制。

儒城人则是不修体，只修神。他们的身体孱弱，甚至一个强壮点的普通人都能一拳将其打倒，但他们诡异的能力，却让人十分头疼，仿佛加强版的念力一样。而且花样繁多，上一世一场灭城级的诡异事件中，王烨亲眼看见一个儒城的老人，踩在一柄剑上，在天空中飞着。如同神话记载中的御剑飞仙一般，让当时的王烨觉得十分震惊。

雷音果，就是一种很奇妙的东西。据说吃了雷音果，身体会得到巨大的强化，甚至身体表面也会浮现出如同释国人的金光，对诡异物形成压制。可惜这种东西一般只生长在释国附近，偶尔有一颗流传到黑市中，很快就会被人用天价收走。

"一颗雷音果，怎么分？"王烨冷漠地看了周涵一眼，他不相信周涵会好心地将雷音果给他。

"谁说只有一颗雷音果了？而且身体变得硬邦邦的，多丑啊。"周涵看着王烨，一脸嫌弃地道。

"乱葬岗那种地方，怎么可能长出来雷音果，之前我曾经救过一个拾荒者，他为了报答我，告诉了我一个消息。他在乱葬岗看见一只诡异物在游荡，而那只诡异物的衣服口袋里，有一颗雷音果，手中还有一串念珠。"

"雷音果的效果你应该知道，念珠能够增强念力，十分适合我的能力。只是念力者不适合单独行动，而我一直没有遇见信得过的人，所以一直搁置着。"周涵无奈地说。

王烨的眼中闪过一道思索之色，过了许久才看向周涵："那你就确定我不会黑吃黑？"

"念珠你拿着又没用，而且我是念力者，对人还是有一定感知的。你也不会舍得杀掉我这么可爱的小女孩，对不对？"周涵笑嘻嘻地拉着王烨的胳膊，轻轻地摇晃着，眼神中充满了可爱之色。

看着周涵那楚楚可怜的目光，王烨不着痕迹地抽回了自己的胳膊："你有些高估自己了，在我的眼里，只有活人和死人的区别。"面对周涵的撒娇，他的表情不变，十分冰冷。毕竟上次周涵摆出这副模样的时候，那个释国人的壮汉可是被她眼睛都不眨一下地干掉了。

"明早十点，城门口见。但如果你依然停留在我的房间，明天我会带着你的尸体去乱葬岗亲手埋了。"不想再看这个疯女人表演，王烨直接冷漠地说，身体散发出一丝杀气。

周涵的表情楚楚可怜，眼中含泪，看起来十分委屈。想要再说些什么。

但迎接她的，是王烨毫不犹豫的一箭！

周涵的表情微变，眉心闪过一丝光亮，将对准自己射过来的弩箭控制着停留在半空。

"无趣的男人！"周涵羞恼地瞪了王烨一眼，"哼"了一声，气呼呼地推开门离开。

失去了能量的控制，弩箭掉落在了地上。王烨的表情不变，将手弩放在桌子上，对付这种女人最好的办法，就是不给她开口的机会。

关上窗户，王烨疲惫地倒在床上，睡了过去。

商场里，随着所有尸体抬出，所有调查员的脸色都十分惨白，甚至有些胆子小的，身体都不受控地发着抖。后勤部王烨的名声在调查员圈子中传开，很快，就传遍整个上京城。

过了一阵子，尸体的核对结果出来。调查员队长的脸色猛然一变，让人反复核对，确认无误后，脸色变得更加苍白。根据王强和柳倩的信息，少了一具尸体。队长深吸了一口气，拨打电话，将情报送了出去。

天组总部，会议室的灯光亮起，开始了连夜会议。

不过，这一切都和王烨没什么关系了。

清晨，王烨准时起床，洗漱过后，取回调查员送来的麻绳。不知道为什么，他感觉那个调查员看自己的眼神怪怪的，当他接过麻绳后，那个调查员仿佛完成了什么很恐怖的任务一般，急匆匆地走了。

王烨仿佛在他的身上，找到了自己送信时的样子。

一切准备就绪后，王烨的手机响了起来。

"小哥哥，出发了！城东门口等你！"听着周涵甜甜的声音，王烨毫不犹豫地挂断了电话，并把手机调成了静音。

站在门口，犹豫了许久，王烨还是放弃了驾驶邮车的想法。虽然开邮车等于多了一份保证，但只有三个小时的时间，而且……他还不想在周涵的面前暴露邮车的存在。

毕竟，随着上次出门，城东三十里的位置相对而言还是比较安全的。这样想着，王烨拦下一辆车，向城东赶去。

随着王烨离开，马路旁的角落里，一个头顶有着血洞，还在不停地流出鲜血的女人，正幽幽地盯着王烨离去的方向，她额头的血洞上赫然钉着一颗古朴的青铜钉。

040 ╳ 防御

"小哥哥，你好慢呀，我等你好久了……"周涵梳着两个可爱的马尾辫，远远地看见王烨，不开心地嘟着嘴说。

"出发吧。"早就习惯了周涵的王烨，直接跳过这个话题。

周涵不满地瞪了王烨一眼："真无趣！"说完，她蹦蹦跳跳地来到城门口，对着调查员出示了一下证件。随后，在调查员尊敬的目光中，二人穿过一层淡蓝色的光幕，离开了城市。

站在城外，感受着荒土独有的温度，王烨看了看四周："怎么走？有具体的地图吗？"

"没有。"周涵摇了摇头。

王烨皱眉，在心里吐槽道：没地图就敢来？

这一刻，他突然有些后悔了之前的决定。

周涵看着他，笑了两声："不过，城东乱葬岗还是比较好找的吧。"说着，她可爱地吐了吐舌头。

王烨直接无视了周涵，看着城东的方向，在诡域的笼罩下，笼罩着淡淡的迷雾。

"走吧。"沉默了数秒，王烨向远处走去。

周涵甜甜地笑了笑，背着双手，跟在王烨的身后，很快两个人消失在迷雾之中。

"我真是信了你的邪……"一个小时后，王烨深深地看了周涵一眼,擦了擦自己肩膀处的血迹。在他的不远处,麻绳上捆着一个身体散发着尸斑的老头,正眼神空洞地待在原地。仅仅一个小时的路程,这已经是第三个了。

周涵此时的脸色也略微有些苍白,尴尬地笑了笑:"这不是还算顺利嘛,而且到现在你都没有使用过异能……"

透过浓雾,已经隐约可以看见乱葬岗的影子,王烨微微松了一口气。虽然过程比较艰辛,但好歹是到了。

谨慎地远离了这个被捆住的老头,在一定距离外,王烨熟练地松开了麻绳。

老头站在原地,僵硬了数秒,随后麻木地转动躯体,消失在了浓雾之中。看着老头的视线没有再注意到他们,王烨轻声继续向远处退去,周涵则是模仿着王烨,亦步亦趋地跟着他。

"到了,那只诡异物在哪儿?"看着阴森的乱葬岗,王烨微微皱眉,警惕地看着四周问道。

周涵思索了许久,声音中充满了心虚,说:"应该就在乱葬岗的中心位置,那个拾荒者是这么说的。"

王烨深深地看了周涵一眼,压抑住自己内心的情绪,向着乱葬岗深处走去,他发誓,以后再相信这个疯女人的话,他就是脑子出了问题。

周涵笑嘻嘻地跟在王烨的身后,向乱葬岗深处走去。

渐渐地,王烨的速度慢了下来,看着乱葬岗的一地碎石,以及偶尔能见到的几块墓碑,王烨的表情变得越发凝重,他捡起一块碎石仔细地辨认,过了许久后得出结论:这里墓碑的材质和城郊公墓的一样!

该死,为什么又和那个神秘的城郊公墓扯上关系了?随着王烨手部微微用力,石块彻底化为粉末,消失在了空气之中……

145

"已经没有能量了吗……"王烨喃喃自语着道,看着地面上,一个又一个坑洞,王烨的脸色阴沉,这里绝对不是一个简单的乱葬岗!

城郊公墓那次任务中,即将破土而出的家伙,给他带来的压抑,以及隐隐散发出的气息,让王烨的印象十分深刻,就算是现在经受过邮局强化的他,都没有信心能够对上那个恐怖的存在!

不是谁都有资格被镇压在这种材质的墓碑下的!

王烨表情凝重地站起身子,看着地面上一个又一个土坑,以及碎裂的石块,感觉到深深的恐惧。他此时只想赶紧离开这里。

不远处,周涵表情冰冷地站在那里,目光放在王烨的身上,仿佛在等着王烨的下一步行动。

王烨陷入了沉思之中。

"一个小时,无论是否找到那只带着雷音果的诡异物,我都会走。"王烨深吸了一口气,表情严肃地看向周涵。

周涵似乎也感觉到了王烨的情绪变化,点了点头。

两个人再次加快速度,向着乱葬岗的深处摸去,一路上,越来越多的土坑,以及碎裂的石块,都在无声地表达着什么。随着时间的推移,王烨心中的焦虑感越发明显,终于,他停住了脚步。

"不能再找了,走!"王烨毫不犹豫地说。

周涵听王烨说完,默默地闭上眼睛,长发随风飘起。数秒钟后,她睁开双眼,嘴角泛起一丝笑容:"我找到他了!南,三百米!"

王烨的表情阴沉,眼中带着犹豫之色,紧接着,犹豫化为一抹疯狂:"干了!"说完,他如同炮弹一般,向着南边冲去。

周涵则是渐渐漂浮在了空中,三把黄金制作的小刀在她的身边围绕,紧紧地跟在王烨身后。

十秒钟后,王烨猛地顿住脚步,看向不远处。一个穿着古朴服装,脸色苍白,甚至眼睛都少了一只的中年人,身体僵硬,毫无规律地行走着。

"周涵！"王烨微微低喝了一声，周涵心有灵犀一般，一把黄金小刀无声地透过空气，射向这个诡异物的眉心处。

王烨的目光死死地盯着前方，他需要证实这个家伙，是否开启了灵智，但它仿佛毫无察觉一般，依然在漫无目的地走着。

下一秒，飞刀准确命中眉心的位置，发出清脆的声响，随后弹落在了地上。

"什么？"王烨的瞳孔微微收缩，好强的防御力！可是诡异物本身的存在是介于虚无和真实之间，大部分的诡异物还是需要借靠人类的身体才能行动，但是一般情况下人类的身体怎么可能这么强横。

除非？王烨看看这个人身上的复古服装……

难道永夜之前，就已经出现异能者了吗？

041 ╳ 失效

王烨深吸了一口气，看着依然自顾自地行走着，仿若完全没看见他和周涵的诡异物，王烨微微皱眉。

"是没有触发它的杀人规律吗？"王烨低声自语，随后将麻绳摘下来，将一端向空中丢去。

周涵接过麻绳和王烨对视了一眼，这一路上，她已经了解到了麻绳的作用，也震惊于这根麻绳的强大。

"捆！"王烨只是说了一个字，但周涵瞬间明白了王烨的想法，随后两个人，一个在地上，一个在空中，分别拿着麻绳的一端，围绕着这只诡异物疯狂地绕了起来。

仅仅数秒钟，麻绳缠绕在了诡异物的身上，它原本有些僵硬的步伐停了下来，仿若之前被压制的诡异物一般，眼神空洞。

"成了？"王烨微微皱眉，会不会太容易了一些……

周涵则发出开心的笑声，目光死死地盯着这只诡异物手腕上的一串念珠。

"你的这根麻绳也太厉害了吧！"周涵欢呼着落在地上，向着诡异物跑去。

远处，一直死死盯着诡异物的王烨表情猛地一变："快退！"在他的角度，能够看见，这只诡异物的手指，微微动了一下！

"嗯？"周涵下意识地停下脚步，有些疑惑地看向王烨。

只见这只诡异物仅有的一只眼睛突然睁开，散发出阴冷的光芒，而麻绳则是在微微颤抖中，脱落在了地上。

王烨的瞳孔微微收缩！

麻绳……失效了吗？

得到麻绳以来，数次诡异事件中，都给王烨带来了很大的便利，没想到面对这个家伙，麻绳竟然……失去作用了。

"该死！"王烨微微咬牙，轻轻摘下了贴在手背上的纸钱，下一秒，他的双手渐渐散发出诡异的红光，掌心处，一个带着阴沉笑容的鬼脸浮现出来。

而已经离那只诡异物很近的周涵，则瞬间和它对视。

下一秒，带着中年人面孔的诡异物，浮现出有些僵硬的笑容，随后眼中闪烁着淡红色的光芒。

周涵的脸色瞬间变得苍白，眼神中带着一丝惊慌，她不能动了。

那只诡异物缓缓地抬起了自己的手臂，远远地对着周涵，用一种缓慢的速度，向下砍去。明明手臂离周涵很远，但周涵的头顶处，突然诡异地出现一处伤口，血液缓缓滴落下来。

随着诡异物的手臂降落，伤口越来越大。

"远距离咒杀？"

"不是咒杀，是……"

"影子！"王烨站在远处，大脑疯狂地思索着，猛然，他看见诡异物的身体处，不知何时浮现出一道影子，远远地连接在了周涵的影子上。那道影子，拿着一把刀，对着周涵的影子砍去。

王烨咬了咬牙，对着诡异物的眼睛位置猛地抬起手掌，掌心处，那个鬼脸猛地睁开眼睛，怨毒的目光看向中年诡影。

诡异物的身体微微颤抖了一下，半空中的手臂僵在原地，没有继续落下。王烨则是借着短暂的瞬间，迅速冲了过去，拉着周涵飞快地向远方退去。

地面上，周涵的影子似乎被束缚住了一般，不停地颤抖着。

周涵仿若失去了灵魂一般，眼神空洞，身体没有动作，任凭王烨的拉扯。

"蠢货，老子信了你的邪！"王烨咬了咬牙，放下周涵，手中不知何时出现一把沾染着血渍的剔骨刀，对准诡影用力地扎了下去。

下一秒诡影发出一阵凄厉的惨叫声，影子飞快地收缩，退回到了诡异物的身体之中。

周涵的影子，则颤抖着回归……下一秒，周涵空洞的眼神重新恢复了神采，只是脸色变得十分苍白。

王烨捂着胸口，疼得发出一声低吼，颤抖着手，将剔骨刀收了回去！剔骨刀虽然强大，但副作用同样明显，杀敌一千，自损八百。

"你……没事吧？"看着表情痛苦的王烨，周涵的眼神有些复杂，难得正常地问道。

王烨深吸了一口气，擦了擦额头上的汗水，勉强站了起来："现在不是说废话的时候，想办法解决他！如果解决不了，就放弃这次计划，走！"

"好……"周涵沉默了数秒，再次漂浮在了空中，双眼紧闭，随

149

后身上散发出缕缕白光，头发无风自动，整个人充满了一种圣洁感。

那只不断痛苦、嘶吼的诡异物，僵在原地。

"你快去取东西，我只能压制他十秒钟。"空中，突然响起周涵的声音，但诡异的是，周涵并未开口说话。

王烨眼神微动，强忍着身体的疼痛感，猛地窜向那只诡异物处，以一种极快的速度撸下他手腕上的念珠，另一只手则是插在服装的口袋里，拿出一颗金色的果实。脚尖轻轻地勾起地上的麻绳，王烨准备退走。

但这只诡异物服装右边口袋里，似乎有一张字条！王烨的目光被瞬间吸引，眼神微微闪烁，将纸条拿出，而这时，空中的周涵身体剧烈地颤抖起来，感受着诡异物的气息复苏，王烨疯狂地向后退去。

周涵终于支撑不住自己的身体，从半空中掉了下来。

王烨精准地将周涵接住，向远处迅速逃窜。

诡异物用怨毒的目光看着王烨的背影，再次抬起了自己的手掌。

地面上，一道影子以一种极快的速度窜出，向王烨追去。

王烨微微咬牙，将早就握在手中的一个残破的玩偶，丢在了地上，那道诡影瞬间连接在玩偶身上。伴随诡异物的手掌落下，玩偶被劈成了两半。趁着这短暂的间隙，他抱着周涵，消失在了迷雾之中。

过了许久，诡异物的眼神再次变得空洞，在原地不停地游荡，一阵阴风吹过，额头中心处，钉着一根青铜钉子的女人，出现在了诡异物的身边，她表情麻木地抬起手，对着它轻轻地拉扯着。

半空中，诡异物的脚下，一道影子扭曲着被扯了出来，女人将影子如同橡皮泥般，攥在手中，肆意踩躏着。

过了许久，她缓缓地将影子对着自己脚下的地面按去，原本没有影子的她，突然多出一道影子，她的眼神中仿佛闪过一丝色彩，那只诡异物则直挺挺地倒在了地上，身体迅速腐烂，成为一具干尸。

042 ✕ 神秘女人

女人默默地转过身，目光看向王烨离去的方向，眼神中竟然隐隐闪过思索的痕迹，随后消失在了原地。

路边，王烨将周涵靠在树旁，自己坐在地上不断地喘着粗气，胸口处的疼痛感不停地刺激着他的神经。

王烨捂着胸口，轻轻地咳嗽着。

过了许久，周涵缓缓地睁开双眼，一瞬间，眼神中充满了冷漠。但下一秒就化为了甜甜的笑容，看着王烨："小哥哥，我就知道你不会抛弃我的！"

王烨只是淡淡地看了她一眼："还是感谢雷音果吧。"

"不然你现在已经是一具尸体了。"王烨在心底默默地嘲讽着。果然，不知道自己当时怎么想的，竟然相信了这个女人。

周涵鼓着嘴，轻轻哼着："雷音果和念珠不是拿到了嘛！"说着，她赌气般地扭过头，但过了许久，也没发现王烨来安慰自己……

"把念珠给我……"周涵伸出自己秀气的小手。

将念珠放到周涵的手上，王烨的声音冰冷："抓紧休息吧，回去的路，也不一定太平。"

"哼！"周涵不满地噘了噘嘴，将念珠戴在白皙的手腕上。

"呀，我的头发！"感觉头皮有些发凉，她下意识地摸了摸，发现自己额头上方的一小撮头发不知道什么时候消失，还留下了淡淡的伤口，周涵整个人都变得暴躁了起来，仿佛小辣椒一般咬着牙"气死我了，不行，我要回去灭了它！"

发现从头到尾王烨一直在用一种怪异的目光默默地注视自己后,周涵才安静地坐了下来。

王烨轻笑了两声,不再理会这个疯女人,而是闭上眼睛,休息起来。

四周渐渐变得安静下来。

过了许久,终于调整好状态的王烨再次小心地将纸钱贴在了自己的手上,感受着能量被压制,他松了口气,作为异能者,时刻感受着生命的流逝,是一件很可怕的事情。

周涵不知道什么时候,也渐渐睁开了双眼,表情冰冷地看了一眼王烨,淡淡地说:"可以走了。"

"有时候我觉得……你还是在这种情绪下显得比较正常。"王烨看着周涵轻轻笑着,站了起来,按照来时的路,缓缓地离去。

周涵跟在王烨身后,看着他的背影,冰冷的眼神中,一束异样的光芒闪烁着。

"果然,荒土不是谁都能来的!"嘴角吐出一口带血的口水,看着眼前的城市,王烨吐槽道。

周涵默默地看了一眼王烨,眼神复杂:"这话至少是拼尽全力的人才有资格说吧。"

"这一路上,你连异能都不舍得用,这么怕死吗……"说着,周涵对着王烨伸出一根中指。

"无知的女人。"王烨淡淡地瞥了一眼周涵,看着守在门口的调查员,拿出证件,确认身份后,回到了城市之中。

周涵无奈地叹了一口气,同样走了进去。

"好了,合作愉快!这是我们的第一次合作,我希望是最后一次合作!"感受着人来人往的气息,王烨的心情顺畅了许多,看着周涵淡淡地笑道"对了,窗户我已经焊死了。所以,放弃潜入我家行凶的念头吧。"说完,王烨仿佛刚刚吃饱散步的老人,背着手消失在人群之中。

周涵看着王烨离去的背影,嘴角微微勾起一个弧度。

"我的天……大姐你是没完了吗……"王烨打开房门,看着坐在沙发上,正冲着自己微笑的周涵,王烨一头黑线。

空中,一柄黄金小刀在王烨的面前不停地飞舞着,挑拨着王烨的神经。

王烨嘴角微微抽搐,拍飞了小刀:"你这次是怎么进来的?"

"我能控制窗户把手,自然也能控制门呀……"周涵看着王烨,甜甜地笑着,双眼如同月牙一般眯着。

王烨深吸了一口气,麻绳瞬间自空中飞舞,对着周涵缠了过去,与此同时,剔骨刀滑落在手中,散发着冰冷的气息。

毫不犹豫地,王烨对着周涵冲了过去。

周涵惊呼一声,险而又险地躲过麻绳,双脚离地,自王烨上空飞过,落在了门口的位置,讪笑一声:"开个玩笑啦,我只是想证明一下,你即使把窗户焊死也是阻挡不了我的!"看着王烨的表情变得愈发冰冷,随时都有再次出手的准备,终于心虚地说,"好啦,下次我敲门。"

"走了,我回家了。"说完,她便在王烨的目光中,淡定地打开了走廊对面的房门。

"顺便说一下,从今天开始,我就是你的新邻居啦!"站在门口,周涵转过身,冲着王烨甜甜笑了笑,随后将房门关闭。

"看来,我应该考虑搬家了……"关上房门,王烨的眼中闪过思索之色。

另一边,房间中,周涵脸上的笑容渐渐消失,坐在沙发上,瞬间变得成熟,眼中闪过思索之色。

153

王烨家楼下,头顶钉着青铜钉的女人站在小区里,抬起头,空洞的眼神默默地注视着王烨家的窗户。

043 ✕ 疯狂

鲜血,顺着她的额头不断滴落,周围的行人却仿佛对此视若无睹一般,过了许久,她收回目光,走进了王烨家的楼道之中。

安静的楼梯间内,随着低沉的脚步声,女人出现在了王烨门口,停下脚步。女人有些空洞的眼神中,泛起一丝色彩,又很快沉寂,不再发出任何响动,仿佛一具尸体一般。

房间内,王烨疲惫地坐在沙发上休息着。短短的两周时间,经历了太多的事情,让他的神经一直紧绷着。

拿出口袋里的雷音果,看着金黄色的果子上遍布的神秘条纹,王烨的眼中闪过一丝光亮。

"所有的付出都会带来收获。"王烨嘴角泛起一抹满意的笑容,随后轻轻咬在了雷音果上,下一秒,雷音果泛起璀璨的金光,将整个房间照得透亮……

门外,一缕缕金光溢出,照在女人身上,女人麻木的表情微微有些扭曲,眼神泛起一丝诡异的色彩。沉默了数秒,女人向后退了两步,躲在金光之外,再次一动不动。

屋内,王烨感觉到一股热流顺着喉咙处流入。和之前邮局的强行灌入不同,这股能量相对温和了许多,不停地在王烨的体内流淌着,他能感觉到,自己刚刚强化不久的身体机能再次增强,他的皮肤则变得晶莹剔透,散发出淡淡的金光。

过了许久,金光渐渐消散,王烨闭着双眼感受着体内的变化,嘴角泛起一丝微笑，相比于之前，他的身体素质又上升了一个档次。

攥着拳头，王烨微微思考了一下，在不使用异能的情况下，他应该也能打一个半杨琛了。每觉醒一次异能，这股能量都会洗涤一遍身体，达到增强的效果。而他仅仅觉醒了一次，身体却已经强化过三次。

王烨渐渐有些期待下一次的觉醒了，就在他有些顶不住疲惫，将要睡过去时，电话响了起来。

王烨微微皱眉，看着张子良的名字有些无奈。

"喂，王烨，来总部，开会了。"张子良的声音一如既往地平淡。

王烨有些疲惫："后勤部的会议需要我参加吗……我今天有点累。"

"是总部的会议。"张子良沉顿了数秒，"关于成立小队名额分配。"

王烨微微呼了一口气，揉了揉太阳穴："等我吧。"说完，他挂断电话，用力地搓了搓脸，恢复精神，简单地收拾一下，打开了房门。

房门一打开，王烨彻底精神起来，整个人以一种极快的速度向后退去。麻绳不知道什么时候已经缠绕在了手上，那把染血的剔骨刀被绑在麻绳和手掌之间，另一只手泛起血红色的光芒，掌心处，鬼脸浮现，露出诡异的笑容，短短三秒，底牌全出。

这一切都只是因为他家的门口处站着一个女人，一个原本应该被封印的女人。

当时在404，那颗钉子，是他亲手钉进去的。王烨一系列的动作下来，女人却仿佛没有察觉到一般，呆滞地站在原地，眼神空洞，额头的位置钉着一根青铜钉。

王烨站在原地，无声地和女人对峙着。汗水从他的额头上不断滴落，而王烨却不敢有丝毫动作，目光死死地盯着女人。

该死！这个女人是怎么出来的！为什么会找上他！王烨脑内不

由自主地浮现出那天他离开沁园小区时，女人站在窗口处，看着自己那怨毒的眼神，那种毛骨悚然的感觉让他记忆犹新。

随着时间的推移，冷汗浸透了王烨的衣服。但女人一直站在原地，这让王烨的心始终悬着。他眼中也渐渐闪过疑惑之色，目光死死地看着青铜钉。青铜钉依然牢牢地钉在女人的额头上。

"难道这只诡异物依然被封印着？但又为什么会出现在我家门口？难道是凭借意识吗？"王烨心中渐渐有了答案，但无法确定，为了稳妥起见，他拿出手机，找到周涵的号码，打了过去。

"喂，来我家一趟，有事。"不等周涵说话，他果断地挂掉电话，依然冷冷地注视着女人。

大概数秒钟后，对面的大门被推开，周涵气冲冲地走了过来："王烨，你干什么？你当我是丫鬟吗？"说着，周涵来到了女人的身边。

王烨的瞳孔微微收缩，目光死死地注视着女人。发现女人没有丝毫动作后，才缓缓地松了一口气，看向周涵："就是想介绍个新邻居给你认识。"说着，王烨指了指女人。

周涵下意识地看了过去，随后汗毛瞬间参起，飞快地向后退去，靠在墙边，五把黄金飞刀在空中飞舞着。

"王烨，你坑我！"周涵一边注视着女人，一边狠狠地骂道。

已经可以控制五把飞刀了吗？果然，念珠增强了她的念力。王烨默默地分析着，随后露出无辜的表情："我就是带你见见新邻居，打个招呼嘛。"随着王烨的声音落下，女人竟然僵硬地转过身，看向周涵，诡异地抬起胳膊，眼神空洞地对着周涵挥了挥手。

王烨，周涵默默地看着这一幕，同时呼出一股凉气。

王烨更是觉得毛骨悚然，他说打个招呼，没想到这个女人竟然真的照办了！

周涵感到惊恐的则是，这个女人，竟然会听王烨的话！

"我……我不解剖你了,你让她别看我可以吗?"周涵的眼神中带着一丝畏惧,委屈地看着王烨说。

王烨微微思索着,说:"向前走一步,看着我。"随着话音落下,女人竟然真的向前迈了一步,转过头,眼神空洞地看向王烨。

现在是什么情况?王烨的表情凝重,大脑飞快地旋转着,过了许久,他的眼中闪过一道疯狂之色。这个女人的强大,他是知道的!如果能够驾驭她,他在短时间内,绝对拥有上京市最顶尖的战斗力,虽然风险极高,但回报也是极大的。

044 ✕ 安静

疯狂的赌徒王烨上线!

"周涵,借我个帽子。"王烨看向周涵说。

周涵向后退了两步,警惕地看着他:"干吗?"

"她头上的东西,我怕吓到别人!"王烨指了指女人头上的钉子,而女人也很配合地转过头,眼神空洞地看着周涵。

周涵搓了搓身上的鸡皮疙瘩,怪异的目光看向王烨。

"好吧!"周涵警惕地回到房间,取出一个可爱的粉色带着兔耳朵的帽子,丢给王烨。

王烨的表情有些怪异,将帽子戴在了女人的头上。别说,虽然女人的脸色有些苍白,但戴着这顶帽子还显得有些可爱,当然如果被人知道她的身份,估计就是另一个故事了。

"起个名字吧,就叫小四。毕竟是 404 的主人。"王烨微微思索了一下,满意地点了点头,说着,他和小四同时看向周涵,"对了,总部开会,一起吗?"

"不……不了。"周涵尴尬地向后退了两步。

"我的邻居，不是这么好当的。"王烨深深地看了一眼周涵，给小四下了一个跟着自己的指令后，渐渐远去。

王烨走后，周涵畏惧的表情渐渐消失，表情冰冷地看着他的背影。

"你真是越来越有趣了呢……"周涵低声呢喃着。随后，她哼着歌儿，背着双手蹦蹦跳跳地离开，哪里还有刚才那种慌张的样子……

天组总部，小四默默地跟在王烨身后，丝毫没有存在感。在前台恭敬的目光中，王烨走进电梯，熟练地按下二十一楼。

"抱歉，会议室在四十二楼。"听着后勤部工作人员礼貌的话语，王烨尴尬地回到电梯中，再次按下四十二楼的号码。

来到四十二层会议室，一个巨大的会议桌摆放在会议室正中间的位置。

王烨有些咋舌，这张桌子，估计能坐一百人吧。会议室内空无一人，大家都在不远处的休息区，三三两两地坐着聊天。随着王烨的到来，所有人的目光都放在了王烨的身上。

紧接着，大部分人兴致缺缺地收回了视线。柳倩远远地看见王烨，眼睛一亮，站了起来，冲着王烨挥了挥手："来这边坐。"

一旁，王强也对王烨露出了亲近的笑容。

王烨点了点头，坐了过去，不出意外的话，这两个人就是张子良目前安排给自己的班底了，提前亲近一下总归是没问题的。

"这是？"凭借女人强大的直觉，柳倩瞬间将目光放在了小四的身上。

当然，王烨不可能知道柳倩内心的想法，只是随意地介绍了一句："这是我的……朋友。"

小四默默地站在王烨身后，仿佛神游天外一般，面对冲着自己露出友好笑容的柳倩，表情麻木。

柳倩二人应该已经从张子良的口中听说了什么，话题的中心明显是围绕着王烨的。

"咦，是周涵吗？那个疯女人来了……"一道道嘀咕声响起，纷纷看向电梯口的位置。

周涵双手揪着自己的马尾辫，笑嘻嘻地走出来，所有和她视线相对的人，纷纷移开了自己的目光。

这个疯女人出了名的难缠，被她盯上的人没有一个不痛不欲生，偏偏这个家伙的实力还很强大……

只有角落里，独自一人端着红酒杯轻轻抿着的青年，看着周涵，嘴角散发出一道邪魅的笑容，整理了一下自己价值不菲的西服，露出一个自认为优雅的笑容，迎了上去。

"小涵，好久不见。"青年咳嗽一声，看着周涵，绅士地说。

周涵却仿佛没看见一般，直接绕过青年，似乎寻找着什么，终于，她的眼睛一亮："王烨！"

说着她小跑着来到王烨身边，远远地绕开小四，坐在了王烨的附近："我想好了，虽然你有了她，但我依然会一直跟在你身边！"周涵指了指小四，满脸坚定地说。

瞬间，众多惊讶的目光看了过来。

王烨的眉头微微跳动，这个疯女人，不知道这么说话会被人误会的吗？果然，那个端着红酒杯的青年脸上的笑容渐渐消失，眼底闪过一丝阴沉之色，冷冷地"哼"了一声，走了过来，居高临下地看着王烨。

"走开，我要坐在这儿！"他的声音冰冷，带着不容抗拒的命令道。

王强的表情微微一变，在王烨的耳边小声说："这个家伙叫苏文谦，是二次觉醒的顶级异能者，这次队长名额的有力竞争者。"

"聒噪。小四，我不想听见他说话。"说这句话的时候，从始至终，王烨都没有看过那个叫苏文谦的哪怕一眼。

众多异能者靠在角落里,纷纷感兴趣地看着这边,却没有任何人出声阻拦。

毕竟,说好听的,这里是一群异能者大人,难听点,就是一个有着强大能力的将死之人。

他们,是随时可能化身为暴徒的家伙,听到王烨的话,苏文谦的脸色瞬间变得阴沉下来,张嘴想要说话。

下一秒,一直安静站在原地的小四,突然伸出了自己的手掌,快、准、稳地抽在了苏文谦的嘴上。

一股巨力传来,苏文谦直接倒飞了出去,重重地摔在地上,他的嘴一瞬间肿了起来。

王烨看着这一幕,微微咋舌。他让小四出手也是抱有试验的目的,结果没想到小四对指令这么死板,说不想听见苏文谦说话,就只打嘴。

045 ✕ 交锋

苏文谦的腿部散发出阵阵光芒,脸色瞬间变得狰狞起来,伴随着烟雾在原地站起,对着小四猛然冲去,眼神中充满了怨毒。

小四空洞的眼神中诡异地划过一丝神采,瞬间消失在了原地,下一秒出现在了苏文谦的身侧,抬起手,对着他的嘴,再次抽了过去。

"啪!"清晰的声音在会议室内,不停地回响着。

苏文谦的脸上浮现出一个清晰可见的掌印,再次倒飞出去,只是这次,他再也没有了站起来的力气。

苏文谦目光怨毒地看着王烨和小四,最终晕倒在了地上。

小四则是歪着头,默默地看着苏文谦,在确认他不会再说话后,无声地回到了王烨的身后站立。

如果不是亲眼看见,谁也不会相信这么漂亮的一个女人,动起手来会如此暴力,王烨嘴角带着一丝笑容,风轻云淡地坐着,仿佛一切和他无关一般。

"周涵,下次再用我当挡箭牌,小心和那个家伙一样。"王烨冷冷地看了一眼周涵,淡淡地说。

周涵撇了撇嘴,不满地瞪了王烨一眼,气呼呼地坐在一旁。不远处,众多看热闹的异能者集体石化,互相对视了一眼后,默默地收回了自己的目光,只是在看向王烨时,目光中充满了忌惮。

上一次的诡异事件王烨解决得极其凶残,被调查者们敬称为"诡王爷"。异能者哪个不是高傲之辈,听着这个称号怎么舒服得起来。原本几个想要借着这次会议教训一下王烨的家伙,见到这一幕后,纷纷放弃了打算。

角落里。

"那个女人……你能搞定吗?"一个戴着金丝眼镜,看起来十分文弱的青年,嘴角散发出温和的笑容,看着王烨身后的小四,推了推眼镜说。

一旁,一个壮汉微微思索了片刻:"难,她的身体机能比我要强。"

"大名鼎鼎的金刚,也有服气的时候吗……"一个穿着性感露胸装的女人,红唇带着点点笑意。

被称为金刚的壮汉,难得沉默了下来,没有反驳。眼镜男推了推金丝眼镜,目光中闪过一道光芒。

这时电梯的指示灯再次亮了起来。

一个穿着唐装的老人,手中拿着一根龙头拐杖,散发着淡淡的威压,不苟言笑地走了出来。

他的身后,张子良和一个笑呵呵的肥胖中年人,以及脸上带着青色胎记的男人紧跟其后。再后面是一个穿着白大褂，表情冰冷的女人，抱着一堆资料走出来。

众多异能者看过去，紧接着都站了起来。

正主儿到了。

"那个老人，就是咱们天组的组长李星河，据说本身也是一个异能者，实力未知。还有那个笑呵呵的胖子是情报部部长温华，别看他挺和蔼的，心黑着呢。脸上带着胎记的是行动部部长苏长青，刚刚被你打了的苏文谦，就是他儿子。"王强似乎知道王烨的情况，主动站在他的身侧介绍着。伴随着王烨刚刚展现的实力，他已经彻底被王烨折服。

王烨微微点头："那个女人呢？"

"那个女人……"王强的眼中带着浓浓的忌惮之色："她就是一个魔鬼。她叫张晓，负责整个天组的实验项目，被誉为百年一见的天才，每天泡在实验室里。但她实验的对象……都是诡异物。"

"咱们压制住的诡异物，大部分都会被送到实验室里……很多人都曾经听见过实验室内传来诡异物的哀号……"王强说着，忍不住打了一个寒战，"但她做出的贡献，也是巨大的，咱们城市的那层光幕，就是她的杰作，不然咱们的城市估计和荒土没有区别。"

王烨点了点头，又看了张晓一眼，似乎有所感应一般，张晓在远处转过头，冰冷的眼神看了看王烨，又转了回去。

"荒土……"王烨猛然发觉，自己似乎忘记了一件事。当时他在收获雷音果时，曾经在那只诡异物的身上拿走了一张字条，结果忙了半天，忘记看了，回去还要研究一下。

一群异能者纷纷在会议桌旁坐好，不过除了一小部分人外，大多数人都有些漫不经心。虽然有资格能参加这个会议的，都是异能者中的高手，但成立小队，很多异能者都是没有兴趣的，更何况窥伺队长的位置，简直和痴人说梦一般，除了几个关键的队长位置，大部分人其实都已经暗中分配好了。

苏长青坐在会议桌上，看了一圈，微微皱眉。一个异能者向前两步，在苏长青的耳边轻声说了两句，下一秒，苏长青的目光中闪过一抹厉色，冷冷地看了一眼王烨，随后冷冷地"哼"了一声："叫醒他。"

那个异能者微微点头，来到晕倒在地上的苏文谦身边，不停地摇晃。

过了许久，苏文谦睁开眼睛，下意识地想要呻吟。

王烨身后的小四空洞的眼神中闪过一丝神采，消失在了原地。

随着清脆的声音响起，苏文谦在迷茫中再次晕了过去。

王烨尴尬地捂住了脸，不想说话，忘记给她更换指令了……

苏长青的脸瞬间变得铁青，冷冷地看了一眼王烨："年轻人，你是在挑衅我吗？"

"我手下的人，用不着你来说教吧。"张子良瞪了王烨一眼，淡淡地说。会议还未开始，属于后勤部和行动部的交锋，就已经开始了。

046 ✕ 对峙

"我如果没记错的话，这个女人，不是天组的人吧！"苏长青的脸色有些阴沉，淡淡地看着张子良，嘴角泛起一丝冷笑："她有什么资格出现在天组的高层会议中。"

张子良一脸风轻云淡的表情："哦，我忘记了……现在她是我们后勤部的人了。"

"你！"苏长青看着张子良，咬了咬牙，拍桌子站了起来，目光死死地放在张子良的身上。

"够了！"坐在首位，天组的组长李星河仿佛终于睡醒了一般，缓缓地睁开了眼睛，淡淡地说。随着他的声音落下，张子良，苏长青极其默契地同时闭嘴，不发一言。

至于倒在地上的苏文谦……无人过问。

"开始吧。"李星河半抬眼皮，扫视一圈，淡淡地说。

温华胖乎乎的脸充满了笑容，整个人充满了和气："我们情报组，每天搜集各种情报，去的都是最危险的地方，大家都是在用命去拼。"说着，温华小眼睛中泛起一丝危险的光芒："所以我们情报组，拿一个小队名额，不过分吧！"

"哼，你们情报组都是一群老奸巨猾的家伙，还用命拼？"苏长青的脸上闪过一丝嘲讽之色，冷冷地"哼"了一声，"真出了事儿，他们比谁跑得都快！"

张子良前一刻还在和苏长青敌对，现在又默契地和他站在了同一战线："是啊，而且因为你们情报组失误，放出来的诡异物，可不少吧！"

温华的脸色有些阴沉，小眼睛飞快地在张子良、苏长青的身上扫过，过了许久才冷笑着道："我们情报组如何，至少不是你后勤部有资格说的吧，毕竟大家都知道，你们后勤部，都是一群酒囊饭袋。"

张子良的表情没有丝毫变化，听着温华的声音，突然站了起来，看向温华："后勤部，处理诡异事件时，牺牲一百三十八人！异能者十人！解决D级诡异事件五起，C级二起，B级一起！我后勤部，都是用鲜血打出来的战绩，如今后勤部几乎全空，甚至大部分人的头七还没有过！"

"他们的英灵，就在天上看着，又怎么容你亵渎！"说着，张子良的眼眶有些发红，整个人身上充满了热血，情绪渐渐有些激动！

王烨见两个人的情绪越发激动，就差跳到桌子上面去了，看起来似乎脾气火暴的苏长青，这一刻宛如老者坐定一般，闭上了双眼，一副事不关己的样子。就连他倒在地上，苏醒过来发出阵阵惨叫的儿子都引不起他情绪上的波澜。

　　"果然……这些家伙都是老狐狸啊。"王烨默默地观察了许久，忍不住咋舌，谁要是被这群部长的外表迷惑了，估计被卖了都要替人数钱。

　　一直老神在在，坐在首位的天组组长李星河仿佛睡着了一般，对此视而不见。至于那个穿着白大褂的张晓，明显对这种事情兴致不高，眼神有些空洞，思绪不知道飞到了哪里。

　　"我早就看你不顺眼了，不服打一架啊！"温华一边说着，一边撸起了袖子，努力地睁着自己那因为肥胖而挤压在一起的眼睛，凶狠地瞪着张子良。

　　"来就来，死胖子！眼睛睁大点，不然一会儿老子的拳头不知道落在哪儿！"张子良也一副情绪激动的样子，直接脱下外套，红着眼睛往巨大的会议桌上爬。眼看着就要爬过去给温华一拳的样子。

　　"咳咳……"终于，组长李星河仿佛睡醒了一般，淡淡地睁开眼睛，发出了轻微的咳嗽声，"要动手去外面，也不怕丢人。"随着他的话音落下，张子良、温华互相瞪了一眼，气愤地回到了椅子上坐下。

　　会议室里瞬间变得平静下来，李星河仿佛年纪大了一般，松懈的眼袋低垂，瞌睡般再次闭上了眼睛。

　　局面瞬间陷入了僵持之中。

　　王烨坐在角落，眼中闪过思索之色。现在明显大家在互相算计，张子良究竟又会用怎样的手段破局呢！行动部明显是冲在第一线的，最起码拿一个小队名额，而看苏长青的样子，分明是想拿两个，后

165

勤部优先级是小于情报部的。

这时一直闭目养神的苏长青,缓缓地睁开了双眼:"张子良,关于你的手下王烨打我儿子的事,总该有一个交代了吧?"

一旁,已经清醒过来的苏文谦,一瘸一拐地来到苏长青的身后,眼神怨毒地看着王烨。至于小四他不敢看,实在太强了,他惹不起还躲不起吗……

"哦?你想要什么交代?"张子良挑了挑眉,看着苏长青淡淡地说。

在苏长青的示意下,一旁那个叫金刚的男子眼中带着狰狞之色站了起来,两米高的身体,加上全身恐怖的肌肉,让人不寒而栗,巨大的威压,瞬间弥漫在会议室内,他的目光则是放在了一旁仿佛发呆一般的王烨身上。

"我们行动组,还没有被人打了,不找回场子的说法。"说着,苏长青的嘴角泛起一丝冷笑,"如果王烨,能够在金刚的手中挺住十分钟,这件事,既往不咎。"

"就这?"张子良淡淡地瞥了一眼金刚,不咸不淡地说,"你是不是过于高估这个傻大个儿了?"

听着张子良的话,金刚的眼中瞬间泛起浓郁的杀气,如铜铃般的双眼瞪向张子良,散发出恐怖的气势。

"放肆!不许对张部长不敬。"苏长青轻笑着说,"既然张部长对自己的属下这么看好,就让他们试试?"

"没问题,但你是不是太看不起我们后勤部!"张子良微笑着,看向苏长青的目光中带着寒芒。

047 ╳ 异能

张子良冰冷的声音响起，目光深深地看向苏长青："你行动部的人不可辱，我后勤部就可以了？"

"你要找场子，没问题，你要让王烨迎战，也没问题。如果他技不如人，是我们后勤部的人没本事，我们认栽，但王烨如果赢了呢？"说着，张子良露出一丝冷笑。

苏长青微微皱眉，默默地看了一眼角落里的王烨，又看了看金刚。

金刚凶悍的眼神扫视着全场，冲着苏长青点了点头。

"好，如果金刚输了，我让出行动部半个月的资源。"听着苏长青的话，张子良的眼睛一亮，刚才那股冰冷的气息瞬间消失，果断地拍了拍桌子："君子一言，驷马难追！王烨，揍他！"

王烨的嘴角微微抽搐着，无奈地看了张子良一眼，站了起来，一旁的小四，仿佛是王烨的影子一般，动作整齐划一。

金刚的瞳孔微微收缩，下意识地后退了一步，看向小四的目光中充满了忌惮："王烨，我要打的是你！"言下之意，不想让小四插手。

"呵呵……"王烨怪异地看了金刚一眼，这个家伙也不傻啊……

"可以。"王烨点了点头。

小四则默默地站在王烨的身旁，如同雕塑一般一动不动，等待着他的下一个指令。

苏长青的眉头挑起，桌子下方的手微微攥紧，就连仿若睡着了一般的天组组长，都微微眯起了眼睛，不着痕迹地看了一眼。

"来吧，速战速决，我今天比较累。"王烨活动了一下筋骨，眼底闪过一丝疲倦，看着金刚说。

金刚有些恼怒："哼，没有那个女人，你还能有什么本事？"说着，他的眉心处散发出淡淡金光，布满全身的肌肉，整个人金灿灿的，

167

有些晃眼。

王烨的眉头微微一挑，竟然是脑部觉醒者，看这体格，还真没看出来。而且似乎区别于大部分的脑部觉醒者，他并没有念力，而是能够强化自身的身体，不愧是行动组的高手。

"吼！"金刚的双眼渐渐变得通红，似乎有些失去了理智一般。

"精神觉醒，狂化？"王烨喃喃自语着。这两个觉醒部位，似乎很搭啊。

金刚是个天才，王烨给出了中肯的评价。

下一秒金刚怒吼着，仿佛推土机一般，向王烨冲了过去。

一瞬间，仿佛整个地面都在震动。巨大的声势，让大部分的异能者眼中都充满了忌惮。

一旁，仿佛呆滞的张晓似乎被金刚的声音打断了思路，微微皱眉，不满地抬起头，看了一眼，再次陷入了沉思之中。

所有人的目光都集中在王烨和金刚身上，一边是体型巨大，散发着恐怖威压的金刚，一边是身材瘦弱，连异能都施展，仿佛吓呆了的王烨，一瞬间形成了鲜明的对比。

很多人仿佛这一刻已经预知到了结果一般。

金刚的脸上满是狰狞之色，眼神中散发着疯狂，仿佛要将王烨撕碎。就连张子良的眉头都微微皱了起来，他知道王烨很强，强到杨琛在他的手上挺不过三秒钟。

但他对王烨的具体实力还是缺乏一个准确的认知，现在他已经将所有的赌注全部押在了王烨的身上，所以他的心，也在这一刻提了起来。

王烨看着逼近的金刚，眼神闪烁着。

"看起来狂暴强化了实力，但智商却会变得低下，真不知道是好是坏呢。"王烨淡淡的声音在会议室响起，不远处的周涵嬉笑着看向王烨："这个大家伙，好惨。"

"嘭！"一声巨响传来。

所有围观的异能者，瞬间瞳孔收缩，仿佛看见了不可思议的一幕。角落里，戴着金丝眼镜的青年微微扶了扶镜框，深深地看了王烨一眼，李星河也不知何时睁开了眼睛，淡淡地向战场方向看去。

魂游天外的张晓，再次被打断了思路，显得有些烦躁，向声响处看去，随后，她的眼神中散发出一股带着疯狂的色彩，仿佛遇见了稀世珍宝一般！

此时，王烨只是淡淡地抬起了右手，握成拳，和金刚那硕大的拳头对在了一起。

金刚则不受控制地倒飞了出去，重重地砸在地上，下一秒王烨消失在了原地，出现在了金刚的身前，淡定地抬起脚，踩在了金刚的胸口上，骨骼碎裂的声音响起。

王烨淡定的目光看向四周，所有与他对视的人，都下意识地收回了自己的目光。这一刻，他们突然发觉"诡王爷"这个外号，似乎不是浪得虚名，恐怖如金刚的存在，在他手中被秒杀。

"呵呵……"一旁，张子良脸上的紧张之色渐渐消失，重新恢复成了淡然，仿佛对这一切早有预料一般。只是藏在桌子下的手，正在死死地掐着自己的大腿，强迫自己冷静下来。

捡到宝了！这是张子良内心中浮现出来的第一个想法。

加大资源投入！这是第二个。

一瞬间，如何围绕王烨进行宣传，营造后勤部第一高手，以及实力晋升计划等一系列的事情在张子良的大脑中不断地出现。

王烨仿佛做了一件微不足道的小事一般，嘴角依然带着微笑，拍了拍手，回到了座位上，继续发呆。

"他……刚才是不是没用异能？"一个人有些不确定地看向身边。

"嗯……"另一个人用力地咽了一口口水,点了点头。

不远处,张晓的眼神越发明亮起来。

048 ╳ 底牌

苏长青的瞳孔微微收缩,脸上闪过一丝寒芒,他冷冷地"哼"了一声,闭上了自己的眼睛。

金刚过了许久才吃力地爬了起来,有些沉默,再也不复刚才张狂的样子。

"现在我们可以聊聊正事儿了吧?"张子良强忍住心底的喜悦,淡淡地说。

"我的底线是两个名额。"许久,苏长青再次睁开了自己的眼睛,冷冷地说。

"哟,敢情说你们欺负我情报部没人吗?"温华的小眼睛泛起一道寒芒,脸上的肥肉乱颤,阴阳怪气地说。

在王烨的气势碾压全场后,张子良除了将话题重新引回正轨,便不再说话。过刚易折,风头已经出过了,再强势的话,容易被人集体针对。

果然苏长青冰冷的目光看着温华,淡淡地说:"哦?你对我有意见?"

"后勤部有王烨,你们情报部……有谁?"苏长青轻飘飘地说,完全没有刚刚被打脸的差耻感,仿佛在陈述一个事实一般。

"这东西,谁说得准呢。"温的华胖脸上,依然挂着淡淡的笑容,"要么试试?"

"哼!真当我们行动组好欺负不成!"苏长青的眼中散发着危险的光芒,"真以为金刚,就是我们行动组的底牌了吗?"说着,一股恐怖的气势在苏长青的身上散发出来，一股强大的威压席卷全场。

感受着这股巨大的压力，王烨微微皱眉，这个苏长青带给他的感觉，竟然比金刚还要恐怖！一旁，眼神空洞的小四，在没有指令的情况下，竟然微微转动，轻轻地看了苏长青一眼。

"够了。三个部门，一个部门一个名额。"终于，李星河仿佛睡醒了一般，淡淡地睁开了双眼。

苍老的面容下，眼神充满了沧桑感，在他平静的注视下，原本散发出恐怖威压的苏长青脸上闪过一瞬间的苍白。

苏长青冷冷地"哼"了一声，收回自身的气息，冷冷地看了一眼温华、张子良二人，起身离开。

张子良，温华微不可察地对视了一眼。

会议在李星河的话中，一锤定音。

在一群异能者们忌惮的目光中，王烨低调地跟在张子良的身后离开。

回到熟悉的二十一楼，坐在自己的皮制转椅上，张子良的目光放在了王烨身后的小四身上，眼神微微闪烁，微笑着问道："这位是……"

看着张子良的目光，王烨沉默了数秒，眼神中有些犹豫，终于，他缓缓地摘下了小四头上可爱的粉色兔耳帽子。青铜钉深深地钉在女人的额头中间，隐隐可以看见一丝血迹，让人不寒而栗。

张子良的表情僵在脸上，下意识地向后退了两步。

"这……"凭借着强大的心理素质，张子良迅速恢复了冷静，指着小四的额头，不解地看向王烨。

王烨默默地将帽子给小四戴了回去，表情有些无奈："这是一只诡异物。"仿佛感觉这么介绍不够郑重，他组织了一下语言，"一只

171

很强大的诡异物。她眉心的青铜钉，是我插进去的。"

"然后她就莫名其妙地出现在我家门口了，而且还能听我的指令。"随着王烨的声音落下，张子良的眉头深深地皱了起来。

"这很危险。"张子良的声音有些沉重。

王烨默默地点头："但异能者本身就已经充满了危险，既然如此，身边多一个隐形炸弹也无所谓了，毕竟危险和收益并存。"

张子良沉默着，点了点头，不再提这件事："小队名额已经拿到了。目前天组制定的计划中，接下来的时间内资源将无条件地倾斜在三支小队里，按照约定，我会向上面申报你成为队长，至于队员，目前已经确定的是柳倩，王强。至于剩下的两个人，我还需要再考虑一下。"

听着张子良的话，王烨点了点头，似乎想到了什么，突然问道："对了，队长有没有 A 级情报权限？"

张子良的脸色瞬间黑了下来，幽幽地看着王烨："有，真不理解你为什么对这个 A 级情报权限如此执着。"

王烨笑了笑，没有说话。

张子良则是思索了一下："上面后续似乎还会有行动，目前的分配是上京市一共有东华、西口、中街三个大区，三个小队分别对应三个大区。"

"根据每个大区的业绩，划分相应的资源，但我觉得，这件事应该没这么简单，业绩应该和上面后续的计划有关。"张子良分析着。

王烨默默地看了张子良一眼，果然，这个老狐狸的嗅觉如此敏锐吗？和张子良短暂地闲聊后，他离开了办公室。

办公室门口，王强，柳倩正靠在墙边，默默地等待着，看见王烨出来，柳倩的眼睛微微一亮，舔了舔嘴唇，凑了上去。

"今后我应该叫你王队长了？"柳倩的美眸不停地在王烨的身上

流转，性感地笑着。

王烨淡淡地点了点头："张部长找你们应该还有事，我先走了。"说完，他对王强微微点头，带着小四转身离开。

柳倩看着王烨的背影，陷入了沉默之中，微微咬牙。

王强不知道什么时候走了过来，站在柳倩的身侧，说："有些时候，错过了，就是错过了，咱们这位队长，有时候虽然不说话，但心里明白着呢。"

王强淡淡地看了柳倩一眼，推开张子良的办公室的门，走了进去。

之前面对苏文谦、王强坚定不移地站在了王烨的身后，而柳倩，则是保持了沉默。

站在会议室门口，柳倩沉默了许久，脸上重新充满了坚定之色，跟在王强身后走了进去。

王烨则陷入了苦恼之中，这个周涵怎么又凑上来了？

049 ✕ 六号墓

"小哥哥，一起回家呀。"周涵背着双手，看着王烨，甜甜地笑着。王烨的嘴角微微抽搐着，一言不发。

周涵笑嘻嘻地绕过小四，凑到王烨的身边，一副赖上你的表情。

街道上，一个黑着脸的青年，一个蹦蹦跳跳仿佛少女般的女孩，以及一个戴着粉红色兔耳朵帽子的女人，组成了一个有些奇怪的组合。

回到家，王烨第一时间关闭房门，微微松了口气。

"这个疯女人！"王烨忍不住骂了一句，看了一眼面无表情的小四，将后面的话吞了回去，和一个没有感情的诡异物似乎更没有什么好聊的。

王烨幽幽地叹了一口气，感受着疲倦的身体，回到卧室，倒在床上，睡了过去。

　　客厅，站在角落，仿若雕塑一般的小四，突然摆动着僵硬的身体，缓缓地坐在了沙发上，一道细长的影子无声无息地在地面上延长，直通王烨的卧室，在即将触碰到卧室门的时候，影子诡异地停了下来。

　　渐渐地，影子回缩，重新出现在了小四的脚下，恢复正常。

　　夜幕降临，小四的眼中泛起一丝色彩，悠闲地靠在沙发上，跷起二郎腿，动作和王烨白天一致，她站了起来，看向门口的位置猛地倒退，目光死死地盯着门口。她，竟然在模仿王烨下午时的动作。过了许久，小四眼中的色彩渐渐消失，重新恢复了空洞之色，回到了最开始的位置，重新站定不动。

　　卧室中，王烨的双眼不知何时睁开，一把散发着阴冷气息的剔骨刀牢牢地攥在他的手中。听着客厅中渐渐安静下来的声音，他重新闭上了眼睛，只是那把剔骨刀依然攥在手里。

　　天渐渐亮了，难得的休息日，感受着安逸的气氛，王烨悠闲地坐在沙发上，观察着小四。

　　门外传来声音，似乎是周涵出门，不过听到声音是下楼，而非敲门，王烨明显松了一口气，根据手机短信内张子良传来的加密网址，王烨登录上去。

　　果然，A级情报权限下，信息更多，更加详细，他试着搜索了城郊公墓，却显示一片空白。王烨的眉头深深地皱了起来。

　　"没有吗？果然没有记载。"无奈地叹了一口气，王烨关闭了电话，随后似乎想起了什么，他找到前天和周涵出门时穿的外套，在口袋里小心地拿出一张有些泛黄的破旧纸条。

　　因为年代久远，纸条上的字迹已经有些模糊，透过阳光，能分辨出来的字迹并不多：

城郊公墓……
六号墓……
墓底……

看着这几个字，王烨的瞳孔微微收缩。又是那个神秘的城郊公墓吗？乱葬岗，城郊公墓，以及自己在荒土遇见的十里坟场，这中间究竟又有什么样的关联？这座六号墓的墓底，又隐藏了什么样的秘密？

而且，这是在一具早已死亡，疑似异能者的尸体衣服中找出来的，难道永夜之前，真的存在异能者吗？这些诡异的关联，如同谜团一般，浮现在王烨的脑海之中，仿佛有一条看得见摸不着的线将它们串联起来。

王烨烦躁地将手中的纸条小心翼翼地收在抽屉之中，陷入了沉思。一旁默默地站着的小四，空洞的眼神中，一道不易察觉的光芒一闪而过。

夜晚卧室内沉睡的王烨，听见了开门的声音，无声地睁开了眼睛，脚步声在楼梯口响起。

过了许久，他轻轻打开卧室房门，客厅内，小四的身影消失不见。

王烨的表情变得有些严肃，走到窗口的位置，透过窗帘向下望去，小四那有些僵硬的身影，出现在小区之中，渐渐走出小区大门，消失在黑夜里。

王烨微微皱眉，无声地穿好衣服，下楼向小四离去的方向走去，远远地跟在她的身后。

随着路人越来越少，小四越走越偏僻，王烨看着越来越熟悉的场景，他的心底生起一股寒意。

城郊公墓！王烨确定，这是通往城郊公墓的路！

果然，站在城郊公墓的大门口不远处，王烨亲眼看着小四的身影渐渐消失在黑暗之中。门口的木屋中烛光微微亮着，但空无一人，那个诡异、神秘的老人，不知道何时消失。

王烨将自己隐藏在黑暗之中，目光死死地盯在城郊公墓的大门口处。

公墓内，传来阵阵响动，以及嘶吼的声音，十分钟后，嘶吼声渐渐消失，响动也平息了下来，小四默默地出现在公墓的出口，衣服微微有些破碎，她的眼神空洞，仿佛没有灵魂一般。

王烨的眼神微微转动，藏匿着自己的身体，渐渐消失，回到家中。

走廊内，幽暗的环境下，似乎有一个影子一闪而过。

王烨的瞳孔微微收缩，注视了许久，都没有发现任何异常。身后的楼梯间传来脚步声，他的眼底闪过一丝寒芒，打开房门，走了进去，默默地倒在卧室的床上，闭上了双眼。

不一会儿，房门再次打开。小四迈着僵硬的步伐，回到屋内，恢复了王烨睡觉前的站姿。

听着客厅里的响动，王烨的眼睛不知何时睁开，不停地思索着。

接下来的几天，张子良在不停地研究着小队成员的人选，听说很多异能者为了加入一个小队，不停地走着关系，毕竟加入小队，就代表了可以获得无尽的资源。

张子良办公室的门槛都被踩烂了，甚至有一些异能者不知道在什么地方打听到了王烨的电话，在王烨忍不住想要发火的时候，才终于渐渐平息了下来。

当然中间的一个小插曲是，周涵来过，轻飘飘地留下了一句话，要了一个王烨小队的名额。

在王烨头疼的时候，张子良竟然爽快地同意了。

王烨的头，瞬间觉得更疼了，就在当晚的十二点，神秘的木门再次出现在了王烨的客厅之中。

050 ╳ 缺失的内脏

看着客厅内出现的木门，王烨忍不住松了口气，下意识地看了看旁边的小四，发现她没有任何反应后，迈入了木门之中，他之所以留小四到现在就是想看看这个神秘邮局的反应。

以这个邮局的能力，大概是知道小四目前的具体状况的，毕竟她是邮局第二封信的主人，这扇木门当着小四的面打开，说明小四至少暂时来说，是没有什么攻击性的。

王烨的嘴角浮现出一丝微笑，熟练地走到前台看去，下一秒，他的嘴角猛然抽搐了起来……

一盏烛灯，安静地放在前台上，这个款式，王烨已经熟悉得不能再熟悉了，果然字条上清晰地写着：

地址：城郊公墓，一号墓。

将烛灯送给一号墓墓主。

奖励：诡差腰刀。

时间：三号晚十二点。

王烨深吸了一口气，眼神中充满了凝重之色，原来，那座木屋就是一号墓吗？他并没有太过于惊讶，那次任务结束后，他回来反复猜想后，唯一有可能成为一号墓的，只有那座木屋，意料之外，却也在情理之中，但那个神秘的老人，究竟是人，还是诡异物，王烨至今无法确定，而且这次区别于之前的任务，竟然给出了具体时间，也就是说，其他的时间，老人也许并不在城郊公墓？

王烨的眼睛亮了起来，心思变得有些活泛，毕竟第一次送信时，没有经验，没薅到羊毛，已经快成为他的心病了，想着，他默默地将烛灯拿起，观察了一下，发现外表很普通，只是里面那根蜡烛，隐隐传来一股尸臭味，没有多看，他小心地拿着烛灯，走出了邮局。

客厅内，木门渐渐消失，小四依旧呆立在原地，没有任何反应，来到书房，王烨小心地将烛灯放在书桌上，拿出一把匕首，轻轻地顺着孔洞处伸了进去，随后用匕首在烛灯上，轻轻地刮着。

一层层蜡屑被王烨顺着匕首，不断地掏出，最后被他存放在一个黄金制作的小瓶当中。

渐渐地，小瓶已经装满了蜡烛的残渣，而烛灯内的蜡烛，足足缩小了一号，虽然不知道这支蜡烛有什么用，但以那个恐怖老人的实力，他身边的东西，应该不会简单。

郑重地将黄金小瓶封存，王烨松了一口气。一直以来，城郊公墓没有薅到羊毛的心结，在这一刻从他的心底抹去。

倒在床上，王烨渐渐睡了过去，睡梦中，恐怖的城郊公墓发出阵阵咆哮，一个又一个墓碑碎裂，无数恐怖的气息在公墓内释放，那个老人，则是无声地看着王烨，眼神深邃。猛然惊醒，看着窗外的太阳，他下意识地擦了擦额头上的汗水，松了口气。

好在只是一场噩梦。

准备了一天，王烨静静地等待夜晚的到来，他突然想到了什么，眼睛微微一亮。之前纸条上写过，城郊公墓，六号墓墓底，似乎有着什么秘密，小四则是在深夜去过。当时自己因为忌惮可能会出现的老人，站在门口并没有进去，现在既然知道老人要在晚上十二点才会回来,现在正是可以一探究竟的机会。

这么想着,王烨深深地看了小四一眼,没有察觉异样后,他给小四留下了一个原地待命的指令,推开房门,消失在黑夜之中。

城郊公墓。

站在大门前,看着身边的木屋,除了幽幽的烛光外,果然空无一物。因为这次任务,王烨特意仔细地看了一眼木屋内的烛灯,果然和自己背包中的属于同一款式,烛灯内的蜡烛已经燃烧殆尽。

"所以需要我来补充吗?难道说,这是一个长期客户?"王烨微微思索着,喃喃道。

考虑了片刻,看了看手表,距离十二点还有一个小时。

时间还够,王烨的眼神微微闪烁,紧了紧自己装着烛灯的背包,走了进去。如果出现危险,自己点燃这盏烛灯,那个老人大概会看在自己是诡差的份上,不会杀了自己吧,不知为何他的脑海中竟然浮现出了这种诡异的念头。

第二次进入城郊公墓。

空气还是一如既往的阴冷,就连黑暗程度,仿佛都比外面高了许多,随着王烨向墓园深处行进,他的眉头渐渐皱了起来,表情有些凝重,和上次比起来,可以清晰地看见有些墓碑上已经出现了裂纹。

越往里走,墓碑上的裂纹越大,这难道是代表墓园越发危险了吗?突然一束光芒自王烨的脑海中划过!

第二次永夜!随着时间的推移,第二次永夜,即将来临了!王烨在内心粗略地估算了一下时间,心底微微发寒,还有三个月!果然,是这种诡异的能量,导致墓园内这群恐怖的家伙开始渐渐苏醒了吗?

终于王烨来到了六号墓处,原本的墓碑,已经彻底化作碎石,地面上,出现一个巨大的坑洞。坑洞的中央处,倒着一具干尸,尸体的胸口整个被掏开，里面的内脏不翼而飞！

王烨的瞳孔微微收缩！

六号墓的主人，被小四干掉了吗？回想着那晚墓园内传来的恐怖嘶吼声，王烨的心底有了猜测，但究竟是什么原因，会让小四在夜晚前来而且是已经被封印，如同尸体般的她。

纸条！一瞬间，王烨心里明白过来，但他现在已知的情报实在太少了，纸条上给人留下的信息，难道就是指的六号墓主的内脏吗？

王烨微微皱眉，强忍着尸体腐烂的味道，跳了下去，在尸体的衣服上不断地摸索着。

终于，王烨的眼睛猛然一亮，一颗有些干枯的果实被王烨拿在手中。

这颗果实王烨观察了半天，确认不是自己见过的任何一种后，将果实收进了背包里，时间，距离十二点越来越近。

王烨赶忙向木屋处赶去。

终于，在十二点的时候，王烨赶到了木屋的门口，那个老人仿佛幽灵般，突然出现在了屋内，透过窗口处，默默地看着王烨。

第四章
香烛燃灯

051 ╳ 烛光

再次看见这个神秘的老人，哪怕以王烨现在的实力，依然觉得毛骨悚然，两个人分别在屋内，屋外默默地对视着，过了许久，王烨才尴尬地笑了笑，在背包中拿出烛灯，从窗口的位置小心翼翼地向木屋内递去。但老人却仿佛没有看见一般，依然深深地看着王烨，没有任何动作。

"不接？"王烨的眼中闪过思索之色，微微咬牙，大着胆子又向前凑了两步。

老人依然没有任何动作，只是木屋的门，突然开了。

"是要我走进去吗？"王烨的脸色阴沉不定，哪怕是到现在，他依然无法确定这个老人的身份，哪怕他是邮局的客户，关键是谁也没有说过邮局的客户都是好人！

毕竟城郊公墓的墓园里，三号墓下面可还躺着一个倒霉鬼呢，深吸了一口气，王烨渐渐冷静下来，控制着自己的心跳，将烛灯抱在怀里，缓缓地来到木屋门口。老人不知道何时转过身子，依然在默默地看着王烨。

随着微风闪烁，老人身旁桌面上的烛灯，终于彻底燃尽。

火光……灭了，伴随着最后一丝烛光熄灭，城郊公墓彻底陷入了黑暗之中。阴冷的气息不断袭来，可以清晰地听见墓园内传来一声又一声的怒吼！

"嘭！"

"嘭！"

一声声巨响，墓园内，所有的墓碑都隐隐有了碎裂的征兆，墓碑下的土地翻滚，涌动，老人脸上的笑容终于渐渐消失，不知何时出现在了木屋的外面，看向不远处的墓园。

"点……灯……"终于，老人缓缓地开口，一道有些僵硬的声音响起。

"该死！"王烨微微咬牙，阴冷的气息不断席卷他的身体，仿佛要将他彻底冻僵一般。

墓园内，无数恐怖的威压感，让王烨连抬起手都要花很大的力气，顶着恐怖的压力，他缓缓地将烛灯放在了木桌上，拿出火机，但每当火光亮起，都会有阴冷的风吹过，将火光吹灭。

墓园内，响动声越发大了，整座墓园仿佛不停地摇晃着，仿佛随时都会坍塌一般。不停地按下火机的王烨，内心充满了焦急，老人的身影，不知何时消失不见。

王烨不断地打着火机，用身体挡住窗口的位置，终于，火光点燃了烛灯。

木屋内，熟悉的烛光再次亮起。墓园的响动，渐渐消失，一道道不甘的嘶吼声减弱，直到消失。

身体几乎被冻僵的王烨，长长地松了一口气，瘫坐在了地上，身体不停地发颤。之前发生的一切，仿若错觉一般，只是他所看不见的是，墓园内，一座墓碑无声无息地碎裂，老人不知何时出现在了墓碑前，默默地站着，伴随着狰狞的笑声，土地翻涌，一只手猛地伸了出来，手臂上布满了尸斑，颜色铁青。

"回……"老人的声音依旧充满了僵硬感，在墓园内轻轻地回响着。而那只手臂，仿佛遭受了巨大的压力般，诡异地一点一点缩了回去，只是缩到手指位置的时候，渐渐停了下来。

老人转身……渐渐消失在了黑暗之中，墓园内，一声声若有若无的叹息不断地响起……

木屋内，王烨的身体过了许久才渐渐恢复了行动力，他强撑着不适站了起来，看着木桌上的烛光，微微呆滞，这烛光似乎是能够起到镇压的作用？也就是说这盏烛灯是用来镇压这座城郊公墓的？

想到自己用匕首悄悄刮下来的一层蜡烛，一滴冷汗在王烨的额头滴落，也不知道这是否会对墓园产生影响，不过想到那个神秘的邮局，他的心情再次放松了下来。

长舒了一口气，王烨将背包再次背在后背上，准备离开。

下一秒，看向门口的位置，王烨的瞳孔微微收缩。

老人不知何时，无声无息地出现在了门口，默默地注视着王烨。

"咳咳，您……您老回来了？没事的话我就先走了……"王烨轻轻地咳嗽了一声，脸上露出尴尬的笑容，不断向门口小步走过去。

老人的脸上没有任何表情，仿佛雕塑一般。

终于，在王烨走到门口时，老人轻轻让了让身子。

王烨则急忙冲了出去，迅速倒退，目光依然死死地放在老人的身上。如果老人发现蜡烛小了一圈，不满地给他一巴掌，他差不多就可以光荣牺牲了。

好在老人从头到尾都没有任何动作。直到王烨渐渐消失在黑暗之中，老人才缓缓地收回了目光，有些僵硬地回到了木屋之中，坐在了椅子上。

看着烛光，老人沉默了许久。

"有……趣……"老人突然露出了一丝笑容，有些僵硬地说，随后，老人的身影渐渐消失不见，仿佛从未出现过一般。木屋的门口，那个红色的"1"，仿佛更加浓郁了些许，仿佛有鲜血流出来一般。

远离城郊公墓后，王烨松了一口气，终于离开了。虽然城郊公墓两次的任务，都不算特别危险，但给他带来的冲击力，却是无与伦比的。

神秘的老人，强大的压迫感，总能让王烨生出一股绝望感。而且这个老人充满了神秘感，他真的不确定老人会不会因为哪天心情不好，一巴掌拍死他，好在这次任务圆满结束。

让王烨欣喜的是，这支蜡烛似乎特别的强大，能镇压住整个城郊公墓中诡异物的存在，自己那点蜡屑如果利用好，或许能有奇效，这么想着，他的心情渐渐好了起来。

回到自己家门口，王烨的目光微微一冷，剔骨刀无声无息地出现在了手中。

房门不知道什么时候被打开了！

"当我家是超市吗？"王烨在心底暗骂，最近自己家似乎有些特别的热闹，他的目光微微有些发冷，拿着剔骨刀，无声地走了进去。

052 ╳ 遗照

客厅的地板上，一摊有些干燥的鲜血，似乎已经有一小段时间了。沙发则是已经彻底不成样子，几乎从中间的地方彻底碎裂，墙壁上充满了划痕,小四默默地站在墙角,双手上带着点点血迹。

看着小四,王烨的表情变得越发凝重。

因为小四的脸颊处,有一道划痕,流出一点点鲜血,似乎是被利器划过,虽然小四的能力几乎已经被全部封印。但光凭着肉体的强大,也几乎是目前整个上京市顶级的存在了,这个闯进来的家伙……竟然能伤了小四……

王烨深吸一口气,攥紧剔骨刀,在房间内,不停地搜寻着。

可惜闯进来的那个家伙似乎已经走了,他默默地放下剔骨刀,关上房门。看着破碎的沙发,王烨微微叹气。他好歹也算是一个高手,小四还是一只诡异物,都这样一个组合了,为什么总有人天天往他的家里跑。似乎想起什么,他打开房间的暗格,发现残破的纸钱以及蜡烛残屑都在,王烨陷入了沉思之中。

自己接触过的人并不多,张子良派人过来的吗?没有意义。他相信张子良是一个聪明人,而且两个人目前还处于合作状态之中,他不会做出这种杀鸡取卵的事,一张张人脸在王烨的脑海中闪烁,猛地,王烨瞳孔微微收缩,深吸了一口气,闭上了眼睛,他默默地起身,来到书房,打开了张子良新给他的 A 级情报网站,登录。

城郊公墓　打更人

输入关键词,等待了片刻,几条零散的消息,依然是之前那些毫无营养的内容,以及几张模糊的照片。

因为没有爆发过诡异事件,天组已经撤销了对城郊公墓的观察,关于打更老人的记载,更是寥寥无几,只是写着一个神志不清的老头,自愿领着微薄的工资,做打更的活计。

"所以这个老人还是有思维的,只是思维有些不清楚了吗?"回忆着老人说话有些僵硬的语气，王烨沉思着。剩下的，就是几张城郊公墓内随手拍下来的照片了，他漫不经心地看着。

突然，王烨的表情微微僵硬，眼神中透露着浓浓的惊讶，随后他急忙向回滑动，点开一张照片，照片中，是一座座熟悉的墓碑，其中一座墓碑上，隐约可以看见一张黑白照片。

真正让王烨感到惊恐的是……这张照片的主人，他认识，甚至可以说十分熟悉，是周涵！

黑白照片中，一个女人穿着复古的旗袍，依然难以遮掩她性感的身材，绝美的姿容中，带着点点温和的笑意。一瞬间，凉气席卷王烨的全身，他急忙看向墓碑上死者的名字：

纪梓倩

"不叫周涵？"王烨强行使自己冷静下来，深吸一口气，在情报网的搜索栏输入纪梓倩的名字，很快，关于纪梓倩的全部资料显示出来：

纪梓倩，1976—1990年。

铁桥镇村民。

村中爆发一场怪病，导致全村人集体死亡。

因纪梓倩家中有一个有钱的远房舅舅，将其安葬在了城郊公墓之中。

下面附带的是简单的事件介绍，不过作为一个普通村民，记载的资料并不多，王烨的表情严肃，深深地皱着眉，默默地看着电脑显示屏，陷入了沉思之中，很显然，这个纪梓倩是永夜之前的人，但一个村民，为什么会有穿着旗袍的照片？要知道在当时，旗袍是只有富贵家庭的人才有可能经常穿的。

而且看照片，纪梓倩那种温文尔雅的大家闺秀气质，明显和村民不符。诡异的怪病，以及资料中未留下任何信息的有钱舅舅……

"现在……就连那个疯女人的身上都充满秘密了……"王烨幽幽地说，随后似乎突然想到了什么，苦涩地笑了起来，"说起秘密，我似乎也不少。"想着，他叹了一口气，整理了一下表情，推开门，来到周涵的门前，轻轻敲门。

门被打开，周涵通过门缝伸出脑袋，歪着头可爱地看着王烨："小哥哥，你怎么主动来找我了呀？"

"难道……你终于接受我的好意啦！"周涵充满惊喜地说。

王烨默默地看着周涵："我家刚才好像进贼了，问问你有没有听见什么声音？"

周涵失望地低下头："我还以为你是来找我的呢。"说完，她认真地思索了一下，摇了摇头，"没有，我刚才在研究那串念珠。"

"哦。"王烨点点头，转身离去。

"哼！现实的男人！"周涵皱着眉头，冲着王烨冷冷地"哼"了一声，将头从门缝缩了回去，重重地关上了房门。

随着房门的关闭，周涵的脸色瞬间变得苍白起来，没有丝毫血色，她的胸口处有一处恐怖的伤口，鲜血顺着她的胸口缓缓滴落。

屋内的地面上，到处都是染血的纱布，周涵的手捂在胸口，每走一步仿佛都花费了巨大的力气，过了许久才缓缓地坐在了沙发上。

"也不知道会不会留疤啊……"周涵终于承受不住这剧烈的痛苦，伴随着呢喃声，昏睡了过去，胸口处，那个恐怖的伤口边缘，肌肉轻轻地蠕动着，肉眼可见的，伤口在缓缓愈合……

回到屋内，坐在椅子上，王烨陷入了沉思之中，档案中记载，纪梓倩是没有女儿的，更不存在双胞胎这个说法，但怎么可能有人可以死而复生？那又发生了什么？让她的性格变得如此怪异。

听周涵刚才说话的声音，中气明显不足，偷偷闯进自己房间的，会不会是她？一系列的信息，让王烨感到有些头痛，默默地闭上了眼睛，一旁的小四，依然没有任何动作，只是洁白的玉手上，隐隐滴落一滴血液，发出沉闷的声音。

053 ╳ 集合

神秘的木门，不知何时悄然出现在客厅之中，望着已经微微升起的太阳，王烨的眼中闪过思索之色。

"门并不是固定在凌晨十二点出现吗？还是有什么特殊的原因？"微微思索着，王烨看了一眼小四，推开门走了进去，来到前台，一把古朴的长刀，横放在前台上面。

"这次的奖励吗……"呢喃着，王烨将长刀拿在手中，从刀鞘中拔了出来，一抹寒芒在邮局内闪过，冰寒的触感下，他的眼中闪过惊喜之色。

"好快的刀！"将刀默默地收回，王烨的目光放在了提示字条上：

诡差刀：可将诡异物肢解。

看着这独特的介绍，王烨彻底兴奋了起来！诡异物是无法被杀死的，但如果能肢解，也算是弱化了诡异物的实……

仿佛想到了什么，王烨愣在原地，那只诡异的断手，以及没有头的老人，缺少双腿的诡异物……他们，又是为何会形成这种情况，难道他们也是被肢解后的存在吗？

想着那只断手的恐怖威压，王烨忍不住打了一个寒战，这只断手，如果是完全体，究竟会多么恐怖，能将其肢解的人，又是何等的存在。

咽了咽口水，王烨深吸一口气，拿着诡差刀的手，下意识地紧了紧。

请慎用，诡差刀会汲取身体机能。

看着下面的介绍，王烨陷入了沉默。果然，这种恐怖的东西是不能随便使用的。就如同剔骨刀一般，只是这个诡差刀的副作用，明显更大一些。每位异能者，除了自己觉醒的部位，身体其他部分，都是会随着时间的推移，消耗身体机能，渐渐腐朽，如果这把武器需要抽取身体机能，无异于加速了异能者的死亡。

或许……只有身体全方位的觉醒，才能无顾虑地使用吧，不过虽然如此，他依然多了一个搏命的底牌，想着，王烨渐渐放松了心情，继续看向字条：

下次任务，五天后。

五天？王烨的瞳孔微微收缩，果然，随着第二次永夜的即将来临，邮局的任务都变得更短促了吗？或许，现在外面的世界，比自己想象的要更乱一些。

王烨不停地回想着自己之前几次的送信，似乎都是以目前人类的实力无法解决的存在。

难道更多这样的存在，开始苏醒了吗？

王烨心中带着忧虑，缓缓地退出了邮局，没有留意到的是，小四看着邮局，空洞的目光内似乎有光芒闪烁，随后再次消失不见。

回到卧室，王烨将诡差刀放在枕头下面方便拿的位置，倒在床上，睡了过去。可笑的是他现在就连待在自己家中，都不一定安全。与诡异物同居，邻居是一位疑似死了多年的人，每次他离开家，似乎总会有不请自来的"客人"，让王烨更加心烦的是，他不敢搬家。天知道这扇诡异的木门，是否会出现在他的新家的客厅之中。

而且就算是搬家，又能保证比现在的情况要好吗？脑海中不停地回想着各种信息，王烨不知何时睡了过去。

隔壁房间内周涵轻轻地呻吟着，睁开了双眼。不知何时，她胸口处的伤口已经消失，通过破碎的衣服，隐约可以看见新长出来的粉嫩的肌肤。

周涵默默地起身，看了看自己消失的伤口，没有丝毫惊讶，回到卧室换了一件衣服，哼着歌儿，声音轻快。

天，渐渐亮了。

"王烨，最后一个新队员，我觉得还不错，你来看看？"接到张子良打来的电话，王烨感到有些无奈，这个老狐狸，最近勤奋得有些过了吧，大早上就开始工作吗？他无奈地叹了口气，带着小四，走出房门。

"呀，小哥哥，好巧啊！"果然，周涵熟悉的声音响了起来，她家的门不知道什么时候打开，人就靠在门边，刷着牙，嘴的两侧鼓鼓的，显得分外可爱，她的目光，则一直放在王烨的门前。显然是一直在盯着王烨这边,并没有那么巧合。

"大姐,你不累吗……"王烨叹了口气,和小四神同步般,无奈地看向周涵。

"你叫谁大姐……"周涵的脸色瞬间冷了下来,如同冰山女神一般,冰冷的目光注视着王烨。

又来了,王烨挠挠头。

"等我,听说今天要注册小队,张子良让我过去。"说着,周涵冷冷地看了王烨一眼,转身回到房间内。

看着周涵的背影,王烨的眼中闪过一抹思索之色。

昨晚她的声音听起来明显中气有些不足,但今天似乎就已经恢复正常了,是他听错了吗?王烨这一等,就是足足一个小时。

"小弟弟,出发了。"周涵看着王烨难看的脸色,笑眯眯地说道,随后就轻笑一声走远。

"今天是御姐风吗……"王烨无奈地摇了摇头,带着小四跟了上去。

小四看着周涵那身性感的装扮,眼中竟然闪过一丝奇怪的光芒……

熟悉的二十一楼,后勤部的人员明显比上次来时多了一些,而且工作效率很高,和之前比简直天壤之别。显然张子良最近一段时间没有闲着,不停地招兵买马。

来到会议室内,王强站在门口,看见王烨出现,眼睛一亮,打了一个招呼。

王烨轻轻点了点头。

角落里,今天打扮得格外光鲜的柳倩,看着周涵,小四,默默地低下了头,轻轻咬了咬嘴唇。过了许久才重新抬起头来,眼中散发着自信的光芒，对着王烨轻轻笑着。

"王烨，你迟到了。"张子良坐在椅子上，看着王烨，微微皱眉。

"是啊，谁让我有一个好邻居呢……"王烨无奈地叹了口气，默默地看了一眼周涵。

引来的是周涵居高临下的眼神，以及一阵银铃般的笑声。

054 × 报名

张子良表情怪异地看着王烨，周涵，随后将目光放在小四身上。

过了许久，张子良收回目光，深深地看了王烨一眼，微不可察地冲着王烨，伸出了拇指。

在王烨渐渐发黑的脸色中，笑了两声："好了，你们互相之间都比较了解，现在带你们认识一下新同事。"说着，张子良指了指站在他身边的一个戴着金丝眼镜，看起来有些斯文的年轻人。

"李鸿天！二次觉醒者！分别是脑部，血液！"随着张子良的介绍，李鸿天推了推金丝眼镜，将目光藏在了厚厚的镜片下面，嘴角带着温和的笑容，看向众人，更准确地说，是看向王烨："诡王爷。久仰大名。"

诡王爷？王烨微微皱眉，什么时候自己多出了这么一个奇怪的外号。更奇怪的是，眼前的这些家伙，似乎都对这个外号没有任何的惊讶。

王烨伸出手，和李鸿天轻轻地握了一下。

场面还算友好，只是李鸿天一直将目光放在自己身上，让王烨有些难受。

"如果大家都没问题的话，小队就算正式成立了。"说着，杨琛不知道什么时候出现，面无表情地拿着一瓶香槟，走了进来，只是他的目光,同样一直放在王烨的身上。

王烨尴尬地看了杨琛一眼,那天为了证明自己的实力,似乎对这个杨琛造成了心理上的伤害。不过如果自己现在不用异能的话,大概可以同时打五个杨琛了吧。

如果杨琛知道王烨内心的想法,估计会造成二次伤害。

"庆祝一下?"张子良接过明显价值不菲的香槟,看着王烨等人,微笑着说。

柳倩轻轻点头,脸上带着一丝笑容,王强则是将目光下意识地看向王烨,他知道,想要在诡异事件中存活下去,还是需要依靠实力强大的队友。

王烨微微皱眉:"虽然这个时候打扰你的雅兴不太好,但我觉得还是先让大家拿一些资源更好一些吧,毕竟实力的提升,才能更好地活下去。"

张子良默默地放下了手中的香槟,轻轻咳嗽了一声,严肃地点了点头。

"没错!我刚才只是想考验一下你们的毅力,很不错!"无视杨琛那奇怪的眼神,张子良打开自己办公桌的抽屉,仿佛藏宝箱一般,将东西不停地拿出来。

"特制手枪,黄金子弹!烟雾弹,可以短暂地形成烟雾诡域,暂时隔挡诡异物的杀人规律!手电筒,在诡域中使用,可以照得更远。"张子良一样一样地介绍着,他的眼中充满了笑意。

王烨的眼睛也渐渐亮了起来,都是好东西啊!最普通的应该就是发射黄金子弹的手枪了,效果可能不比自己的手弩强多少,但胜在方便,那个看起来平平无奇的烟雾弹,就是保命神器了。最让人心生寒意的,则是那个手电筒。在手电筒的前方,是一只眼睛,眼中充满了怨毒之色,让人感到不寒而栗。

"这是实验室那边制作的。材料是诡异物的眼球……"张子良淡淡地说,仿佛只是不值一提的小东西而已。

王烨的瞳孔微微收缩:"诡异物的身体零件吗?难道实验室那边已经可以杀死诡异物了?"

"不,诡异物是无法被杀死的,只能封印。"没等张子良说话,李鸿天轻轻推了推金丝眼镜,解释道,"只不过实验室目前在一定程度上掌握了分解诡异物的办法。"

"而且张晓明显是一个天才,或者说疯子,她有很多大胆的实验,大部分都失败了,但还是有一些成功的作品。"李鸿天看着王烨,嘴角露出一丝微笑。

王烨轻轻点头,不经意地看了李鸿天一眼,这个家伙,二次觉醒,对实验室也很清楚,明显来头不小。这种人就算抢不上京市的队长名额,在其他小一些的城市拿个队长也绰绰有余了。

王烨现在都不清楚,他加入这支战队的目的。

"这些可都是战略性武器,很值钱的!除了上京市的小队,其他地区,目前可没资格佩戴。"张子良轻轻咳嗽一声,找了找存在感。

王烨默默地点头,一群人上前,分别领取了一把手枪,这东西,已经可以批量生产了,就是黄金随着诡异事件的爆发越来越贵,子弹明显有些值钱。

烟雾弹,只给了两个。

手电筒,甚至只有一个。

明显这些东西制作工艺应该很复杂,目前小队配备数量,只有这些。

"好,现在宣布另一件事。"张子良的表情渐渐严肃了起来,深深地看着众人,"实验室那边,对于二次觉醒的风险度问题,已经得到了改善,但死亡率依然达到百分之三十,每个小队单次觉醒者,都可以获得免费觉醒名额,有报名的吗?"

听着张子良的话,会议室内的气氛渐渐变得有些凝重了起来,毕竟,这是关系到自己生命的问题。

王强叹了口气,勉强地笑了笑:"我报名。"

王烨惊讶地看了过去,因为这个王强,几乎没有考虑。

王强冲着王烨微微点头:"没办法,我觉醒已经一年多了,身体机能越来越差,再不二次觉醒,我可能……活不过一个月了。"说着,他轻轻地撸起了自己的袖子,干枯得如同老人般的手臂露了出来,手臂上没有丝毫血色。

"加油。"王烨默默地拍了拍王强的肩膀。

身体腐朽,是每个异能者都逃不过的话题,频繁地使用异能,只会加快自己死亡的速度,但就算不使用异能,也只是死得快慢而已,唯一的活路,只有觉醒,不停地觉醒。

张子良点了点头,仿佛早就猜到王强会报名一般,写了张字条交给他,说:"去实验室,把这个东西给他们就可以了。"

王强接过纸条微微点头,和王烨打了一个招呼,转身离开。

"我也报名!"突然,柳倩坚定的声音响了起来。

055 ✕ 冷血

王烨有些疑惑地看去,王强是因为身体机能的原因,没有办法,只能搏命。但他之前看过柳倩的资料,似乎才觉醒并没有多久吧,上次在商场,也只是柳倩第一次出任务,按道理来说,她不应该这么急才对。

看着王烨,柳倩沉默了许久才说:"如果王强成功觉醒,那我就会成为队伍里最弱的人,这样的话,我早晚会被淘汰出去。"

说完，柳倩沉默片刻，过了许久才深吸了一口气："张部长，麻烦给我开个证明。"

张子良点了点头，写了一个字条交给柳倩。

柳倩拿着字条，推开门，转身离开。

"哟，小弟弟还是挺受欢迎的嘛。"突然，周涵性感的嘴唇泛起一丝微笑，看着王烨调戏般地说。

张子良则是微微叹了口气："这个柳倩，也不容易，父母死于诡异事件，自己在这个该死的世界里，很难存活。"说着，他有意无意地看了王烨一眼，点到即止。

王烨沉默着点了点头。不远处，李鸿天看着王烨，眼中的兴趣更浓了一些，微笑着问道："队长，你不去尝试一下吗……"

"我不需要。"王烨深深地看了李鸿天一眼，淡淡地说。

觉醒，是引导体内的能量流，来促进某一部位的进化，但他的体内并没有这股能量流，他的觉醒，属于被邮局以一件神秘物品来强行进化的。

李鸿天若有所思地看了王烨一眼，推了推自己的眼镜，保持了沉默，在不说话时，他仿佛总能将自己融于影子当中，很没有存在感。但说话时，又总能让人将注意力放在他的身上。

"你呢？我记得你，也只觉醒一次吧？"突然，王烨将目光放在了周涵身上。

"小弟弟，姐姐的命还长着呢，我不急。"说着，周涵挑逗般地看了王烨一眼。

命还长着，是够长的啊。王烨的嘴角带着一丝微笑，看向张子良："没事的话，我们就先走了？"

"嗯，你们这次负责的是东华区，办公地点已经选好了，回头会把地址发到你们的手机上，至于他们但愿还活着吧。"说着，张子良微微叹了口气。

王烨点了点头，带着小四离开了会议室。

周涵舔了舔嘴唇，跟了出去。

李鸿天看着王烨的背影，目光不知何时放在了小四的身上，和张子良打了一个招呼离开。

当所有人走后，站在张子良身后的杨琛眼中闪过一丝坚定之色，说："部长，我也要二次觉醒。"

"嗯？"张子良抬起头，不解地看向杨琛："你是活够了？还是家里缺钱了，想办个席收点礼……"

听着张子良的吐槽，一向嘴上不留情的他，难得没有反驳，而是沉默了下来。

"王烨能够轻易地秒杀我，现在，我能感觉到，他的实力更强了，但他也不是异能者里最强的存在。很庆幸，我成了你的保镖，能够舒服地活着。但如果真到了某一天，我牺牲了自己，也无法救你，我一定会后悔，所以现在提升实力才是我必须要做的事情。"

张子良认真地看着杨琛。

"好，我给你开证明。"说着，张子良拿起笔纸，写完后，将证明交到了杨琛的手中，郑重地说，"活着回来！没有你在身边，我会不习惯，或者说，我不喜欢再来新的保镖，来了解我的秘密。"

杨琛轻轻地接过字条，咧开嘴，露出阳光般的笑容，用嘲讽的目光看了一眼张子良："知道，毕竟你是一个冷血的家伙嘛。"

"走了！"说着，杨琛洒脱地一笑，一只手插进口袋里，背对着张子良，抬起另一只手在半空中轻轻地晃了晃。

看着杨琛离去的背影，张子良微微叹了口气。

"是啊，我可是一个很冷血的人呢……"张子良自嘲地笑了笑，轻轻摇了摇头，站在巨大的落地窗前，默默地看着外面的世界，他喜欢站在这个位置，通过巨大的落地窗，可以看见安宁的城市，嘈杂的人流，以及城市外面无尽的黑暗。

"这该死的世道。"办公室内，隐约间能够听见张子良的声音不断地回响着。

总部的大门口，王烨被拦了下来。

"你好，我叫张晓。"一个表情平淡，或者说完全没有任何表情的女人，用冷静的目光看着王烨。

王烨微微皱眉，感到有些疑惑："我知道，听说过，您找我是？"

"我想解剖你，开个条件吧？"张晓似乎没有感觉到自己的话有哪里不对。

王烨有些怪异地看了一眼张晓，现在的女人，都是神经病吗？

"我能问问原因吗？"王烨深吸了一口气，淡淡地说，语气有些发冷。

张晓微微思索了一下，认真地说："我能检测到，你的体内没有能量，却能觉醒，我很好奇，这是史无前例的。如果能在你的身上发掘出一些东西，或许能够让全人类觉醒，这将会大大提升人类的生存空间。"

这种平淡的语气，以及说的内容，让王烨的嘴角微微抽搐。

这个女人，精神是不是不正常！

"我确认一下，你是认真的吗？"王烨默默地向后退了两步，他并不是害怕，而是怕控制不住自己将这个女人打死。

张晓有些奇怪地看了一眼王烨："我为什么会和你开玩笑？"

王烨深吸了一口气，眼神彻底变得冰冷了下来，问道："如果这种情况发生在你身上，你会解剖自己吗？"

张晓摇了摇头："不会，因为我无法解剖自己，也没办法记录数据……"她微微思索了一下,继续说,"但我会培养我的助手,然后让她来解剖我,在我死之前,尽可能给她更多的建议。"

056 ✕ 赌徒

这个女人,要么是一个心思极重的家伙,要么就是一个可以为了科研放弃一切的人,但前者明显不像,怎么会有这么怪异的人!

"如果我不同意呢?"王烨看着张晓的目光冰冷。

张晓挠了挠自己那些有些散乱的头发,有些纠结地道:"我也不知道该怎么办,所以想让你提条件……"

疯女人二号!王烨毫不犹豫地给张晓贴上了这个标签,并且古怪地看了一眼身边面带笑容的周涵,为什么他碰见的都是一群怪物。

"我是因为触碰到了一个植物,所以才会觉醒,并不是身体的原因。"他没有说手套,而是改成了植物。因为他很难解释手套为什么会融合在身体里。

"植物?在哪儿?什么样?还有吗?"张晓的眼睛突然亮了起来,语速明显变快!

"没了,就一个,再见。"王烨发现,面对这个疯女人,最好的办法就是果断地走人,说着,他甚至连搭理张晓的心情都没有,转身消失在了人群之中。

周涵好奇地看了张晓一眼,又看了看王烨离去的背影,轻掩着嘴,发出阵阵笑声。

"植物!为什么会有这种植物。"

"不应该啊……王烨……王烨?"张晓仿佛疯了般不停地喃喃自语,突然想到了什么,想要找王烨确认一下,却发现他早就已经离开。

"不行，我要找王烨……"说着，张晓转身就要去王烨的家，她的身后，一个一直保持沉默的女人微微叹了口气："张博士，我建议您先回实验室，不然王烨会烦的，到时候他什么都不会说。"

"哦。"张晓失落地点了点头，挠了挠自己那凌乱的头发，失望地回到了总部之中……

回到家，王烨松了一口气。

周涵靠在王烨家的门口，看着王烨，脸上充满了调侃之意。

"现在，想解剖你的又多了一个呢。"说着，周涵美眸流转，在王烨的身上不停地扫视着。

王烨冷冷地看了一眼周涵，没有说话，而是让小四关上了房门。

门外，周涵的笑意越发浓郁起来，许久后才慢悠悠地离开。

城郊公墓。

李鸿天的身影无声无息地出现，忌惮地看了一眼门口的位置，发现并没有老人的身影后，才松了一口气，走了进去，明显可以看出，他并不是第一次来……

看着六号墓碎裂的墓碑，李鸿天的表情变得有些凝重，过了许久才将背包拿下来，随后，他在背包中取出一块又一块充满鲜血的肉块，默默地摆放在五号墓前。五号墓轻微地颤抖着，肉块以一种极快的速度干枯了下来，很快被风干，随着微风吹过，彻底消失在空气之中，紧接着，墓碑的裂痕中，漂浮出一股淡淡的黑雾。

李鸿天金丝眼镜下的眼中闪过欣喜之色，黑雾顺着李鸿天的鼻尖，缓缓地进入到他的身体里面，他的脸色渐渐变得苍白，身体微微颤抖着。

黑雾消失后，李鸿天的脸色也渐渐恢复了红润。

他用力地攥了攥拳头,感受着身体的变化,李鸿天的嘴角泛起淡淡的笑意,熟练地将墓前的血迹擦干,背上背包,转身离开,仿佛一切都没有发生过一般。只是五号墓的墓碑裂痕,似乎又大了些许。

夜晚,王烨坐在新买的沙发上,手中拿着干枯的果实,眼中带着思索之色,这是他在六号墓墓主的尸体上摸到的,六号墓墓主疑似被小四干掉了。

王烨的心中打了一个问号。因为那些消失的内脏,除非被小四吃掉,或者塞进身体里,不然很难解释。但小四回来后,王烨观察过,她的身上没有血迹,这让他对此事一直存疑,除非,当时城郊公墓里,还有着第三个人。但不知为何,除了掏走了内脏外,这个果实却被留了下来。

王烨查询了自己权限内的所有情报档案,都没有关于这颗果实的记载,但每当他拿着这枚果实时,身体都会产生强烈的欲望,吃掉他!

这股欲望不停地侵蚀着王烨的大脑,也让他变得更加谨慎。

"果实就一颗,让周涵来试的话,可惜了。"王烨自言自语着道,随后默默地将目光看向了小四。

思索着,王烨站了起来,走到麻木的小四身旁,将果实轻轻地送到小四嘴边。

小四依然表情僵硬,没有任何动作。

"并不会抗拒吗?"王烨的眼眸流转,微微思索着说。

感受着自己体内那股强大的欲望,王烨深吸了一口气,再次恢复了冷静。

夜渐渐深了。

王烨看着眼前的果实，不知道沉默了多久，曾经有人说他是赌徒，是疯狂的赌徒，那是因为，他除了命，其他的什么都没有，想活着，想更好地活着，除了赌命，别无选择，但不知道什么时候起他似乎也会畏惧了，也会有些惜命。或许，是因为他拥有了邮局？还是他觉醒了异能？不知不觉间，他骨子里那股悍匪般的血气似乎淡去了。

　　包括现在，拿着一枚有可能会增强自己实力，也有可能会死亡的果实，他犹豫了这么久。

　　如果是上一世的他应该会毫不犹豫地直接吃下去吧，哪怕赌百分之一有可能增强他的实力的可能。但现在的他，命就真的值钱了吗？

　　恐怖的断手，神秘的老人，荒土中的五次觉醒者，以及房间内和他长相一样的存在，说到底，他仍然是烂命一条而已。在这该死的世道里，即将陷入二次永夜的环境中，畏手畏脚，仍然逃不过死亡吧，与其无声无息地死在诡异事件中，还不如自己争出一条路来！

　　什么所谓的诡王爷，相比之下，他更喜欢之前的称呼：赌徒！

　　王烨的嘴角，不知何时露出一丝淡然的微笑，毫不犹豫地将那枚神秘的果实放入口中。

057 ✕ 毁灭

　　原来一直以来，他赖以生存的，不是异能，不是邮局，而是那种不惜搏命，悍匪般的气魄。

　　他险些遗失了呢，下一秒，干枯的果实化为一股巨大的能量，瞬间席卷王烨全身。发出一声闷响，他痛苦地跪在地上，皮肤在一瞬间炸裂，伴随着骨头碎裂的声音，鲜血四溢，那股能量强行洗礼着他身体的每一个细胞，每一块肌肉。来到手臂处，一股红色的能量在王烨的双手处不停地盘旋着，对果实化作的能量充满了敌意，但王烨竟然从这股能量中，感受到了不屑的情绪。

是的，不屑。

对红色能量的不屑。

下一秒，霸道的能量猛然冲击，手上的红色能量，仿佛阳春白雪般，瞬间消融，他的异能消失了，王烨明显感觉到手部的异能消失了，他似乎再次变回了普通人。

不……不对，普通人不会拥有他这种恐怖的身体。虽然不太清楚，但通过和金刚一战的对比，王烨猜测，单凭三次觉醒的肉体，可能已经不如他了。

留给王烨思考的时间很少，巨大的痛苦之下，他晕了过去。血液，顺着他的身体，缓缓地流淌在了地板上面，他的体内骨骼碎裂的声音，依然在不断地回响着，他的皮肤，也在不断地裂开，露出里面的骨头。

王烨体内的能量源源不断，不停地翻涌着，以他目前的身体机能，还驾驭不住如此庞大的能量，最多五分钟，他的身体就会因为能量的冲击炸裂。

这时，房门无声无息地打开。

门口，周涵长发无风自动，默默地走了进来，原本呆立的小四，突然动了起来。王烨给她下达的最后一个指令，是攻击所有进入房间的外人。

"哼！退回去！"一股磅礴的气势，突然自周涵的体内散发出来，她洁白的手臂上，念珠散发出璀璨的光芒。

小四眉心处的青铜钉剧烈地颤抖起来，依然挡在她的身前。

"我是在救他!"看着小四的举动,周涵的表情微微变化,大声喝道!

小四寸步不让。

"真不知道你是不是想让他死。"周涵看起来有些无奈,最终选择了放弃,离开了王烨的房间,重重地摔上房门。

晕倒的王烨,在身体的剧烈疼痛下,忍不住发出一声闷哼。

许久后,他的眉心处突然出现一缕黑色的火焰,使整个房间的温度都变得低了下来,龟裂的皮肤开始缓慢愈合,呼吸声也逐渐平稳了起来。

时间渐渐过去,王烨苍白的脸色渐渐变得红润,原本干枯的皮肤也恢复了生机。客厅内,甚至隐约可以听见他强有力的心跳声。

猛然间,王烨睁开眼睛,整个人在地板上坐了起来。默默地感受着身体的变化,在他昏睡时,明显感觉到自己的身体已经承受不住那股恐怖的能量了,那一刻,他知道自己赌输了,也做好了死亡的准备,但不知道为什么,另一股奇怪的能量进入了他的体内。

两股能量在他的体内逐渐融合,霸道感也渐渐消退,能量变得柔和起来。

似乎在他昏过去后,发生过什么事情,王烨默默地抬起头,微不可察地看了一眼小四。

"果然有问题吗……"他留在小四肩膀上的一片纸屑,不知何时掉落在了地上。

"真是命大呢。"王烨自嘲地笑了笑,微微攥拳,感受着自己体内磅礴的力量,以现在他的身体机能,二次觉醒者完全抵挡不住一拳吧,每次觉醒,他的身体机能似乎都会得到翻倍的提升,没有真正地和三次觉醒者打过,他也不确定自己的实力。

但是他的异能没了,王烨默默地看向自己的手,果然,那种熟悉的异能感消失了,只是这种变化,究竟是好是坏,他也无法确定。

不过总归还是变强了许多,冲了个澡,换了一身衣服,看着已经升起的太阳,王烨的嘴角泛起一丝微笑。在这个世道里,能够活着并且看见第二天的阳光,就已经是最幸运的事情了。

接下来的两天内,王烨找到了一个偏僻的地方,不断地适应着强化后的身体,做着各种测试。最后的数据让王烨十分满意,也许这才是人类应该走向的正确道路……

当然,其间接到了几次张晓的电话,张晓郑重地邀请王烨去参观她的实验室,都被王烨毫不犹豫地拒绝了,这和鸿门宴又有何区别?

悠闲地晒着太阳,已经是王烨难得的享受,直到张子良的电话打来。

"临安市恐怕要被灭城了。"张子良沉重的声音在电话中响起。

058 ╳ 向死而行

听着张子良的话,王烨愣在原地,眼神闪烁,脸上带着一丝震惊之色,其中,或许有关于临安市灭城的震撼,但更多的,是对自己!

上一世经历的一切是王烨最大的秘密。现在这个时间点,上一世的他还是一个普通的学生,接触到的东西少之又少,根本没有多大的利用空间,但是当他加入 A 级小队后,他对一些情报都是有了解的,当那个时间点到来,王烨可以在暗中有很大的发挥空间。

但上一世的临安市,一直都是安然无恙的,虽然有过诡异事件，但绝对没有出现过灭城的危机。如果有，哪怕自己是一个普通学生，也一定会知道。

王烨陷入了沉思之中，这一刻，他产生了浓浓的自我怀疑。

或许是他错了？还是自己在上一世看到和经历过的一切都不是真实的，一切只是幻觉，

王烨痛苦地抱着头，觉得头痛欲裂。

"你还在听吗？"张子良有些冰冷的声音在电话中响起。

王烨没有说话，默默地将电话挂断，走到窗前，看着外面的城市，陷入了沉默之中。

过了许久王烨的眼中有一道光芒闪过，或许是因为他的一切行为产生了蝴蝶效应而导致的事件？

王烨的大脑在不断地运转，随后沉默地来到书房，打开电脑，登录了情报网站。

网站上，鲜红大字标题，放在了最顶端：

临安市爆发S级恐怖事件。

危！

看着巨大的标题，王烨深吸了一口气，操控鼠标，点了进去：

五号下午。

临安市爆发S级诡异事件。

荒土外，传来一个古怪的声音。

诡域自城外散发，布满整座临安城。

卫星最后传来的片段显示，一道只有胸部以下的半截残躯，冲进城内。

现在整个临安市彻底陷入封闭状态，再无信息传出。

各个城市已经迅速派出异能者小队前往支援。

在情报的最下方，贴着一张卫星传回来的图片，图片中，是半截残躯。身体的上半部分仿佛被什么恐怖的东西撕裂一般，残躯的腹部，有着一只散发着狰狞、嗜血目光的眼睛。

沉默许久王烨再次拿起电话，给张子良打了过去，说："我刚才情绪有些不对，抱歉……"

电话那头，张子良沉默了片刻："这件事确实难以让人相信，如果处理不好，会造成极大的恐慌。但现在临安市的所有情况未知。"

"总部这边不可能派出所有的异能者小队支援。如果错误地判断了那只诡异物的危险程度，导致小队全员牺牲，那么其他城市，也不会太平了。"张子良沉顿了数秒，冷冷地说。

"所以总部是要放弃临安了吗？"王烨淡淡地说。

"救还是要救的，但不能全力去救，因为还有大部分人类需要我们的保护。"张子良仿佛没有任何情绪一般。

王烨的眼中闪过无奈之色，默默地挂断了电话，看起来，总部这边应该是不会派他出手了。

也对，他不过是一个稍微有了一点实力的异能者而已，就算加上他的小队，在屠城级的恐怖存在面前，依然是不够看的，这么想着，王烨看向窗外，城市边缘外，漆黑的一片，他陷入了沉默之中。

总部，张子良默默地挂断了电话，站在落地窗前，幽幽地看着上京市，背在身后的双手，攥紧几乎没有了血色。

207

一缕淡淡的能量波动中，王烨家中的客厅，木门突兀地出现。

看着木门，王烨的眼中闪过一丝光芒，木门竟然提前出现了，距离下一次任务，原本还有两天。而且，现在才不过中午，难道……

想到了什么，王烨眼中的光芒闪烁，推开木门，走了进去，前台的桌子上，静静地摆放着一个灯笼，以及一枚纸钱。

红色的灯笼，隐隐可以看见里面放置着一根蜡烛，传出阵阵尸臭的味道。蜡烛鲜红如血，让人看了下意识地想要沉迷进去一般。旁边的纸钱，和王烨之前抢到的一模一样。只不过这个纸钱是完整的，轻轻咬了一口舌尖，王烨强行冷静下来，看向一旁的字条：

地点，临安市。
找到灾难的源头。
将纸钱贴在源头的眼睛上。
点燃灯笼，引导源头进入大荒深处。
邮车可以进入临安市。
任务奖励：初级邮局权限。
临时任务，可拒绝。

看着字条的提示，王烨的眼中闪过思索之色，临时任务吗？是因为临安市的突发事件，引起了邮局的重视？似乎那只诡异物，也出乎了邮局的预料？

"可以拒绝的话，说明这次任务，真的很危险呢……"王烨喃喃自语着，"真让人害怕啊。"

一边说着，他毫不犹豫地将纸钱放进口袋，拿起桌上的血红灯笼，作为一个烂命一条的家伙，最坏的结果不过是死而已。

如果成功了，获得邮局的初级权限，真是让人期待啊！至于救人，王烨叹了口气，微微摇头，目光再次变得平静下来。冷血的家伙，怎么可能会因为救人而付出生命危险呢？

回到客厅，王烨默默地找出那套丑陋的诡差服，看着后背上血红的"差"字，无奈地摇了摇头，套在了身上。将诡差刀挂在腰间，麻绳当作腰带缠绕在腰上，剔骨刀绑在右手的小臂处。微微思索了一下，他又将那三枚烧过，有些残破的纸钱，以及蜡烛残屑全部装好，确认没有什么能帮助到自己的东西了，他深吸一口气，带着小四，走出了房间。

小区门口的邮车再次无声无息地出现。熟练地打开车门，和小四上车，摸着肉质触感的方向盘，以及油腻的油门。

"也不知道我死了……这辆邮车怎么回邮局。"王烨暗自吐槽着，驾驶着邮车，消失在了小区之中。

059 ╳ 热闹的家

随着邮车离去，楼上窗口处，周涵面无表情地收回了自己的视线，她默默地来到王烨家的门口，房门自动打开。

"熟悉的能量，那东西果然在这里吗……"默默地感受着王烨房间内残存的能量波动，周涵的眼中闪过思索之色，不停地在王烨家中走动着。

门外，一道人影闪过。一个和王烨一模一样，表情僵硬的人，走了进来。看着人影，周涵的眉头微皱，深深地看了他一眼，当着他的面，离开了王烨的房间。

那个人影，则缓缓地坐在了王烨的沙发上，打开电视，他的腹部，有一道明显的恐怖的伤口，还没有彻底愈合，隐隐可以看见内脏在他的体内轻轻地翻涌着，散发出阴冷的气息。

回到家中，周涵的目光有一瞬间变得空洞，随后又恢复正常，她看了看墙上的时钟，无奈地叹了口气。

城郊公墓，五号墓前，李鸿天一脸笑意地在背包中拿出血块，不停地摆放在墓前。随着一缕缕黑雾被吸进身体，隐藏在金丝眼镜下的目光，逐渐变得血红。

"快了……终于……快了。"李鸿天低声自语，深深地看了一眼墓碑，嘴角带着微笑，缓缓地离开。

墓碑上，裂痕再次加深，隐约间，可以听见地下深处，传来一阵愤怒的吼声。

仅仅两个小时，临安市就远远地出现在王烨的视野之中。他没有走天组开辟的官道，而是凭借邮局的能力，抄近路走的荒土，所以速度很快。远远地，他看见一群人站在临安市的外面，眉头皱着，现场的气氛十分凝重。

微微叹了口气，王烨停下邮车，无论是临安市的事件解决与否，他出现在临安市内的情报，最后都会出现在张子良的桌面上，与其到时候面对询问，还不如提前摊牌。但在其他人眼中，王烨就仿佛凭空出现的一般。

看着突然出现的王烨，所有人的目光中都充满了警惕感，短短数秒钟，几名散发着强横气息的异能者将王烨围在中间。

"上京市，后勤部，A小队队长，王烨。"王烨微微抬起双手，示意自己没有进攻性，随后慢慢地将口袋里的工作证拿出，举了起来。

"是王烨，我能证明。"不远处，一个异能者眼睛微微一亮，轻声道，他是上京市被派过来支援的，之前在总部的会议上，看见过王烨,也深知王烨的实力深不可测。

众人眼中的警惕之色渐渐消失。不远处,一个中年人走了过来。

王烨在之前的会议上见过这个中年人,似乎也是天组的一位高层。

"你好,刘正。"刘正和王烨轻轻握了握手,"是张子良派你来的?"他的眼中带着一丝疑惑。

王烨微微摇头:"没有,是我自己想来看看。"

刘正点头,看向王烨的目光中带着一丝赞赏,随后似乎又想到了张子良,脸色有些难看,不满地"哼"了一声,生气地说:"我就知道,张子良那个老狐狸!临安都要灭城了,他一个人都不派!那个冷血的混蛋,这次回去,我一定弹劾他!"

可以看出,这个刘正之前应该和张子良沟通过,结果被怼回来了。

王烨选择保持沉默,在他的立场下,现在无论说什么都不合适。

过了许久,刘正才微微叹了口气:"其实或许他是对的,我们目前,无法进入临安市。这个诡域,太强了。尝试进入的人,最后都会莫名其妙地自己走出来。"说着,他的眼中闪过一丝痛苦,绝望地看向临安市的方向,"你能来……有心了,但临安市,或许,真的保不住了。"

深吸了一口气,刘正强迫自己冷静下来,拍了拍王烨的肩膀:"不管怎么说,辛苦了。"

"我能进去。"王烨的表情一如既往地冷静,说。

"什么?你确定!"刘正的眼睛渐渐睁大,充满欣喜地看着王烨。

王烨微微点头:"这就是我来的原因。"

"你可以带人一起进入吗?"刘正的眼神中充满了希冀。

王烨摇摇头。虽然他可以将人带在邮车上,多拉几趟运送进去,但这会暴露自己最大的秘密,最主要的是在场这些家伙的实力,他刚才已经大致清楚了。天组各城市分部派来的,都不是最顶尖的战力。至少上京市的三个队长,只有他自己,这也是刘正能够感激他的原因。

最让王烨感慨的,自发赶来的。类似猩红这种民间小队,数量竟然不少。可是这种实力的人,卷进这种级别的诡异事件中,等同于送死,毕竟,他们连进城都做不到,就连他,估计大概率也会出不来了。

王烨自嘲地笑了笑:"我只能自己进去,如果我死了,就让他们散了吧。"

王烨深吸了一口气,眼中闪过一抹疯狂之色,这是他有生以来最大的一场赌局了吧。

成了,邮局的初级使用权,救下无数的普通人,败了,死。

王烨眼中的疯狂之色愈发浓烈起来,嘴角带着一丝疯狂的微笑,转身回到邮车,一脚油门,冲进了布满临安市的浓雾之中。

看着突然消失的王烨,刘正有些沉默,眼中带着一丝敬佩。过来许久,他才深吸了一口气,看向众多异能者们,说:"让我们,祝王烨平安归来。"

"平安归来。"

"平安归来……"无数自发赶来的民间小队,默默地看着临安市的方向,眼中闪烁着尊敬的目光。

S级的诡异事件,充满绝望的城市,至少,有一个年轻人,奋不顾身地杀进去了。

天组总部。

张子良默默地放下了手中的电话,脸色变得有些苍白,站在落地窗前,看着窗外的景色,他的表情有些复杂,过了许久才重新归于平静。

"唉……"一声幽幽的叹息,在他的房间内响起,叹息声中,充满了疲倦,以及无奈。

生于光明,融于黑暗,以雷霆手段,守世间正义。

第三卷 焚城

第五章
人心诡域

060 ✕ 愚蠢

临安市里充斥着绝望的哀号声,到处都是惨死的尸体。街道上,无数死去的尸体化作诡奴,它们迈着僵硬的步伐,在街道上游荡,每一个诡奴的腰部,都有一条血线。甚至有的诡奴,走着走着,上半身直接掉在地上后,又用手臂强撑着重新爬到腿边,将自己接回去。

此刻,临安市宛如地狱,血气冲天。街道上,几乎已经看不见行人,所有人全部躲了起来,不时有人被发现,传来凄厉的惨叫声。不久后,刚刚死掉的人,又会成为新的诡奴,再次站起来,不停地寻找着。

邮车明显传输着一种抗拒的情绪,不想再深入进去,似乎这种血腥味会刺激到邮车一般。

"不能沾染血液吗……"王烨看着邮车轮胎的位置,沾染的鲜血不停地腐蚀着轮胎。

随着王烨和小四下车,邮车自行启动,迅速远离,最后消失不见。

"连退路都消失了吗?"王烨喃喃自语着,默默地将诡差刀拿出,紧紧地攥着。失去了邮车的庇护，所有在街道上游荡的诡奴，瞬间将目光放在了他身上，随后，操控着僵硬的身体，不停地向王烨冲来。

王烨的眼中闪过一丝寒芒，露出一丝冷笑，手中的刀无情地挥舞着，以他现在的身体机能，这种动作，持续一天也不会感到疲倦。只要不控制诡差刀使用肢解的能力，这把刀，就如同普通的长刀一般。

地上，鲜血流淌着。

王烨的身上散发着浓浓的杀气，在一地破碎的尸体上，轻轻迈了过去。角落的阴影处，一个肤色铁青的男婴，趴在地上，仅剩的一只眼睛凸起，怨毒地看着王烨的背影。

男婴突然以一种极快的速度冲出来，用头撞向王烨。

一直面无表情，默默地跟在王烨身侧的小四突然动了起来，伸出手掐在了男婴的脖子上。

男婴依然用怨毒的目光看向王烨，不停地挥舞着手脚。

"速度，力量都发生了巨变。是二级诡奴吗……"感受着男婴之前的速度，王烨喃喃自语着道。他的眉头微皱，这种诡奴虽然依然无法对他造成伤害，但如果数量多了，会很麻烦，重点是他不确定会不会存在更高级的诡奴。

能屠城的诡异物，无论怎么猜想都不过分。

随着王烨的示意，小四用力地拧断了男婴的脖子，但男婴怨毒的目光依然死死地盯着王烨。

"又是需要毁掉脑袋吗？"微微叹了口气，王烨抬脚，踩在了男婴的头上。

"这只诡异物……实力好强。"王烨的眼底闪过一丝凝重之色，轻轻地甩了甩诡差刀上的鲜血。这条街上的十多名诡奴，已经全部被解决了。

只不过片刻，无数的诡奴就出现在街道上，王烨微微叹了口气，不再暴露在街道上，而是在阴影中，不断地穿梭着。

不远处的天台上，一道冰冷的目光，默默地停留在王烨的身上，随后一道人影自天台上缓缓地消失。

061 ╳ 罗平

哪怕是走在角落中，依然会有诡奴发现王烨的身影，不停地袭击他，不停地拖延着王烨的脚步。

王烨一边解决着诡奴，一边漫无目地在城市中搜寻，王烨的眉头深深地皱了起来。临安市说大不大，但说小同样不小，这般漫无目地寻找，不知道什么时候才能发现那只诡异物的踪影。

而且这个诡域覆盖的面积简直大得夸张了。让王烨面色凝重的另一个原因是，二级诡奴的数量不在少数。经常会有二级诡奴在阴暗的角落中对他发起偷袭。

二级诡奴，腰部的伤口已经愈合，不会如同普通诡奴般，随时可能会分成两半。就算是有小四的存在，他也已经遭受过了几次重击，虽然没有受到严重的伤害，但长此以往，自己依然会被活活地耗死在诡域之中。他看着诡域能够覆盖整座城市的范围，不相信那只诡异物只培养出了二级诡奴。

"看来需要想办法先去临安市的天组分部了。"微微思索着，王烨回想着出发前查看的临安市地图，向着一个方向快速前进。

突然，一道冰冷的声音响起："你是想去天组分部吗？那里现在很危险。"

听见声音，王烨猛地停住自己的脚步，冰冷的目光向远处看去。

一个修长的人影自迷雾中缓缓走出，背着一个巨大的黑色箱子，表情平静，默默地看着王烨，说："自我介绍一下，临安市天组小队……队长罗平。"

罗平，王烨微微皱眉，回忆着自己出发前查看的关于临安市的所有资料：罗平，二十二岁。二次觉醒者，觉醒部位：腿部、眼部。临安市本地人，半年前加入天组，遇事冷静，处理过很多诡异事件。想起资料上的照片，王烨确定是罗平本人。

王烨将诡差刀收了回来，但依然和罗平保持一定的距离。

"分部发生什么了？"王烨微微皱眉，问道。

罗平的表情平静："三个小时前，分部遭受那个恐怖的东西袭击，大部分人都躲在了安全屋内。"

"那只诡异物在分部？"王烨问道。

罗平摇了摇头："不，走了。但是他在分部的位置留下了几只诡奴，比这些家伙更恐怖。"说着，他的腿部泛起微微光芒，踢爆一只偷袭他的二级诡奴。

果然有三级诡奴吗？王烨沉思着："你是怎么跑出来的？"

"事发时，我正巧在外面查看情况，我没有把握解决那些东西，所以到城门口的地方等待救援，然后就看见了你。"罗平淡淡地解释道。

王烨对安全屋还是有一定了解，因为天组总部也有一个。是用黄金熔成长板，做出来的房间，诡异物是无法穿过黄金进入屋内的，所以只要食物足够，在安全屋内，不会存在生命危险。

当然，也不是绝对的，如果是那只在荒土中发出恐怖哭声的家伙，哪怕隔着黄金，也会全部被杀死在房间之中。

"所以，你是想让我陪你去救分部的家伙吗？"王烨淡淡地看着罗平说。

罗平点了点头,没有说话。

"你背后的箱子里,是什么?"突然,王烨的目光放在了罗平后背上,那个黑色的箱子。

罗平沉默着:"我的武器,诡异物品。"

王烨轻轻地点点头。

"你几乎要说服我了。"王烨看着罗平微微笑了笑,"但……我拒绝。"

"拒绝?"罗平一直古井无波的脸上,第一次出现了惊讶的表情,仿佛很奇怪,王烨为何会拒绝,毕竟他是来救援的,和自己这个二次觉醒的人一起行动,不是最合理的吗?

王烨轻轻地后退了两步:"我在你的身上,感受到了能够威胁我生命的东西。"

随着声音落下,王烨渐渐消失在浓雾之中。他吃下那颗果实后,身体机能变得前所未有的强大,同样,感知力也得到了巨大的增强,在面对罗平时,他感受到了威胁。在资料中,罗平不过是一个二次觉醒者而已,怎么可能有这种实力?就算上京市的其他两位队长,也不能带给王烨这种感觉。但他确实没有在罗平身上感觉到恶意,但这并不影响他的判断。

充满危险的临安市,他随时都有死亡的可能,和这么一个明显与资料实力不符的家伙在一起,还不如跟小四在一起来得踏实,至少,他已经知道了确实存在着三级诡奴。

看着王烨消失的位置,罗平的眼中闪过一丝光芒。他的后背上,巨大的黑色箱子轻轻地晃动了两下。

罗平冷冷地"哼"了一声,拿出一张奇怪的纸,贴在了箱子上面。

箱子的晃动渐渐消失,罗平冷漠地看了一眼王烨消失的方向,转身离开。

罗平走后，烟雾微微涌动，王烨的身影再次出现，看着他离开的方向，王烨的眼神微微闪烁，带着思索之色："果然，箱子有古怪……"

"那张纸，又是什么？"想着，王烨嘴角泛起一丝淡淡的笑容，向着罗平离开的方向，悄无声息地跟了过去。

此时，临安城外的角落里，一个青年突兀地出现。

"我就不信了，这次还能再无功而返！"青年的眼神闪烁着坚定的目光，避开外面的人群，无声无息地走进诡域之中，他的手中拿着一盏古朴的青铜灯，灯芯几乎已经快要烧尽。随着青铜灯亮起，浓雾竟然向后退散了些许。

青年的嘴里一直嘟囔着什么，顺利地摸进了临安市之中，在进入的一瞬间，他就心疼地将灯芯吹灭，把青铜灯放在自己的双肩包内，拿出一件寿衣，穿在身上，原本冲向他的诡奴，仿佛失去了目标一般，再次在街道上游荡。

062 ╳ 劫道

青年拿出一个看起来有些破旧的罗盘，目光死死地盯在上面，罗盘的指针不停地晃动着。

"找到啦！"指针停下，青年看着罗盘上的方位，脸上充满了惊喜，"看小爷我一展神威！冲！"

青年收回罗盘，向之前罗盘所指的方向兴奋地冲去。随着他走过，所有的诡奴，都仿佛视而不见一般。

默默地跟在罗平身后,王烨微微皱眉。

罗平的肉身实力很强。一路上所有的诡奴都被他轻描淡写般地解决,这也省下了王烨不少的力气。他看着罗平的方向,回忆着自己脑海中记下来的地图。

是医院!这条路上,唯一的大型建筑,就是临安市的医院。果然,罗平的目的地并不是分部。

王烨的眼神微微闪烁,继续跟在罗平的身后。站在医院门口,罗平微微思索了许久才进入到医院之中。

医院内,诡奴的数量明显增加了许多。一群诡奴麻木地向着罗平冲去,甚至有的诡奴,上半身穿着病号服,下半身却是长裙和高跟鞋。

看着冲着自己蜂拥而来的人群,罗平明显有些烦了,冷冷地"哼"了一声,撕掉了自己后背箱子上的纸条,箱子微微抖动着,诡奴们纷纷停了下来。随后,缓缓地向后退去。

罗平没有再将纸条贴上,而是无视了箱子的抖动,走进了医院之中。

看着这一幕,王烨的瞳孔微微收缩。这个箱子里究竟是什么鬼东西,那些诡奴是没有情绪的,只会疯狂地攻击自己所看到的一切活物。而这个箱子,竟然可以影响诡奴的判断。如此一来自己想要再偷偷跟踪这个罗平就变得困难了。

就在王烨沉思时,浓雾中,一个人影穿着寿衣,手中拿着一个罗盘自远处走来。

"气息越来越强了呢!可算被小爷我找到了,希望可以把上次的亏损给补回来!"说着,这个青年就这么大摇大摆地站在医院门口,而诡奴仿佛看不见他一般。

看着青年的背影,王烨的目光微微闪烁,又一个可以屏蔽自身气息的物件，是那件寿衣吗？这么想着，他的嘴角泛起一丝微笑，来到青年身后，轻轻抬起手掌，劈在了青年的脖颈上，青年的身体一颤，默默地倒在地上。

王烨趁着几只诡奴反应过来之前，将青年拖到了远处的角落之中，将他的寿衣脱了下来，穿在了自己的身上。

"有点小了。"王烨看着自己身上的寿衣，有些失望，随后深深地看了青年的背包和手中的罗盘一眼。

"算了，事不做绝。"看见青年有清醒过来的趋势，王烨让小四找了一个位置把他藏好，而自己则是消失在了迷雾之中。

"哪个天杀的混蛋，抢小爷我的东西！那可是我死了一次才抢到的宝贝！"青年站在原地破口大骂，顿时吸引了一群诡奴的目光。看着蜂拥而来的诡奴，青年干笑了两声，默默地向后退了两步，有些肉疼地在背包中又掏出一小瓶液体，液体散发着浓浓的腥臭味，他轻轻在自己的身上涂抹了一点。

瞬间，诡奴再次失去了目标，漫无目的地游荡起来。

"果然还有啊……"一道幽幽的声音在青年的耳边响起，青年的脸色一变，手向背包摸去。下一秒，熟悉的眩晕感传来，青年再次晕倒在了地上……

王烨急忙在青年倒下之前，抓住了他手中的那个玻璃瓶子，看起来不太结实，如果碎了，有些浪费。

王烨叫来小四，模仿着青年刚才的动作，给小四的身上抹了几滴液体，浓郁的腥臭味传来。

小四空洞的眼神隐隐有光芒闪过，身体不安地扭动了一下。发现小四也能阻挡诡奴的注意后，王烨满意地点了点头，看了看晕倒的青年，将手中的玻璃瓶淡定地放进了自己的口袋中，带着小四转身离开，这次是真的走了。

看着眼前的医院，王烨眼中的光芒微微闪动，思索片刻后就带着小四走了进去。

过了一会儿，地上的青年猛地睁开眼睛，抱着手中的背包，不停地向外掏着。一把造型奇特的匕首，一个扔在地上能自己奔跑的娃娃，以及一个夸张的人头，这一刻，他将自己武装到了牙齿。

"谁？是谁？给小爷我出来！信不信小爷我把头给你锤烂！"可惜，青年喊了半天，没有任何响应，他谨慎地将人头放回背包里面，只留下娃娃露出诡异的笑容，一直跟在他身边。而匕首则被他死死地攥在手里。

如果王烨看见这一幕的话，大概率会感觉他要发财了吧。这个青年徒有一堆宝贝，但人却太稚嫩了一些。

感受着后颈处的隐隐作痛，青年再无之前那副嚣张的派头，而是宛如做贼一般，偷偷地溜进医院里面，随处可见的诡奴，游荡在整个医院之中，二级诡奴的数量也极其夸张。

王烨的眉头深深地皱了起来，按照二级诡奴的数量，恐怕制造出三级诡奴不一定是这只诡异物的极限。或许它能制造出更恐怖的存在。

王烨带着小四，谨慎地在一楼搜寻了一圈，除了数量巨大的诡奴外，没有任何异常。虽然诡奴众多，但医院内部却分外地安静，他带着小四，从楼梯向二楼走去。

突然，王烨停住了脚步。一楼到二楼中间的位置，墙壁上挂着一个人，是被用椅子腿钉进墙里面的，鲜血顺着他的尸体不断地滴落在地面上，尸体的眼睛则泛着青光。

"异能者吗……"王烨看着尸体的眼睛，喃喃自语着道，凭借经验，他下意识地离尸体远了几步，绕开尸体，走进了二楼。

不久后，青年同样来到了楼梯间，尸体的位置。

"这个家伙，不会是偷袭我那个人吧？"青年凑近了两步，摸着下巴，认真地观察着尸体。

下一秒，尸体垂着的头，突然抬了起来，脸上带着扭曲的笑容。

063 ╳ 心跳

"什么玩意儿？"青年被尸体的举动吓了一跳，骂了一句，身体飞快地向后退着。

墙上的尸体用力地挣扎着，一点一点地将自己的身体拔了出来。尸体没有任何痛感一般，向着青年冲去，眼中的光芒闪烁。

青年身影突然愣在了原地，一动不动。眼看着尸体就要冲到眼前，青年咬了咬舌尖，随后骂道："尝尝小爷我的大宝贝！"说完，青年恢复了行动力，将背包里那颗人头拿出来，向尸体丢去。人头闭着的眼睛突然睁开，露出一丝阴森的笑容，张开自己的嘴，咬在尸体身上。

仿佛绞肉机一般，尸体上的血肉，以一种极快的速度消失不见，最终只剩下骨架。

青年得意地"哼"了一声，忌惮地看了一眼人头，直接拿自己的背包套在人头上面，将其装了起来，一脸不高兴地向二楼冲去。

先一步到二楼的王烨，眉头深深地皱着。

不远处，一间应急手术室内，传来阵阵声响。

"咚、咚"，有规律的震动声，透过实验室的大门，不停地在走廊内回响着，像是心跳一般。

王烨注意到，整个二楼，都没有诡奴的身影。

听着那充满律动的声响，气氛变得有些压抑，王烨觉得自己的心跳仿佛也渐渐随着声音的律动变化，改变了跳动的节奏。

225

声音的节奏越来越快，王烨猛地捂着胸口，靠在墙边，不停地喘息着。

"小……四……"王烨微微咬牙，此时他听到了二楼楼梯间的响动，用尽全部力气，给小四下达了指令，小四缓缓地走向手术室，猛地推开了门。

一颗心脏，被吊在半空之中，鲜血顺着心脏，不停地滴落在地面上。一个穿着医生服装的中年人，此时正拿着一把手术刀，面无表情地肢解着自己的身体，他的心脏处，被掏出一个洞。

"三级诡奴？"看着充斥着能量的心脏，王烨微微咬牙，扶着墙站稳身体，而小四则是猛地向心脏冲去。

医生突然抬起头，看向小四，铁青的脸上带着阴森之色，被吊在半空的心脏剧烈地跳动起来，瞬间，无数心跳声响起。

实验室内，地上有一群穿着护士服装的女尸，胸口处支离破碎，露出一颗颗跳动的心脏。

下一秒，女尸缓缓地站了起来，阻拦着小四的步伐。难道说死亡后异能反而得到强化了吗？

王烨确信，一次觉醒者，不会拥有这么强的异能，换句话说，他们的身体机能，并不足以支持他们用力过猛。异能者需要小心控制觉醒部位的能量，避免直接抽空自己的身体，这也是觉醒部位越多，异能越强的另一个原因，但死人是可以肆无忌惮的。

在这种恐怖的能量下，王烨心跳频率达到了一种极其恐怖的程度，血液不停地在全身循环。如果不是数次洗刷后，已经十分强大的身体机能支撑，恐怕他也已经成了一具尸体。

突然，小四空洞的眼神中闪过一丝光芒，原本平淡的面容下，嘴角微微勾勒。一股恐怖的威压从她的身体蔓延，席卷整个手术室之中，随着她眼中光芒闪烁，一具具女尸的身体突然炸裂，而小四额头的青铜钉，则是不停地颤抖着。

小四缓缓地走到心脏前。医生的双腿已经被他自己亲手肢解掉，他挣扎着爬上了手术台，向小四的方向冲来，手术刀闪烁着点点寒芒。

小四僵硬地转过头，空洞的目光看向医生，随后对着他默默地伸出一根纤细的手指。

维持着前冲状态的医生的身体仿佛被进行了完美的切割一般，仅仅一秒钟，就被解决掉了。小四额头处，青铜钉晃动的幅度，更大了几分。

远处，看着这一幕，王烨微微皱眉，表情有些严肃，默默地看着小四的背影，不知道在想着什么。

随着那颗心脏跳动的频率，王烨的脸色变得苍白，身体微微颤抖着，他已经有些控制不住体内鲜血的流动。

小四仿佛做了一件微不足道的小事一般，歪着头看向半空中的心脏，随后将心脏轻轻地摘了下来，她的另一只手，则伸出一根手指，在自己左胸口的位置轻轻划过。一道巨大的伤口出现，小四却仿佛没有痛觉一般。

通过伤口，可以看见小四的胸口处空洞洞的，没有心脏，紧接着她轻轻地将心脏通过伤口放了进去。一条条血脉自小四的体内迅速缠绕在心脏之上，伴随着心脏的跳动，仿佛能够听见她体内血液流动的声音。

小四空洞的目光中，终于出现了些许神采，她苍白的皮肤，也渐渐变得有些红润。但下一秒，随着小四体内脉动的缠绕，那颗心脏突然鼓起后就如同气球一般炸碎，她体内的血脉则再次枯萎了下去，只不过比起之前，要稍微滋润了些许。

小四的目光再次恢复了空洞，额头处的青铜钉也停止了颤抖。

"唉……"一道若有若无，带着些许遗憾的叹息声，在空气中飘荡着。随后，她胸口处的伤口以一种肉眼可见的速度，迅速开始了愈合，最终完好如初。

心脏跳动的声音消失后，王烨松了一口气，瘫坐在地上，大口地喘息着。只是靠在墙边的他，目光死死地盯在小四的身上，这是他现在最强大的几张底牌之一，如果小四出了问题，对他反噬的话，危险程度，绝对不亚于临安市的这只诡异物。

好在随着心脏的炸裂，小四再次恢复了平静，陷入那种空洞、麻木的状态之中。

王烨微微松了口气，一边思索，一边勉强站了起来。

064 × 儒城

通过刚才的情况，似乎所有被诡异物杀死的异能者，都会成为三级诡奴。

二级诡奴和三级诡奴之间存在巨大的差异，三级诡奴因为已经死亡，所以它们可以肆无忌惮地释放异能，它们的攻击恐怕比三次觉醒者都要强悍，现在这座城市中，这样的三级诡奴不知道还有多少。

就在王烨思索时，一个愤怒的声音突然在他的身后响起："就是你打我闷棍，抢我东西！"

不远处，一个抱着头颅的青年，双目欲裂地瞪着王烨，他的视线，死死地盯着王烨身上的那件寿衣。

看着青年，王烨微微皱眉。这种世道，遇见好东西，抢不可耻，当然如果没有那个实力，在抢劫途中丧命，也要认。如同之前荒土中，抢他鬼脸藤的刀疤男一般，出手抢东西，就要做好被打的准备。

在这个弱肉强食的世界里，王烨没有抢走他所有的东西，已经算是善良的举动了。

现在……

王烨深吸了一口气，脸色有些苍白地站了起来，但身体一个踉跄，险些又倒在地上。

"所以，你是来杀我的？"看着青年，王烨露出一丝淡淡的笑容，眼神充满了平静。

青年一脸不解地看了王烨一眼："你疯了吧？为了一个宝贝就杀人？现在城里人都这么横的吗？"

青年的脸色依然有些不好看："不过你得把东西还我，不然我让你知道小爷我的厉害！"

看来这个家伙，除了江湖经验不多以外，人也比较幼稚啊，这个天真无邪的小朋友是怎么找到这么多好东西且没被人杀死的啊？王烨此刻多少有些疑惑，难道是什么隐世家族的人吗？

王烨微微思索着，随后淡淡地说："我如果不还呢……"说着，他的脸色变得更加苍白，甚至轻轻地咳嗽两声。

青年看着王烨，顿时脸色阴沉地笑了起来，眼中闪烁着寒芒："不还？"

"那小爷我就不要了，也不是什么太值钱的东西。"说着，青年微微低下头，微不可察地低声自语，"果然，外面的世界好危险啊……"紧接着，他似乎又不想弱了自己的气势，猛地抬起头，恶狠狠地瞪着王烨。

不知道为什么，王烨突然有了一种愧疚感，似乎欺负了一个好孩子，看着青年，他沉默着，突然脸上浮现出一丝杀气，苍白的脸色瞬间消失，以一种极快的速度向青年冲去。

青年顿时吓傻在了原地。

随后一只不知何时溜过来的二级诡奴，被王烨一拳打碎了脑袋。

青年缩着脑袋，感觉到一股凉意。

在解决了诡奴之后，王烨的脸色似乎又一次变得苍白了起来，还轻微地咳嗽了两声。

青年下意识地道了声谢，然后又想起了什么，不满地说："尸魂水再给我几滴，就是被你抢走的那个小瓶子。那个东西是有时效性的，可贵了！"看着王烨，青年的声音越来越轻，渐渐软弱无力，就连一直跟在青年身后的娃娃，也紧紧地抓住了青年的裤脚，只露出一个脑袋。

这东西叫尸魂水吗？长了见识，王烨默默地将口袋里的玻璃瓶拿了出来，手微微颤抖着打开瓶盖，在青年身上滴了两滴，随后似乎又想了什么，将远处的小四唤了过来，重新给她滴了两滴，小四的身体再次微微颤抖起来。

青年的目光，恍然间扫过了小四的面孔。下一秒，他似乎想起了什么，猛地向后退了两步，眼神中充满了惊恐。

"这个祖宗是怎么来的？"一边说着，青年一边熟练地将背包横在胸前，打开拉锁，一样一样地向外面掏着东西，拿着长枪的纸人，鬼脸雕塑，染血的稻草人，最后，是一把染血的菜刀。

看见菜刀，王烨的眼中闪过一道不易察觉的光芒，这把菜刀和自己的剔骨刀材质一样，而且在剔骨刀传给自己的画面中，他见过这把菜刀！

王烨的目光微微闪烁，默默地向后退了一步，隐隐还觉得有些牙疼。这个看起来脑子有些不正常的家伙，好东西竟然比自己还多。一瞬间，他有些控制不住地想再次敲这个家伙后脑勺了。

纸人落在地上，灵活地站稳身体，手中的长枪微微泛起光芒，而鬼脸小雕塑的眼眶中，缓缓地流下鲜血。染血的稻草人则一溜烟地冲出走廊，向医院外面跑去，速度极快。但小四默默地站在原地，一动不动。过了许久，青年仿佛注意到了小四的异常，将目光落在了小四的额头处，脸上充满了震惊。

"我……无量天尊。好东西啊！"说着，青年的眼中带着激动之色，抬起手就想去摸摸这根钉子。在王烨冰冷的眼神的注视下，青年弱弱地收回了手，似乎想到什么，又觉得心疼起来。

"早知道这个祖宗被封印了，小爷我扔什么替身草人啊！很值钱的！"说着，青年幽怨地看向王烨，注意到王烨的眼神后，打了一个激灵，弱弱地看向地板。

"咳咳，你是儒城的？"王烨轻轻地咳嗽了两声，若无其事般地问道。

青年点了点头，感到有些沮丧："这外面的世界也太危险了。老祖宗果然没骗我……"说着，青年幽幽地叹了口气。

王烨微微思索后，突然露出了阳光般的笑容，轻轻拍了拍青年的肩膀："你叫什么？我是天组的高层，你跟着我，会安全许多。甚至我可以带你充分地享受外面的世界。"

这一瞬间，王烨看向青年的表情中，隐隐约约地能看出张子良的影子。

065 ╳ 一墙之隔

"小爷我叫茅永安。"青年狐疑地看了王烨一眼："你没骗我？"

王烨沉默着，在口袋中找出一张天组的工作证，自茅永安的眼前微微划过。

茅永安的眼睛顿时亮了起来，整个人变得十分激动："我就是在儒城听一些拾荒者说，外面的世界很精彩。"

231

"红酒、豪车和美女！这一切是真的吗？"看着茅永安激动的样子，王烨微微有些沉默。

他真的认识天组工作证吗？连检查一下的意识也没有吗？是不是自己给他看一个学生证，他也会相信？

深深的愧疚感自王烨心底升起，他默默地看了一眼茅永安，又看了看地面上，众多的诡异物品，以及他那不知道装着多少好东西的背包。

可怜的孩子，拾荒者的话……也能信吗？深吸了一口气，王烨的眼神中充满了真诚："相信我，他们说的都是真的！等出了临安城，我带你去！"

听着王烨的话，茅永安顿时变得更加激动了："好！以后我就跟你混了！咱们现在就走……"

"不对，我是进来找东西的，这里有好东西呢……"茅永安顿时觉得困扰了起来，仿佛在豪车、美女和诡异物品之间，难以取舍。

王烨却敏感地发现了问题："你能出去？是啊，一个诡域而已嘛。"茅永安得意地笑了笑，倔强地证明着自己的高手身份。

"兄弟！咱们先别忙出去，先陪我在临安市办点事！"王烨郑重地改变了对他的称呼，说，"放心吧，我很厉害，不会有危险。"

"但你的脸色好苍白啊，刚刚还咳嗽……"茅永安弱弱地看了一眼王烨。

王烨的脸色瞬间泛起红润的光泽，腰板也挺直了起来，配上冰冷的面孔，一副高手气质油然而生，他把自己毕生的演技都用在了此刻，毕竟像茅永安这种行走的宝库，在乱世之中很难碰上一个，尤其是他还这么单纯好骗，搞不好身后还有一个实力强大的长辈……

冰冷，生人不近，永远不是王烨的标签。努力更好地活下去才是。

为了这个目标，谁在乎面子这种东西啊，从今天开始，茅永安，就暂时成为他的第二底牌了!

小四光荣下岗,看着小四,王烨突然想到了什么,问道:"对了,你认识她?"

"我跟你说,这个祖宗太恐怖了!当时我路过上京,感觉其中一个荒废的小区有好东西!"

"我就摸进去了,果然,一屋子的诡异物品。可惜小爷我刚拿了一把菜刀,不知道哪个天杀的混蛋就来了,吓得小爷我暂时躲在衣柜里,暗中观察。"

"然后这个祖宗就回来了。小爷我总不能被她堵在衣柜里弄死吧,我就和这个祖宗大战了三百回合,最后潇洒离开。"说着,茅永安的脸上浮现出一股淡然的气息,双手下意识地背在身后,呈四十五度角侧对着王烨,带着淡淡的高人气息。

难道当时在 404 的另一个人就是他吗?

"对了,这个祖宗怎么跟着你啊?"突然想到什么,茅永安看向王烨问道。

王烨看了他一眼,简短地说:"哦,被我封印了。"

茅永安如遭雷击,站在原地,沉默不语。果然,强者都是如此的风轻云淡吗?他还是太稚嫩了。

一瞬间,茅永安觉得跟在王烨身边或许是一个极其正确的选择。

就在这时,楼梯间内有脚步声响起。

王烨的表情微微一变,低声道:"把东西收拾起来,靠墙。"说着,他和小四立刻靠在墙边,屏住呼吸。

茅永安愣了一下,怪异地看了王烨一眼,将地上的东西捡回背包里面,学着王烨,同样靠墙站立,脚步声渐渐变大,听声音,应该快到二楼了。

上楼前王烨观察过,医院是老式台阶,一共十三阶。默数着脚

233

步声，判断着人的位置。

渐渐地，脚步声停了下来。

王烨的眼睛微微眯着，如果没估算错的话，这个人应该是从四楼下来，现在就停在二楼的缓台上。

或者说与他们，仅仅一墙之隔。

剔骨刀无声无息地出现在了王烨手中，他一动不动，眼神中却散发着淡淡的冰冷气息。

人影站在墙的另一侧，停留了许久。

终于，脚步声再次响起，直到消失。

茅永安松了口气，想要说话，王烨的表情一变，用眼神制止他。如果细心观察，会发现人上楼和下楼所发出的声音，是存在细微差别的，下楼的声音会较重，上楼的声音较轻。这个声音明显不对，先重后轻，他是下了一半的楼层，又轻声控制音量，摸回来的，也就是说，他根本没走。

最主要的是，他来时注意到，一楼的台阶已经被损坏，也就是说真正下楼，脚步声只有二十五步才对！

王烨的目光微微闪烁着，墙外的这个家伙不好对付，他是感觉到了二楼的异样吗？但是不确定墙后是否有人，还不想主动露面尝试，怕陷入被动？

"有趣的对手！"王烨轻轻地舔了舔嘴唇，握着剔骨刀的手，明显更加用力了些。一旁的茅永安的表情则是充满了疑惑、不解。

又是长达十分钟的沉默，脚步声再次响起，王烨默默地闭上眼睛，听着声音。

"他走了。"王烨轻声说，随后快速来到不远处的窗口，默默地向下看去，一个人影，背着巨大的箱子，默默前行。

"罗平吗……"王烨微微思索着，突然，人影停下脚步，猛地转头看向二楼的窗户。

王烨则仿佛猜到了一般,在人影转身前的一秒,消失在了窗口的位置。

罗平看着二楼空无一人的窗口,脸上带着一丝疑惑之色,最后默默地收回了目光,消失在浓雾之中。

罗平走后,王烨再次站在窗口,面无表情地看着他离去的方向。

"你在看什么?"茅永安好奇地看着王烨。

看着茅永安单纯、懵懂的眼神,王烨沉默下来:"没什么。"说完,他带着小四,向医院外走去。随着罗平的离开,医院已经没有了探索的必要。

066 ╳ 茅罡

医院外。

"哼,不就是一只诡异物吗?小爷我轻轻松松地找到他!"茅永安骄傲地看着王烨,炫耀般地说。在王烨鼓励的目光中,他拿出那个残破的罗盘,心疼地挤出一滴血,滴了上去。罗盘迅速旋转,一缕能量飘荡在空气之中。

"成了!"茅永安的眼睛一亮,随后又微微皱眉,有些不解,"为什么罗盘指出了两个地方。这里是有两只诡异物吗?"

王烨听着他的话,微微思索着:"哪只最凶。"

茅永安毫不迟疑地指出一个方向。

回忆着地图,王烨的心中隐隐有了一个目标。

"实验室吗?"每个城市都拥有自己的实验室,研究千奇百怪的东西,这只诡异物去实验室是想找什么东西吗?

"走吧,先过去再说。"紧了紧自己后背上装着红灯笼的背包,王烨表情变得郑重起来。

他用诡差绳将诡差刀牢牢地绑在自己的手上，眼中带着一丝淡淡的杀气，向实验室的方向摸去。

茅永安一脸不满地跟在王烨的身后，嘴里一直在嘟囔着什么。

天组分部，天台。

罗平站在天台顶端，俯视着整座城市，眼神一如既往地冰冷。

"父亲，你会为我感到骄傲吗？"轻轻地解下自己手中的黑色箱子，罗平轻声地自言自语着。随后，他打开箱子，一个面色苍白的中年人，突然睁开了泛红的眼睛。他缓缓地从箱子里走了出来，脸色僵硬，眼神空洞，站在罗平身前。

罗平看着中年人，第一次笑了，冰冷的面容上，浮现出一丝温情："父亲，我就要成功了。"说着，他缓缓地抬起手，激动地搭在了中年人的脑袋上。

下一秒，罗平的眼中带着一丝疯狂，他的身后，站着密密麻麻的如同他父亲般的人影，所有人的眼珠都微微泛红，僵硬，眼神空洞地站在罗平身后。

"爷爷，儿子，你们会为我而骄傲的！"罗平的情绪越发激动，脸上布满狰狞之色，嘴角带着一丝疯狂的笑容。随后，他在黑色箱子中拿出一个带有医院标识的圆桶，桶内装满了鲜血。

"就让我们……开始这场盛典吧！"随着罗平的声音落下，他身后的人影迅速枯萎起来，逐渐变成干尸。

空气中，缕缕能量飘荡，逐渐落入血液之中，桶内的血液如同煮沸一般，不停地翻涌着，泛起点点红光。

"异能者的血液，通过亲人能量的中和……"罗平兴奋地舔了舔自己的嘴唇，看着自己变成了一具具干尸的家人，笑容放肆，桶内的血液中蕴含着的能量,似乎越发强大。

"该死,这些诡奴怎么越来越厉害了!再这么下去,小爷我可跑路了啊,我是来享受的,不是来玩命的!"茅永安狼狈地靠在墙边,看着费了很大工夫才被杀死的三级诡奴尸体,不停地喘着粗气。

"快了,回天组,介绍美女给你认识。"王烨感受着诡奴实力的逐渐变化,思索了一下,淡淡地说。

茅永安一脸的不屑:"哈,小爷我什么样的美女没见……见……天啊!"

王烨默默地找出周涵的照片,在茅永安的眼前一闪而过!

"快,小爷我这就弄死那只诡异物,然后你带我回上京!小爷我要恋爱了。"

"我姓茅,她笑得如此甜美可爱,我们的孩子,就叫茅罡了!"茅永安的脸上充满了激动之色,瞬间提起干劲儿,看着罗盘指出的方向,充满了期待。

看着茅永安的状态,王烨轻笑,果然,周涵的魅力,无法阻挡……

看着实验室的大门,王烨收起了其他心思,表情渐渐变得严肃起来,他明显可以感觉到,一股强大的威压,充斥在整间实验室之中。

实验室的门口处,三位异能者诡奴正眼神空洞地看着王烨等人。

"为了茅罡,小爷我和你们拼了!"虽然茅永安嘴里喊着口号,但他的身体却快速后退,从背包中再次拿出那颗人头,向三只诡奴丢去。随后,他肩膀上的那只玩偶也龇牙怒吼了一声,跳到了地面上,身体瞬间变得巨大,如同一只野熊一般,充满了力量感,狠狠地撞在三只诡奴身上,更夸张的是,他拿出一个深黑色的神秘果实,丢在三只诡奴脚下。

果实微微颤抖着，瞬间鼓起，发出一声巨响，炸裂开来。一旁刚刚准备出手的王烨，看着已经碎裂的三具尸体，正被那颗头颅不停地吞噬着。

这家伙，好厉害，准确地说他的好东西真多。王烨无声地看了一眼茅永安，有些沉默。

"开始吧！"天台上，桶内血液中的能量，这一刻已经到达了顶峰。

"父亲，该你了。"罗平看着自己手中属于父亲的脑袋，亲切地笑着，随后，他将脑袋丢在了桶内。那颗脑袋上的眼睛突然睁开，怨毒地看着罗平，发出不甘心的嘶吼，随后无力地沉入桶底。

血液逐渐停止沸腾，归于平静，而罗平则在口袋中掏出一个镀金的盒子，轻轻打开。

盒子里有一只眼珠，在盒子打开的一刻，散发出诡异的光芒。

与此同时。实验室的方向，传来一声低吼，恐怖的威压瞬间弥漫在整个临安市内。

"感应到了吗？"罗平兴奋地舔了舔嘴唇，"还有……心脏。"说着，他看向医院的方向。

奇怪的是，医院方向，寂静无声。

罗平微微皱眉，似乎想到了什么，咬了咬牙："该死，果然有人！算了，一个低级的心脏而已。"

罗平低声自语着，目光看向实验室的方向，默默地等待着。

实验室门口，听着里面传来的低吼声，王烨的表情变得严肃，那个红色的灯笼，出现在他的手中，他的另一只手上，抓着一张纸钱。

067 ✕ 人心

"哇，这……好东西啊。"茅永安看见王烨手中的灯笼，眼神瞬间亮了起来，扑在王烨身前，仔细地看着。

"鲜艳的红色，这细腻的触感。"茅永安轻轻地抚摸着灯笼，脸上露出了享受之色！

王烨无视犯蠢的茅永安，默默地向后退了几步，看向实验室的大门，他能清晰地感受到，一个恐怖的东西离门口越来越近了。

实验室的门无声地打开，一个人影出现，人影是一个只有下半身的诡异物，从胸部开始，仿佛被人拦腰斩断一般。人影的肚子上，一只眼球正不停地扫视着四周。

"终于出现了吗？"王烨深吸一口气，"茅永安，帮我！"说着，一旁的小四率先无声无息地冲了过去。

茅永安咬了咬牙，再次扔出他的那颗人头。

那只眼球诡异的眼神带着焦急的情绪，仿佛有什么紧要的事情一般，而这半截躯体，则是瞬间发起冲锋。小四被他一脚踢得倒飞出去，随后它自己则是撞在那颗人头上，将人头撞落在地面上，紧接着抬起脚，随意地踩在人头上，那颗一直被茅永安当成宝贝的头颅，四分五裂。

"小爷我的宝贝啊！"茅永安一脸肉疼的表情，怒吼了一声，身体却飞快地向后退去。

小四如同鬼魅般地再次向半截身躯冲去。那颗眼球明显带着不耐烦，一直焦急地看着某个方向，感受着小四的袭击，那眼球变得暴躁起来。

眼球内，红光微微闪烁，无数诡奴自浓雾中出现，向王烨等人冲来。而他则是完全无视了小四的袭击，向天台处赶去。

"茅永安，能拦住他不？三秒钟就行！"王烨的表情凝重，死死地盯着人影，低声说。

茅永安咬了咬牙："够呛，这个家伙太猛了，小爷拿命给你拦吗？"

"明显前方有东西吸引他，不然凭咱们这点实力，早就被他干掉了！"茅永安说着，倒退的速度越发快了，明显不想和这个恐怖的东西纠缠，无数诡奴从四面八方涌来对王烨等人发起袭击。

小四一巴掌拍在人影身上，除了让他身体微微颤抖了一下，再无功效。

小四停在原地，空洞的眼神中隐隐闪过愤怒的光芒。下一秒，她眉心处的青铜钉疯狂地抖动起来，一股不弱于人影的恐怖气息瞬间弥漫开来，无数诡奴停下脚步，茫然地站在原地。

那人影身上的眼球第一次出现了其他情绪，转头看向小四。

"你……死……"一向如同木偶般的小四，突然在这一刻张开嘴，有些僵硬地说出两个字。

王烨看着这一幕，表情变得郑重，他隐隐感觉到，小四在这一刻，似乎不受自己控制了一般。

青铜钉颤抖的频率越来越大，甚至有脱落的迹象，小四抬起洁白的手掌，指向半截躯体。

躯体微微颤抖着，隐隐能够看见躯体上，出现无数的血痕。

眼球出奇的愤怒起来，眼神怨毒地看向小四，随着眼球的光芒闪烁，无数诡奴拦腰斩断，倒在地上。

王烨身上的诡差服微微闪烁着，瞬间撕裂，化作碎片，彻底消失，他的腰间，出现一处细微的伤痕，血迹缓缓流出。

冷汗从王烨的额头处缓缓滴落，就在刚刚那一刻，他感受到了死亡的气息。

不远处的茅永安发出一声惨叫，肩膀上那个已经恢复成了普通大小的玩偶断成两截,掉在地上,没有了声息。

茅永安的脸色苍白,再也没有了之前嬉皮笑脸的样子,咬了咬牙:"这次亏大了!"

"姓王的,要不是看在我儿子茅罡的面子上,今天这事儿没完!"说着,从茅永安的黑色背包中,一张散发着青芒的符纸漂浮而出,悬在他的头顶。

直接承受伤害的小四,腰部出现恐怖的伤口,却并没有鲜血流出,小四皱着眉,腰部的血肉微微翻卷,很快愈合。

"哼。"一道若有若无地冷哼自小四口中传出,整个人身上爆发出猛烈的威压。青铜钉则在这一刻震荡起来。

小四的身体微微颤抖着,远处抬起的玉手,仿佛用尽了全部的力量,缓缓地攥紧。

眼球的瞳孔骤然收缩,一滴鲜血自眼球处流下,而眼球则传来痛苦的情绪。

"机会!"王烨咬了咬牙,立刻向那半截身躯冲去,在那半截身躯因为痛苦而不停地扭曲的瞬间,将纸钱险之又险地贴在了眼球上面,半截身躯瞬间静止了下来……

"被封印了吗?敢欺负你小爷!"远处,茅永安看着这一幕,兴奋地说,"你那纸钱还有没有了,送小爷两斤!"

王烨却没有管茅永安,眼神微不可察地在小四身上扫过,随后死死地盯着这半截身躯。

果然,仅仅数秒钟的时间,半截身躯不安地扭动起来,想要震掉身上的纸钱,只是因为没有手臂的原因,有些费力,不过依然能够看见纸钱随着身躯的晃动,有脱落的痕迹。

王烨急忙拿起灯笼,用火机点燃。瞬间,灯笼泛起幽幽红光,而灯笼内,传来浓郁的尸臭味,身躯再次安静了下来。

一旁的小四看向灯笼,眼神中闪过异样的情绪。随后,感受着额头处青铜钉传来的能量,小四不满地"哼"了一声,眼睛深邃地看向王烨,渐渐地,她的眼神再次恢复了空洞,如同木偶一般,静立在原地,只是她眉心处的青铜钉,相比之前,移出了一寸。

看见小四渐渐恢复平静,王烨微微松了口气,举着红灯笼,缓缓前行。他身后的那半截身躯仿佛呆滞了一般,麻木地跟在王烨身后,准确地说是跟在红色灯笼后面,亦步亦趋。

"这家伙的好东西也不少啊。"茅永安看着这一幕,嘟囔着说。此时天组分部的天台上,感受着那股强大的威压,紧接着又升起第二股威压,最后两股威压又同时消失。

罗平的脸色一变再变,那张冷峻的脸上充满了阴沉之色:"该死!"紧接着他的身影消失在天台上面。

068 ✕ 搏命

王烨提着红色灯笼不断前行,冷汗不时从额头滴落。后面那个家伙身上不经意间散发出来的气息,让他浑身充满凉意,举着灯笼的手隐隐有些发麻。

临安市内的雾气隐隐有消散的痕迹,随着那只眼球被封印,诡奴也全部停止动作了。也就是说这只诡异物大部分的能量都来自眼球吗?

王烨一边思索着,一边向城门外走去……

"混账,找死!"突然,一个充满了疯狂杀意的声音响起,远处,罗平的眼睛血红,死死地盯着王烨,充满了怨毒,他身上散发出浓郁的血气,犹如实质一般,手中不知何时出现一把长刀,对着王烨的头顶砍了下来。

"罗平？"王烨的表情微微一变，他现在全身心地控制着这半截恐怖的身躯，根本无暇顾及其他，如果被罗平给影响了，想重新封印，难如登天。

"小四！茅永安！"王烨脸上充满冷意，低声喝道。

小四无声无息地出现，纤纤玉手对着罗平拍去。茅永安则是咬了咬牙，肉疼地掏出一个纸做的小人，小人的手中拿着一杆长枪，落地后灵活地向罗平冲过去。

感觉到威胁的罗平猛地停下脚步，躲过袭击，看着王烨声音冷冷地道："把他还给我！"

"还给你？你是指这个鬼东西？"王烨看着罗平说。

"你知道我为了吸引它来临安市，付出了多少努力吗？我罗家，世代传承，靠养尸生存，这是最完美的尸体！掌控了它，我将成为最强大的存在！"罗平的声音中充满了愤怒，忌惮地看了一眼小四，以及远处的茅永安，声音冷冷地说。

"你引来的？"王烨一愣，看向罗平的眼神中充满了杀意。

"为了你所谓的计划，整座城的人都成了牺牲品！"王烨的脸色冰冷。

罗平冷笑："你知道这种级别的存在，被我掌控，能够压制住多少的诡异物，又能够救多少的人吗？甚至，我能带领人族，一扫荒土！区区一城百姓，死得其所！"说着，罗平的表情变得越发疯狂，"快把它还给我，不然，我和你同归于尽！"

罗平的手中，出现一个黄金制作的盒子。

"鼠目寸光，你……根本不懂荒土。"王烨冷冷地看了一眼罗平，脸上有些怜悯之色。他亲身经历过荒土的恐怖，有无数的存在不弱于这半截身躯，想到那只断手，王烨有些沉默。那只手，足以碾压。

王烨看向罗平，冷笑着道："而且，你有同归于尽的勇气吗？说到底，不过是个懦夫而已。我相信，你打开那个盒子，或许会产生威胁，但你不敢。"

"不然，你就不会和我说这些话了，我劝你，别招惹我，不然我死不死不清楚，但你一定活不下去。"王烨看向罗平的目光中充满了冷冽。

罗平的眼里闪过怨毒之色，脸上充满了犹豫。

小四无声无息地出现，对着罗平冲去，洁白的手掌隐隐泛起光芒。

罗平的表情一变再变，感受着生命的威胁，他紧紧地攥着手中的盒子："别逼我！"

话音未落，小四一巴掌已经拍在了罗平的身上，打得他倒飞了出去，重重地摔在地上，吐出一口鲜血。

"我赌你不敢！"王烨看都不看罗平一眼，也实在分不出精力。这半截身躯散发出来的恐怖威压，已经让他的身体有些僵硬。

"你！"罗平咬了咬牙，勉强站了起来，死死地盯着王烨，表情阴沉不定，过了许久，眼中才充斥着磅礴的杀意："这仇，我记下了！"说着，罗平忌惮地看了小四一眼，不甘心地退去。

"谁找谁，还不一定呢。"王烨淡淡地说，继续向前走去。

罗平则消失不见。

看着罗平离开，王烨微微松了口气。

茅永安这个家伙，根本靠不住。而小四现在又明显有清醒的趋势，刚才动手时，已经渐渐有了能量的波动，而非纯粹的身体机能战斗，他现在实在不想让小四再有任何动作了。

终于，城门出现在王烨的视野之中，雾气渐渐消散，隐隐约约地能看见城门外的人群。

"姓王的，我先溜了，上京等你，人太多我不习惯。"看着城外的人群,茅永安微微皱眉说。

"把小四带走,我现在没精力管他。"王烨点了点头说,随后给小四下达了一个跟随茅永安的指令。

两个人一前一后消失不见,王烨感受着体内的寒意,咬了咬牙,再次向城外走着。

感受着雾气的变化,城外,刘正的脸上充满了焦急,不停地来回踱步,关注着临安市的变化。

一道人影渐渐出现在雾气之中。众多异能者的表情变得郑重,死死地盯着人影,所有人手中的武器同时抬起,当人影渐渐变得清晰,刘正松了口气。

"王烨!"

"是王烨!"一群人看着王烨欢呼着道。

但下一秒,王烨身后,那半截残躯走了出来。众多异能者的脸上带着惊慌之色,纷纷向后退去,而刘正脸上刚刚浮起的笑容,也僵住了。

"退!我现在带着这个鬼东西去荒土深处,都别挡路。"王烨轻轻地晃动了一下已经僵硬的胳膊,看着人群说。

人们的目光微微闪动,看向王烨身后那半截残躯,发现果然它十分僵硬,再次露出欣喜的表情。

"不能封印吗?"一个异能者看着残躯,眼中带着思索之色问道。

"这个东西只要靠近都会让血液凝固,何况封印。"王烨冷笑一声,说。

那个异能者愣了愣,无声地退了回去。

"但……送他去荒土深处,你怎么办?"刘正似乎想到了什么,焦急地看向王烨问道。

王烨沉默着,过了许久才笑着看了看刘正:"我会想办法的。"

245

"要不我替你！"刘正咬了咬牙，看着王烨，坚定地说，"我只是一个普通人，我的牺牲，换你回来，不亏！"

069 ╳ 荒土

王烨沉默片刻，苦涩地笑了笑："这个鬼东西的威压很强，身体机能差的人，靠近他连路都走不了，想要维持行动，最起码也需要三次觉醒程度的肉身强度。"

听着王烨的话，刘正的心底升起一股浓浓的无力感，原来自己想替他去死，都没资格，一群异能者也纷纷沉默下来，看着王烨的目光中充满了复杂之色。

"活着回来！"刘正的眼眶有些发红，深深地看了他一眼，九十度鞠躬。

现场的异能者和调查员看着王烨挺拔的背影，纷纷深吸一口气，默默地鞠躬。

不知为何，王烨冰冷的内心泛起一丝涟漪，原本这次来临安市更多的是为了邮局给的奖励，但此时此刻，他觉得这次冒着生命危险的行动似乎多了一些别的意义。

"矫情。"王烨看着众人笑了笑，"走了。"说完，他勉强抬起了自己的另一只手，轻轻挥了挥。随后眼神中充满了坚定，一步步地离开安全区，向荒土深处走去。

刘正看着王烨的背影，深吸了一口气，喊道："开始救援，不能辜负王烨的牺牲！"

是的，进入荒土深处，又怎么能活着回来呢……一群异能者咬了咬牙，第一次感觉到自己的弱小，纷纷冲进了几乎如废墟般的临安市。

救援开始了。

天组总部。
二十一楼。
张子良听着临安市传回来的消息,沉默着挂断了电话。
办公室内,王强、柳倩和杨琛的脸上充满了喜悦。是的,他们三个都活下来了,百分之七十的存活率看上去很高,但依然有死亡的风险。尤其是柳倩,本身第一次觉醒的时间就不算长,险些没有控制住自己体内的能量。
看着张子良低落的情绪,杨琛的眼中带着一丝疑惑之色:"怎么了?"
"王烨,独自一人,引着出现在临安市的诡异物,进入了荒土深处。"张子良的声音有些低沉。
"什么?"杨琛的眼中带着惊讶之色,"王烨不应该是这种英雄的性格啊。"
"看人,要看内心。"张子良轻轻笑了笑,桌子下的手轻轻地颤抖着,但脸上却依然平静,他闭上了眼睛。
杨琛沉默下来。
王强,柳倩的瞳孔收缩,互相对视了一眼,认识到了问题的严重性。他们这个小队,更多的是依靠王烨,如果王烨牺牲的话,或许他们连自保的能力都没有。
"部长,没事的话,我先走了。"王强咬了咬牙,看着张子良说。
张子良微微点头,王强看了一眼柳倩,两个人迅速离开,脸上带着淡淡的愁容。

荒土。

王烨不清楚自己究竟走了多久，只能感受到身体十分僵硬，每走一步都要忍受着剧烈的疼痛。

更恐怖的是随着王烨渐行渐远，他身后被红色灯笼吸引而来的诡异物越来越多。无数的诡异物，麻木地跟在他的身后，散发着恐怖的威压，随着越来越大的压力，他身上的肌肉都在微微颤抖着，汗水不停地流下来。

渐渐地，王烨似乎已经失去了知觉一般，只是习惯性地向前走着。血珠顺着皮肤的毛孔涌出，染湿了他的衣服，充满危险的荒土中，他仿佛一个引路人般带着众多的诡异物，不断前行。在这种阴冷气息的冲击下，他体内的生气越来越少，乍一看去，仿佛最前面的王烨也如诡异物一般。

时间不知不觉地过去，王烨觉得浑浑噩噩，他麻木地前行着，皮肤上布满鲜血，眼睛深深地凹陷在眼眶之中，无数诡异物加入队伍之中，痴迷地看着血红色的灯笼。

终于，王烨失去了力气，重重地摔在地上，灯笼在地上不断地翻滚着，里面的烛火忽明忽暗。身后无数诡影闪动，不安地扭动着身子，那半截身躯眼睛上贴着的纸钱，更是不断地晃动着。

恍然间，王烨恢复了最后的一点意识，咬了咬牙，将灯笼再次捡了起来，身后的诡异物再次安静了下来。

不远处矗立着一座破旧的茅草屋，王烨用尽了全部的力气，冲到茅草屋前，将灯笼挂在门把手上面，随后疯狂地向茅屋后面跑去。众多诡异物默默地围绕着茅草屋，安静地站立。

"邮局，你再不让邮车过来，我就要死了。"王烨瘫坐在地上，不停地喘着粗气。他可以看见，茅屋内，似乎有人影闪烁，随后，房门打开，灯笼重重地摔在地上，里面的烛光彻底熄灭，一瞬间，无数诡异物身上散发出来的威压达到了顶峰。

虚空之中，一辆邮车出现在王烨的身边，看着那群陷入暴走中的诡异物，王烨榨干身体里的最后一点体力，打开车门坐了进去，勉强将车门关闭，彻底陷入了昏迷之中。

邮车的发动机发出阵阵轰鸣，在无人驾驶的情况下，自行藏匿于虚空之中，向远处驶去，只是它离开的方向，并不是上京城，而是荒土的更深处。当然，这些就是陷入昏迷中的王烨所不知道的了。

茅草屋里一个嘴角带着点点血迹的青年诡影，出现在门口，眼神中隐隐有些疑惑。下一秒，无数诡异物愤怒地咆哮着，冲向这个青年。

许久后，发泄完愤怒的诡异物们转身离开，那半截残躯身上的纸钱终于缓缓地飘落在地上，它肚子上的眼球充满了怨毒、愤恨之色，转身离开。

地面上那个四分五裂的青年诡影断掉的残肢正不断地扭动着，缓缓地拼接在一起。

邮车也向荒土深处，越行越远。

070 ╳ 柳倩

上京市。

东华区，A小队总部。

"我承认，王烨很强，但他不可能活着回来了，所以我劝你们有点自知之明，放弃这个小队名额吧，凭借你们几个歪瓜裂枣，是支撑不起来一个小队的。"苏文谦居高临下地看着王强和柳倩，脸上带着温和的笑意，淡淡地说。

金刚那恐怖的身躯散发着威压，铜铃般的双眼注视着众人。

周涵坐在角落里，玩儿着手机，摇晃着性感的长腿，仿佛对一切视而不见。李鸿天，则不见踪影。

王强看着苏文谦，攥紧双拳，却沉默下来，一言不发，他知道，凭借自己，根本没有和苏文谦对话的资格，哪怕他已经二次觉醒，毕竟苏文谦可是行动部长的儿子。

"不，王烨还没有死。"一旁的柳倩脸色略微有些苍白，沉默地站在角落里，突然抬起头，坚定的眼神看着苏文谦说。

"这里有你说话的份吗？"说着，苏文谦的眼神中闪过一丝狰狞之色，一巴掌甩在柳倩的脸上，"在我眼里，你不过是一个垃圾而已，是谁给你资格来和我对话了？"

王强的表情一变，下意识地向前一步，挡在柳倩身前。他没有说话，而是无声地看着苏文谦，体表泛起一丝淡淡的光芒。

不远处，金刚冷冷地"哼"了一声，向前踏了一步，地面微微晃动，恐怖的气势压得王强倒退了一步。

"你们好吵哦。"周涵放下手机，不高兴地看了苏文谦一眼："不要影响我玩游戏，可以吗？"

"呵呵，教训两个不开眼的废物而已，没想到影响到小涵你了，真是不好意思呢。"苏文谦看向周涵的目光中充满了贪婪，轻笑着说，"要不，你来我们战队吧。"

"不去，一群废物。"周涵懒洋洋地看了苏文谦一眼，淡淡地说，随后将目光重新放在了手机屏幕上，一副兴致勃勃的样子。

苏文谦脸上的阴沉之色一闪而过，很快又恢复了温和的笑容："三天之后，我会来挑战你们小队，如果连自发组织的民间小队都打不赢，那你们也就没有存在的必要了。"说完，苏文谦的目光再次从周涵身上扫过，便带着金刚转身离开。

柳倩的右脸有些发红，沉默地坐了下来，一言不发。

王强犹豫了一下，安慰着说："王烨只是进了荒土深处，不一定会死的，而且我们都是二次觉醒的异能者，哪怕不在Ａ小队，待遇也不会太差。"

柳倩猛地抬起头，看向王强："当初，在商场的诡异事件，我想活着，但是他让我收起小聪明。总部开会的时候，面对苏文谦，我躲在后面，没有说话。我能感受到，王烨和你对我的嫌弃。我承认，我只是一个普通的女人，我只是想活下去，但我努力地想融入进来，努力地想和你们一样，不拖后腿。为此，我甚至险些死了……"

"现在，你又来告诉我，别坚持了，放弃吧，难道我之前做的，就是一个笑话吗？"说着，柳倩的眼眶渐渐红了起来，眼泪在不停地打转，但又倔强地没有滴落。

"我之前没有选择相信王烨，导致你们看不起我，但这次我相信他能够活着回来。毕竟，我这种废物般的女人，都通过了二次觉醒，不是吗？"柳倩的眼中充满了坚定之色，倔强地看着王强。

王强沉默了许久，幽幽地叹了一口气："好，我知道了。我去联系李鸿天。"说着他迟疑地看了一眼周涵的方向，没有说话。

仿佛注意到了王强的视线，周涵一边玩着手机，一边淡淡地说："我会出手的，毕竟，这是那个混蛋的家底。"

王强松了一口气，披上外套，转身离开。

柳倩感激地看了一眼周涵，回到了自己的房间。

其实将注意力集中在这支小队的人，不止苏文谦一个，只不过，所有人都在等待着苏文谦率先出手而已。毕竟从头到尾，他们忌惮的只有王烨。

"混账！"张子良拍着桌子，脸色冰冷，"这是组长定下来的名额，你们也想抢？"

"但王烨回不来了。"温华胖乎乎的脸上带着淡淡的笑意，看着张子良说。

苏长青面无表情地点点头："或许已经死了。"

"但他是为了救临安城，他救了上百万人！"张子良如同一头发狂的狮子一般，凶狠地看着两个人，怒吼着道。

温华的小眼睛挑了挑，看着张子良阴阳怪气地说："哟，这还是咱们冷血的张部长嘛。"

苏长青叹了口气："我承认，王烨这次很出色，也很优秀，我很敬佩。于情，我这么做不对。但于理，你们后勤部的 A 小队，剩下的队员完全无法面对各种诡异事件，我也是为了百姓的安全。"

听着苏长青的话，张子良额头上的青筋暴起，死死地攥着拳头，过了许久，他才长呼一口气，瘫坐在椅子上："也许……你是对的。"

温华和苏长青的脸上同时露出一丝笑意。

"但……"张子良默默地抬起头，"现在，还没有传来王烨的死讯。一个月，给他一个月的时间。如果他没回来，这个名额我让给你们。"

温华脸上的笑意消失："胡闹！现在诡异事件发生得越来越频繁，哪有时间等他一个月！"

"不行！"苏长青也缓缓地摇头。

"那只要我活着，谁也别想动我们后勤部的人。"张子良的眼睛泛红，如同凶兽一般，死死地盯着两个人。

第六章
小安古宅

071 ✕ 洗髓

"曾经，我习惯隐忍，总觉得只要能够救更多的人，牺牲几个人我不在乎！但，王烨教了我一个道理，没有什么绝对的理性，向死而生，只要拼尽全力，也许就会有奇迹地发生。他做到了！而我，这个躲在后方的废物，连他的家底都守不住，我还有什么颜面活着？"一股恐怖的气息在张子良的身上爆发，磅礴的威压席卷整间办公室。

苏长青和温华的脸色一变，急忙向后退了两步，惊讶地看着张子良。

"你……也是异能者？"看着张子良额头、手臂散发出来的光芒，温华的眼睛微微眯了起来。

"呵呵……"张子良没有说话，只是冷笑着看向两个人。

苏长青微微摇头："没用的，这个时候，你无论怎样，都起不到什么作用。顺应大势，才是王道。"说着，他轻轻地叹了口气，"其实……我挺佩服你的。"

随着声音落下，他转身离开。

温华看着张子良，小眼睛微微闪烁，不知道想着什么，过了许久才笑了笑，同样走人。

等两个人走后，张子良身上的气压渐渐消散，他默默地走到巨大的落地窗前，看着窗外，这一刻，宛如迟暮的老人。

荒土。

王烨渐渐睁开双眼，感受着头部的疼痛，微微皱眉，感受着身体的不协调感，他下意识地看向四周。

"果然，邮局不会眼睁睁地看着我死掉。"微微晃了晃脑袋，王烨低声地自言自语，其实这次行动，他最大的底牌不是小四，不是茅永安，而是邮局。他不清楚邮局是否还有其他的诡差，至少他遇见，也没听说过，但他相信，邮局不会轻易地放弃他。至少，邮局在他身上投入了不少资源，或许这些资源在邮局看来不过九牛一毛，但他赌赢了。

"快到上京市了吧？"王烨看向邮车上的导航，原本有些放松的表情瞬间变得严肃起来。

"玩儿我吗？"他急忙看向四周，瞳孔骤缩，他竟然进入了荒土深处，王烨暗骂了一句，不知道邮局又在搞什么。很快，他的视线放在了邮车的中控台上，上面放着一封几乎被鲜血染红的信封，信封旁，放着熟悉的字条，他瞬间理解了邮局的意思，忍不住吐槽，随后将字条拿了起来：

地址：小安古宅。

任务：将信送到正堂法相前，并点燃一根香，香灭后离开。

奖励：洗髓。

看着纸条,王烨的嘴角微微抽搐,果然看到红色信封就知道,这个任务不简单,之前只需要送信就可以,这次竟然还有其他的要求……他不相信以邮局一贯的风格,能安稳地让他度过一炷香的时间。

不过任务的奖励竟然是洗髓。如今他身体的强度,再次进化后,估计会更加强大吧。

王烨深吸了一口气,看着自动驾驶的邮车,又是脸色一黑!这辆邮车,能自动驾驶,上次为什么不这么干,既然不用他开车,那他刚好可以养精蓄锐,不然凭借他现在的身体状态,别说完成任务了,能不能走路都不一定。

隐约间,一股股血气自邮车内升起,不断地传输进王烨的身体之中,他的气息越发稳定,身体机能以一种极快的速度恢复着。

城郊公墓。李鸿天默默地吸收着五号墓传出的雾气,皮肤越发苍白,眼神中带着些许痛苦。

雾气诡异地消失后,李鸿天瘫坐在地上,不停地喘着粗气,看向墓碑的目光中充满了寒意。

"你还在坚持什么?这是你的宿命,继续下去,你并不是没有机会。你是在畏惧吗?"

李鸿天苍白的脸色上,浮现出一抹温和的笑容,看着墓碑淡淡地说。

墓碑底下,传来一声愤怒的嘶吼,墓碑剧烈地晃动。

过了许久,雾气再次从墓碑底部升起。

"这就对了,毕竟现在结局还很难说,不是吗?"李鸿天脸上的笑容越发浓郁,吸着雾气,再次闭上了双眼。

过了许久,随着雾气消失,李鸿天渐渐睁开了眼睛,默默地感受了一下身体的变化，站了起来。

"三天后，我会再来的。"说完，不理会墓碑的震颤，李鸿天背着背包，转身离开。

当来到木屋处时，李鸿天的瞳孔骤然一缩，警惕地向后退了两步，原本空荡荡的木屋内，不知何时出现了一位老人。老人坐在椅子上，哪怕是白天，桌子上也点着一盏烛灯。

烛光微微闪烁，而老人则是缓缓地抬起头，苍老的面容幽幽地看着李鸿天。

李鸿天闷哼一声，猛地吐出一口鲜血，快速向后退去。

老人没有任何动作，只是默默地看着李鸿天离去的背影，随后仿佛要睡着一般，浑浊的双眼缓缓闭上。

邮车慢慢停下，王烨睁开了双眼。他的身体已经差不多恢复，王烨稍微活动了一下身体，透过车窗看向四周，天色有些阴暗，车旁不远，矗立着一座古宅。古宅不大，远远看去似乎只有几座院子，大门开着，周围分外安静。

王烨深吸一口气，推开车门，下了邮车后，缓步来到门前，警惕地向里面看去。

院内，似乎由于长时间没有人打扫，布满了灰尘。院中间的位置，一棵老树，有些干枯，老树的树枝上挂着一具具穿着僧服的尸体，肤色铁青，身体有些干枯。

王烨的眼神微微闪烁，手中拿着那封血红的信，迈步走了进去。

大门无风自动，发出轻微的声响，关上了。

王烨猛地看向身后的门，沉默了许久，再次向古宅深处走去。

老树上，一具具吊着的尸体，脸上似乎带着若有若无的微笑，目光仿佛在看着王烨的背影。

072 ✕ 跪拜

来到古宅正堂，一缕阴风吹过。恍惚间，隐隐有念经声传来，不断地在王烨的耳边回响。

随着王烨的深入，声音越来越大，感受着古宅的古怪，他加快了步伐，来到正堂的法相前。法相通体金光，散发着威仪，右手捏着佛印，而左手却是断的。

法相断掉的半截手臂，王烨没有在正堂内发现，通过断裂口，隐约可见里面似乎有血肉涌动，原本法相应该是慈悲的、亲和的。但这副法相的表情却有些阴沉，眼神中恍然有一种怨毒感。

"果然，邮局给的地址都没有一个正常的地点。"王烨沉下心来，看着长桌上，摆放着一个老旧的青铜香炉，香炉旁放着三炷长香，按照邮局的任务提示，他将信摆在长桌上，随后拿起一根长香点燃，若有若无的尸臭味随着长香的点燃在空气中扩散。长香所散发出的烟雾，也区别于正常的青色，而是带着淡淡的血红色。

与此同时古宅内，阴风更重了些许。院外的老树上，所有的尸体同时睁开了双眼，眼中散发着幽暗的光芒，表情充满了诡异，那棵老树无声地颤抖着，树干上不停涌出鲜血。一具具尸体随着老树的震颤，掉落在地上。

后院，一间小屋内，摆放着一具红色的棺材，随着长香点燃，棺材内发出一声巨响，棺材剧烈地抖动着，隐隐听见里面传来嘶吼的声音，法相的双眼隐隐有血泪流出。

空气在这一刻，变得更加阴冷。王烨感受着周围环境的变化，咬了咬牙，默默地抽出腰间的诡差刀，握在手中，站在正堂中央，谨慎地看着周围。

香……燃得很慢，信封随着长香散发的烟雾，开始了自燃。只是燃烧的速度同样不快。

"嘿嘿。"阴冷的笑声突然在正堂内响起，一个穿着法衣，看起来只有五岁左右的童子，站在正堂门口的位置，歪着头看向里面，诡异地笑着，他的眼珠早已不见。鲜血顺着他的眼眶，不停滴落。

王烨攥紧手中的诡差刀，冷静地看着童僧，没有动作。无论周围发生什么诡异的事情，只要影响不到长香的燃烧，他就不会行动，童僧默默地站在门口，丝毫没有迈进来的意思。

这时，越来越多的苦行者尸体出现在门口，但似乎在忌惮着什么，没有踏足。

"都是老树上的尸体吗？"王烨郑重地看着这群家伙，表情冰冷。

这时，门外，发出一阵声响，一个人影推开门，缓缓地走了进来，那个人影穿着洁白的孝服，动作僵硬，眼神空洞，他同样停在了正堂的门外。

区别于其他苦行者的尸体，他空洞的眼神幽幽地看着王烨，随后，缓缓地跪在地上。血泪顺着人影的眼眶流出，他双手伏地，轻轻地低下了头。

人影，要对着王烨磕头，一股巨大的威胁感涌遍王烨全身，身体瞬间变得冰冷，这是那只穿孝服哭丧的诡异物！

王烨的眼神变得凝重，知道不能再拖下去了，看着长香仅仅燃烧了三分之一左右，他咬了咬牙，在那人影额头触碰到地面之前，瞬间冲了出去。诡差刀高高地举起，闪烁着点点寒芒，对着人影劈了下去。

人影仿若没有看见王烨的动作一般，依然自顾自地磕头，随着诡差刀落下，人影轻微地颤抖着，身体毫发无损，但在巨力之下，倒在了地上。

磕头的动作被终止了，感受着那种恐怖的威压感消失，王烨松了口气,如果再犹豫两秒钟,他确信自己会成为一具尸体,这只诡异物的威胁太大了!

王烨此时已经考虑使用诡差刀的肢解技能了。

人影从地上爬起来,支撑着自己的身体,再次跪在王烨面前,要继续磕头。随着王烨出了正堂的门口,众多苦行者的尸体眼中闪烁着寒芒,向着王烨的方向冲去。一缕缕光芒,自他们身体闪烁着,这是释国人独有的金光……

"该死!"王烨暗骂了一句,在人群中不断地躲闪着,众多苦行者的肉体如同钢板一样,毫不在乎王烨的撞击,那只诡异物的第二拜,将落地。

王烨的衣服撕裂,额头处有血液缓缓流出,他用尽全部力气冲出了苦行者尸群,一脚踢在这只磕头的诡异物脑袋上。

那只诡异物身子一歪,再次倒在地上。但它仿佛有一种强大的执念般,僵硬地起身,再跪。血泪顺着它空洞的眼眶流下,比之前流得更多,而那哭声,更大了几分,这只诡异物开始第三拜。

王烨明显感觉到,这次的威胁感更强,甚至这只诡异物只是刚刚跪地,他全身的骨骼就发出了剧烈的声音。

"不死不休吗?"承受着身体剧烈的疼痛感,看着再次向着自己冲来的苦行者,王烨的眼中闪过一丝寒芒,随后,他缓缓地举起了手中的诡差刀。

刀身散发着血红色的光芒,一缕缕血气顺着王烨的手臂传输进刀身之中。

王烨的身体从原本的晶莹剔透变得干枯了些许,皮肤上隐隐出现皱纹,浓浓的血气自诡差刀上散发而出,巨大的能量下,他对着这只磕头的诡异物用力地劈了下去。

这只诡异物的身体自头部开始,一分为二,但身体却诡异地挣扎着，劈成两半的身体不停地扭动，似乎要重新拼合在一起。

　　王烨看见这一幕，急忙向前，顺手捞起一半尸体，用尽全部力气丢了出去，尸体被远远地扔在古宅之外，但其他苦行者此时已经冲到王烨的身前。

　　"我看不见，好黑啊！"那个失去眼珠的童僧，幽幽地说，他袭击的方向，正是王烨的眼睛。

　　王烨在解决掉那只诡异物后，无意恋战，眼看门外又有其他的身影进来，迅速地撤回到正堂之中。

　　随着王烨的回撤，众多苦行者再次停在正堂的门口，幽幽地看着他。

　　"这群释国人的身体也太硬了！"王烨暗暗地骂道，目光却是看向了门外，那个走进来的人影身上。

073 ╳ 老者

　　长香此时已经燃烧了将近一半。血红的信封燃烧的进度与长香一致。那座巨大的法相，眼神越发怨毒，眼眶中，红色的血液不停地滴落。

　　"不知道那只诡异物对这个法相拜一下，会发生什么？"王烨看了一眼法相，思索着。

　　后院中血红色的棺材摇晃的频率越来越大，不停地发出声响，棺木上，出现一道又一道的裂痕。地面上那半截诡异物的身躯，不停地扭动着，仅剩的一只眼睛带着疯狂之色，扫视着四周，不停地寻找着。

　　门外那道人影逐渐变得清晰起来，是一个女人，穿着红色嫁衣的女人，太阳穴的位置，插着一把青铜制成的匕首。女人的肚子鼓得很大，肚脐部位被掏出一个血洞，一个婴儿的头，藏在血洞里，只露出一只眼睛，不停地扫视着四周。

走到正堂门口，女人停下脚步。她肚子上血洞里那只婴儿的眼睛中，明显充满了兴奋，隐隐带着疯狂之色。

看着女人，一股凉气涌遍王烨全身，这个女人带给他的威压，比临安市那半截残躯还要恐怖。

只是他刚刚使用过诡差刀的能力，王烨此时的身体极其疲倦，不停地喘着粗气，脸色有些苍白。

上京市。

"文谦，后天的事，你有把握吗？"苏长青眼中带着阴沉，淡淡地说。

苏文谦不屑地笑了笑，充满了张狂："后勤部没了王烨，剩下的不过是一群废物而已。"

"不，李鸿天、周涵都不是好惹的。"苏长青微微摇头，"那个李鸿天神神秘秘的，档案中关于他的记载很少，唯一一次出手，秒杀了一个二级觉醒者。"

"哼！我现在已经觉醒三次了！就算李鸿天出手，我也无所畏惧！况且，那个家伙已经失踪好几天了，是否会出现都是问题。"苏文谦说，脸上泛起一丝贪婪之色，"至于那个周涵如果不是有几分姿色，能狂到现在吗？"

"不要做得太明显。"苏长青看着苏文谦，微微皱眉，"不然我不好交差。"

"哼，装什么清高！演了这么多年戏，真以为你是我爹了？好好做你自己的工作，我怎么样，自然由督查使大人来管！"听着苏长青的话，苏文谦冷笑一声，看向他的目光中充满了嘲讽。

苏长青的脸色猛地一变："住口！我自己都不确定我的办公室有没有监听！"

苏文谦冷笑着看了一眼他："这么多年了，一如既往地怂。"说着，他直接起身，转身离开。

苏文谦走后，苏长青沉默地坐在椅子上，一言不发，眼神中隐隐闪过一丝杀意，如果不是忌惮李星河那个老鬼，他何至于此！不过，正好借着这次机会，探一探李星河的底线，大不了就推出这个废物送死。

看着苏文谦的背影，苏长青眼中闪过一丝寒芒。

随着长香的燃烧，正院门外的诡异物，越来越多，他们的情绪明显变得愈发暴躁。甚至就在不久前，那个童僧竟然跨过门槛，冲了进来，其他苦行者的眼睛也越来越红，不安地晃动着自己的身体。

后院，棺材猛然炸裂。一个身穿长袍的老人，从棺材中坐了起来，茫然地看着四周，空洞的眼神渐渐恢复了神采，他默默地看着自己的躯体，老者沉思着。

"成……功……了……"伴随着一声呢喃，老者站了起来，长袍无风自动。

此时，长香只剩下了五分之一。那尊法相轻微地颤抖着，血液自眼眶中不停地涌出，法相内，不停地传出剧烈的声响，仿佛有东西在里面不停地敲打。

门外，之前被王烨丢出去的那只一直磕头的诡异物的另外半截身躯扭动着爬了进来，两个半截的身躯会合，血肉涌动，身体开始了愈合。无数诡异物恐怖的威压，在古宅内不停地动荡着。

这里面绝大部分的存在，都可以轻松秒杀王烨。但不知道什么原因，都停留在正院门口的位置，不敢进来。

王烨警惕地看着门口，微微向后退了两步，一声长叹，突如其来地响起。一只只诡异物僵在了原地。

其中那只穿着丧服的诡异物正在愈合的身体再次变得四分五裂。

穿着红嫁衣的女人，血洞内那只婴儿眼神中充满了恐惧，钻进了肚子深处，眼睛不敢露出。一个抱着空白遗像的诡异物，手中的遗像凭空炸裂。

王烨的身体随着长叹响起，如遭重击，脸色苍白如纸，喷出一大口鲜血，就连那长香上的红烟，随着长叹，都隐隐有飘散的趋势，但不知道为何，传来的只有长叹声，而不见其人。

后院的土地深处，突然长出一根树枝，捆在老者的脚底，树枝的另一头连接在门口的老树上，随着土地翻涌，一根又一根的树枝不停地从地底钻出，将老者捆成粽子。树枝上，长出一副副牙齿，疯狂地咬在老者身上。

老者的身体微微泛起金光，任凭牙齿如何撕咬，身体都没有任何损伤，他那有些浑浊的目光一点点恢复灵性。

长香即将燃尽，门口的众多诡异物，在长叹声的刺激下，愈发暴躁起来，不停地嘶吼着。

终于，穿着红嫁衣的女人仿佛顶着什么巨大的压力，迈步走了进来，宛如信号一般。一只又一只恐怖的存在，纷纷迈足踏入。

王烨的表情剧变，咬了咬牙。

"该死的任务，我就这么一个底牌！"说着，王烨将背包打开……

074 X 第四拜

王烨咬了咬牙，将背包打开，拿出一个镀金的小瓶，打开瓶盖。随后郑重地将一堆蜡烛残屑倒在桌子上，用打火机点燃。

263

一缕烛光，缓缓地燃起。仿佛时间静止一般，众多散发着恐怖气息的诡异物纷纷停在原地，只有眼睛在不停地动着，死死地盯着王烨。

但这种残屑比起正常蜡烛燃烧得要快很多，这点残屑明显支撑不了多久。好在，长香也即将燃尽，那个穿着红色嫁衣的女人竟然挣扎着再次向前迈了一步。

"压制不住吗？"王烨的瞳孔骤然一缩，深吸一口气，缓缓地向后退去。

后院中，随着老者眼中的神采渐渐清晰，一缕缕金光自身体散发，老树的树枝迅速退缩，如同碰见了可怕的存在一般，落在地上，老者看向正院的位置，沉思着。

就在此时，法像前那株长香，终于彻底烧尽，案桌上的血红信封，同一时间化作飞灰。

"咚！"院子深处，传来一声钟响，弥漫在古宅之中。所有诡异物如受雷击一般，剧烈地颤抖着，如同有一双无形的巨手般，将他们丢了出去，法像眼眶中的鲜血消失，那怨毒的目光似乎也变得柔和了许多，只是法像内，隐隐传来一声不甘的怒吼。

后院，老者听着钟响，低声念了一句。那残破的棺材，诡异的自我修复，完好如初。

老者的目光幽幽看了一眼古宅深处，随后自己走进了棺材之中，倒下，闭上双眼。

棺材板缓缓合上，老树的树枝不停甩动，将那些苦行者的尸体卷起，重新挂在了树枝上面。

阴森恐怖，百诡横行的古宅，瞬间恢复了宁静。

王烨长松了一口气，急忙将还未燃尽的蜡屑熄灭，心疼地装回在瓶子里面，随后才瘫坐在了地上，不停地喘着粗气。

许久，王烨才强撑着疲倦的身体站了起来，走到案台前，向剩下的两根长香抓去。

在手即将触碰到长香时，一股恐怖的气息隐隐锁定在王烨身上。

王烨沉默，缓缓收回了自己蠢蠢欲动的手，目光在房间内不断地搜寻着。

终于在角落里一个蒲团旁发现了一个布满灰尘的木锥，王烨忍着身体的疼痛感凑了过去。

那股熟悉的气息，再次锁定在王烨的身上。

"我为这里流过血！不能让我流血又流泪！还没有报酬！"王烨倔强地说着，那股气息渐渐消失。

王烨松了口气，快速将木锥放进了背包之中，随后小心地走到宅院门口处，发现之前聚集的诡异物已经离开，这才放下心，回到了邮车上面，关上车门，王烨享受着久违的安全感，缓缓地闭上了眼睛。

这时不远处的浓雾中，一个人影缓缓地走了出来。穿着白色的孝服，带着哭腔，眼中流下血泪，对着邮车的位置，缓缓地跪了下来。

这是那只诡异物的第四拜。一股凉意瞬间涌遍王烨全身，有巨大的威胁感传来，刺激得他猛地睁开眼睛，他通过后视镜看见那只磕头的诡异物，瞬间汗毛立起。

紧接着，王烨的双眼、鼻孔、耳朵纷纷流出血迹，骨骼也发出响动，皮肤皲裂。那只诡异物冲着邮车将头轻轻地磕了下去，死亡的气息，弥漫王烨的全身，意识也渐渐变得模糊。下车阻拦已经来不及了，这只诡异物突如其来的偷袭，让他措手不及。

自救，现在必须自救，王烨用力地咬了一下舌尖，恢复短暂的清醒。用蜡烛残屑，不行，那东西只能压制诡异物，但现在这只诡异物已经开始动手。诡差服或许可以，但已经碎了。

王烨疯狂地回忆着，眼看自己身体开始碎裂，突然，一道光芒自王烨的脑海中闪过。他宛如抓住最后一根救命稻草一般，用尽全部力气，打开背包，拿出一颗烟雾弹。

天组的配置，可以遮挡诡异物的杀人规律！希望这个东西真的有用，王烨用力打开烟雾弹，扔在自己脚下，很快烟雾弥漫在整个邮车之内，那种隐隐的锁定感，伴随着烟雾，逐渐消失。

那只诡异物的额头也终于碰在了地上。

与此同时，邮车内的烟雾瞬间翻涌，随后以一种极快的速度消散。

而只诡异物也渐渐抬起了头。仅仅最后一点余威下，王烨猛地喷出一口鲜血，喷在方向盘上。皮肤不断龟裂，脸色苍白如纸。彻底晕了过去，邮车无声地启动，钻入虚空之中，方向盘上，王烨的鲜血渐渐消失。

那只诡异物空洞的目光看向邮车离去的方向，站了许久，最后僵硬地迈着步伐，消失在迷雾之中。

"嘭——"随着一声巨响，王强飞出去，重重地摔在了街道上。路过的人群纷纷停下脚步，好奇地看着眼前这一幕。

苏文谦的身上散发着点点光芒，居高临下地看着王强，淡淡地说："看不清自身水平的废物，没有了王烨，这块蛋糕，你是没有资格吃的。"说完，他转过身，看向屋内的柳倩，"是你自己走，还是我送你？"

柳倩沉默着，站在原地无声地攥着拳头，脸色有些发白，过了许久才默默地走了出去，将王强扶了起来。

"你是觉得我不如王烨吗？"看见柳倩选择扶起王强，苏文谦的脸色瞬间阴沉了下来，冷冷地"哼"了一声。

街道上，一道靓丽的身影自远处走来，五把黄金制作的飞刀在虚空中不停地飞舞着。

"周涵……"苏文谦看着这个身影，脸色更是变得阴沉了几分。

看见周涵，柳倩咬了咬嘴唇，轻轻地挡在她的身旁："算了，王烨不在，守得了今天，以后也会来更多的人。"

周涵冰冷的面容看了柳倩一眼，不知道在思索着什么，许久，飞刀缓缓地降落，回到了她的手上。

柳倩无声地松了口气，扶起王强，回头默默地看了一眼原本属于他们的A小队总部，渐行渐远，背影显得有些狼狈。

075 ╳ 回归

"组长，后勤部难道要任人欺侮吗？"李星河的办公室内，张子良双眼通红、情绪激动地大喊道。

苏长青和温华面无表情地站在一旁，不知道在想着什么，谁也没有说话。

李星河有些浑浊的双眼无声地看了张子良一眼，叹了一口气："但你们后勤部，确实没人能挑大梁了。"

"谁说王烨一定会死了？至少现在没人找到他的尸体！"张子良的情绪越发激动。

温华的小眼微微眯着，皮笑肉不笑地说："人都进荒土深处了，怎么找尸体？"

苏长青轻轻地点了点头，附和道："老张，放弃吧。"

"放弃，给你儿子吗？"张子良冰冷的目光看向苏长青，如同发狂的雄狮一般，充满了暴戾。

"至少文谦已经三次觉醒了。"苏长青冷笑一声。

"三次觉醒？"张子良愣了一下，越发暴躁，"你这是以权谋私！"

"够了！"争吵声愈来愈大，李星河头痛地揉了揉太阳穴，苍老的面容上充满了疲倦之色，"从今天开始，A小队改为挑战制，赢的上，输的下，没事的话，都下去吧。"说完，他轻声叹息，挥了挥手。

"组长！这不公平！临安市还在抢救！王烨的血还没流干呢，这样做不觉得太过分了吗？"

张子良紧紧地攥着拳头，整个人在这一瞬间仿佛都苍老了许多。

"哼，如果王烨不服，让他抢回来就是。当然，他还能活下来的话。"苏长青冷笑着看了一眼张子良，转身离去。

温华的小眼睛不停地闪烁着，不知道在思考着什么，过了许久才冲着李星河点了点头，无声地离开。

两个人走后，办公室内陷入了沉默之中。

"还演吗？"李星河看着张子良，似笑非笑地调侃道。

不知何时，张子良已经恢复了平静。他双手背在身后，哪儿还有刚才暴怒的模样。走到窗前，他俯瞰着整座上京城："我不怒，怎么会有蠢鱼上钩呢？就是不知道，如果我们后勤拿走了所有的小队名额，那两个老货会不会急呢？"

李星河挑了挑眉毛："哦？你就这么相信王烨没死？"

"我在他的手机安了卫星定位，他快回来了。"张子良风轻云淡地说，仿佛那只是不值一提的小事。

"那我倒有些期待了。"李星河轻轻地笑了笑，苍老的面容上带着一丝疲倦，"儒城传来消息，他们的小少爷外出历练了，近期可能会来咱们上京。"

张子良怔了怔，随后陷入了算计之中。

"如果小少爷和清风寨的人打起来……"张子良低声自语着，再次陷入沉思，房间也再次安静了下来。

王烨睁开了双眼，嘴唇干裂，抬起头看着邮车的导航，松了口气。邮局总算放过了自己，这是回去的路，看起来，他很快就能到上京市了。

然而，身体不停地传来疼痛感，使用诡差刀带来的后遗症让王烨微微皱眉。这次的损失有些太大了，不过，一想到收获，他又隐隐有些期待。

那只木鱼的功效暂时未知，初级邮局的特权却让王烨感到十分好奇，希望不要随随便便就把他给打发了吧。毕竟临安市那次，如果不是正巧遇见了茅永安，问题解决起来会更困难，至少源源不断的诡奴，就会让他寸步难行……

困意涌来，王烨再次陷入了沉睡之中。

王烨家中的房门无声打开，周涵靠在门边，看着屋内，那个和王烨一模一样的家伙，甜甜地笑着。

"喂，鬼家伙，他快回来了哦，小心阴沟里翻船呢。"周涵的声音甜美，笑嘻嘻地说。

沙发上，正在看电视的"王烨"此时明显比之前更像活人了一些，少了几分僵硬感，他默默地转过头，看了一眼周涵，稍显僵硬的脸上出现思索的表情，许久之后他无声地站了起来，关闭电视，一丝不苟地打扫着房间里的灰尘。最后，他回忆着电视里面的情节，似乎想到了什么，嘴微微张开，但无论怎么努力都说不出话来，只能抬起一只手，在半空中轻轻地按了两下。

周涵黑着脸研究了半天，最后才嘟着嘴说："矫情！真不知道你是从哪儿冒出来的。"

随后，周涵晃着两根马尾辫，回到房间取了一瓶香水，扔在"王烨"的身上。

"王烨"认真地在屋内轻按了几下,接着将香水递了回去。

"脏了,不要了。"说完,周涵嫌弃地看了"王烨"一眼,回到自己的房间,"嘭"的一声关上房门。

回到房间,周涵觉得有些恍惚。她再次抬起头,看了一眼时钟,而"王烨"则是轻轻划开自己的肚子,将香水珍而重之地放在里面。隐约可见,他的肚子里除了香水之外,还有两本儿童读物,肚子缓慢愈合,他也退出了王烨的房间,并轻轻地关上房门。

整洁的房间,淡淡的香气,唯一称得上是可惜的,窗户被焊死了,不能通风,"王烨"显得有些遗憾,推开了隔壁的另一扇门,走了进去。

邮车稳稳地停在王烨住的小区门口。车内,王烨缓缓地睁开了双眼,警惕地看了看四周,没有发现异常后,他松了口气,推开车门,踉跄着走了下来,随着王烨下车,邮车再次启动,消失在虚无之中。

勉强回到家门口,看着果然又掉在地上的发丝,王烨轻轻叹了口气。

他的家可真是越来越热闹了……他强撑着拿出剔骨刀,警惕地打开房门,看着整洁如新的房间,一时间有些发呆。

上次不是把沙发都打碎了吗?这次,好像和预想的有些不太一样。他默默地走进房间,仔细搜寻了片刻,确定房间内没有异常后,王烨沉沉地倒在床上,闭上了双眼,强大的身体机能在睡眠时不停地完成自我修复。

076 × 使用权

夜晚,渐渐来临。

客厅内,一缕能量闪烁着,王烨无声地睁开了眼睛。木门半虚半实,出现在客厅之中。

已经恢复了许多的他静静地看着木门,回想着自己上次成为初级诡差时,洗髓的痛苦,咬了咬牙,钻了进去。

果然,熟悉的疼痛感传来,一股巨大的能量粗暴的涌遍王烨全身。刚刚才有愈合之势的皮肤再次炸裂,鲜血不停地涌出。

在剧烈的疼痛下,他再次晕了过去。

骨骼不断地发出清脆的响声,许久之后他的皮肤渐渐愈合,之前因为使用诡差刀而干枯了些许的皮肤再次充满了光泽,王烨也睁开了双眼。

一缕寒芒自眼底划过,王烨身上陡然散发出强大的气势,他站起身来,轻轻地活动了一下身体,血液在体内流转。

感受着身体的能量变化,王烨的手中无声出现一把匕首,对着胳膊划过,一道白痕浮现,却没有划破。

王烨感到有些欣喜,加大了力量再次划去,一道轻微的伤痕出现,但又以极快的速度愈合。

"抵抗力、愈合力都加强了很多吗?"或许,他现在可以和释国那群家伙硬钢了,也不知道在释国,他现在的肉身强度算什么等级。

王烨觉得,他现在能秒杀杨琛,甚至不给杨琛释放异能的机会。对自己的能力有了评估之后,他走到前台处。那里有一把钥匙和一张字条:

初级邮局权限:每月可借用一层诡异物品(非消耗类)

一件，使用期一天。

凭借钥匙，打开任意房门，可进入邮局。

下次任务：三天后。

三天后，邮局现在真的把他像驴一样使唤。不过，随着永夜二次降临的时间越来越近，邮局也越来越急了吧……是急着送信，还是急着增强他的实力，又或者，是二者皆有。

随着他的实力越来越强大，王烨越来越认可邮局的神秘和恐怖。

在神秘的小安古宅中，仅凭一声长叹，就让无数强横的诡异物受损，那钟声更是彻底将所有诡异物全部甩飞。要知道当时那群诡异物中有几只散发出的气息完全不亚于临安市那半截残躯，甚至犹有过之。邮局在这次事件里到底扮演了什么角色，位置。

操控者？

合作者？

包括临安市的教学楼、城郊公墓、404房间、荒土深处之行……邮局宛如藏在幕后的执棋者一般，不停地操控着一切，邮局本身究竟是诡异物？还是背后有人操控？

如果说邮局没有灵智，王烨是不可能相信的，但邮局又为何能够知道几乎所有的事情，如果是诡异物，它的能力是什么？

如果是人为掌控的，那更让人感到恐惧，到目前为止，王烨依然摸不住邮局的态度。虽然几次出手，都是镇压了诡异物，看似保护了人类，但小安古宅中最深处的存在，是人吗？城郊公墓的老人，又是人吗？

这些，王烨根本无法确定，如果这些存在，也是诡异物的话，邮局又为何与之合作，而不是镇压？它真的是为了维护这个世界的和平？

王烨不停地思索着，再次看向邮局那黑暗中的楼梯。

心悸感再次弥漫他的全身，仿佛楼梯中有什么恐怖的存在。

王烨急忙收回目光，来到不远处的置物架附近。以自己现在的实力，在邮局等存在面前，依然不过是蝼蚁罢了，甚至连强大的蝼蚁都算不上。与其思索，不如更快地提升自己的实力。

他有一种预感，当他踏入邮局二楼的那天，或许对邮局，能够了解到更多。

"半截染血的青铜枪头。"

"充满锈迹的铁壶。"

"城郊公墓同款蜡烛。"

"释国的念珠。"

"儒城的拂尘。"

看着摆满置物架的各种物品，王烨的脸上带着喜色。以目前的情况来看，这个权限还是很实用的，每次看见茅永安那仿佛永远掏不完的黑色大背包，他就十分羡慕。通过茅永安，也让他深刻地意识到，诡异物品究竟有多么强大了。包括此次在小安寺，如果不是之前他偷偷刮下来的蜡烛残屑，应该已经死了。

蜡烛残屑！王烨瞳孔骤缩，再看邮局时，已经充满了忌惮。

邮局，或许早就算到了一切。他对邮局的恐怖程度有了更深一层的认知。

将钥匙收好，王烨再次深深地看了一眼邮局，缓缓地退了出去。

回到客厅后，天已经隐隐亮了起来，王烨又休息了一会儿，房门的把手突然自己扭动起来。

房门被打开，周涵的脑袋鬼鬼祟祟地伸了进来，然后，她就看见坐在沙发上正幽幽看向自己的王烨。仿佛做贼被抓住一般，她惊叫了一声。

"我家是早餐铺吗？"看着周涵，王烨冷冷地说。

周涵吐了吐舌头，心虚地开口道："那个，我是想看看你回来没有。咱们小队的名额都已经被人抢了。"她看着王烨，地笑着说。

王烨点了点头，一点都不觉得意外："以为我回不来了，抢占小队名额、霸占资源，很正常，是苏文谦吗？"

周涵的眼睛里充满了赞叹："就是他！你好聪明啊！"

"我才消失几天的时间，能这么急不可耐的人，也只有他了。"王烨微笑着，看向周涵的目光中，光芒隐隐闪烁，"不过，一个苏文谦，应该不是你的对手吧，你为什么不出手？"

"我……"周涵害羞地低下头，脚尖轻轻地抵着地板，"哎呀，他三次觉醒了，我打不过他！"

"三次觉醒吗？我知道了。"王烨点了点头，随后打开手机，给王强发了一条短信：

我回来了，来找我。

发完短信后，他将手机放下："还不走？需要我给你做早餐？"

周涵幽怨地看了他一眼，默默地将脑袋从门缝处收回，贴心地帮王烨关上房门。

077 ✕ 保护

周涵走后，王烨再次拿起手机，拨通了张子良的电话。

"王烨，你回来了？"电话里，张子良的声音十分激动，"回来就好，回来就好！对了，咱们后勤部 A 小队的名额被苏文谦给抢了，你电话要是再晚打过来一会儿,我就已经离职了……"他宛如一个话痨,不停地说着王烨进入荒土后天组发生的事情。

王烨有些头疼地揉了揉太阳穴,等张子良一长串的话终于说完后,才开口道:"老狐狸,你和我就不用演戏了吧?"

电话那边,突兀地沉默下来。过了许久,张子良才说:"我想要上京市更乱一些。"他的声音恢复了平淡,和之前判若两人。

王烨挑了挑眉,问:"要多乱?"

"必要时,可以有所牺牲。"一缕杀气自空气中弥漫。

两个人不停地交谈着,直到听见门外的脚步声,王烨才挂断了电话,面带思索之色。

紧接着,敲门声响起。王烨走过去打开房门,仅仅一天的时间,王强和柳倩就憔悴了许多,看见王烨后,他们都十分激动。

"李鸿天呢?"王强将整件事叙述完之后,王烨问道。

柳倩摇了摇头,说:"自从那天从张部长的办公室离开后,我就再也没有见过他了。"

王烨了然地点了点头,说:"行吧,那不用管他了。你们去对门,叫周涵一起,准备出发了。"

周涵?

两个人都是一愣,柳倩的身体轻微地摇晃了一下。默默地点了点头。王强怪异地看了王烨一眼,两个人好奇地推开门走了出去。

王烨则又打了一个电话:"小少爷,到上京没?带你玩玩?或者说,见见茅罡的母亲?"

随着王烨的声音落下,那边瞬间激动起来。

王烨默默地将手机放在一边,隐约能听见那边噼里啪啦的说话声。

275

终于，等声音逐渐减弱，王烨再次将手机拿起："地址我发你短信，就这样。"说完，他完全不给茅永安再次说话的机会，果断地挂掉了电话。

按照张子良之前电话里所说，茅永安的价值似乎比他预想的还要大，至于他和周涵见面之后是周涵强势镇压，还是茅永安逆流而上，就和他没什么关系了，况且，还要将小四接回来，放在外面终归不太安心。

过了一会儿，周涵穿着一身女仆装，戴着两只猫耳朵，开心地出现在王烨的房间内。

"是要去打架了吗？那你可要保护好我哟！"周涵的美眸中充满了兴奋！

王烨古怪地看了周涵一眼，宛如一个看着女儿出嫁的老父亲一般，审视着周涵："这套衣服真不错，放心，我专门安排了人，贴身保护你。"说完，王烨有些心虚地低下头。

门外，柳倩站在角落里，默默地低下头，有些沉默。

王强轻轻地拍了拍柳倩的肩膀，叹息着道："他不是你能驾驭的，做好自己的本职工作吧。"

柳倩一言不发，许久后，才轻轻地点了点头。

一行人浩浩荡荡地出发，再次回到了原本属于他们的 A 小队总部。

街道上，隐隐还可以看见干涸的鲜血。

"动手吗？"王强看着自己昨天流下的血迹，强行压住心底的怒火，站在王烨身侧，轻声问道。

王烨嘴角露出一丝微笑，轻声说："今天……至少这一场，主角不是我。"

不再理会王强疑惑的目光，王烨安静地等待着。

十分钟左右，远处传来兴奋如同野狼般的声音："姓王的，我孩子他娘到了吗？"

"正主儿来了。"王烨听见茅永安那饥渴的声音，无声地笑了，下意识地离周涵远了一点。

这个疯女人，他也不确定全面爆发起来，究竟有多么恐怖，离得远一些，安全……

一群人疑惑地向声音的来源处看去。一个甩着一头飘逸长发，模样俊俏的青年，正迈着矫健的步伐向他们走来。

青年身后，熟悉的小四略微有些僵硬地跟在身后。如果青年的眼睛没有如同色鬼一般冒着绿光的话，任谁也会赞一声好俊的帅哥！

王烨直接跳过他，看向小四。

感受着小四的走路姿势，王烨微微皱眉，越发的自然了吗？也不知道能不能拿锤子把青铜钉再砸回去，如果出现反效果的话，或许，可以在张子良的办公室砸？

在王烨沉思时，茅永安已经来到了众人身前，完全无视了王烨和王强，目光微微注意了一下柳倩后，毫不犹豫地转移了自己的视线，把目光死死地放在了周涵身上。

一瞬间，茅永安从激情四射变得有些羞涩了起来，仅仅一秒钟不到，茅永安就沦陷了，他深情的目光看向有些茫然的周涵，轻轻甩动额前的长发，低沉而又充满磁性的声音响起。

"你觉得，我们的孩子叫茅罡，可以吗？"一向被大家称呼为疯女人的周涵，此时待在了原地……

"小哥哥，你体验过被痛打的快乐吗？"突然，周涵看着茅永安，甜甜地笑了起来。

王烨无声地向后退了一步。

数把飞刀仿佛自虚空而来，闪烁着凌厉的寒芒，下一秒茅永安的身体四分五裂，很快变成了一个稻草人的模样。

"宝儿，你动手的样子，好迷人。"周涵身后，那低沉的声音再次响起，茅永安沉醉地看着周涵，依然深情款款。

听着茅永安的声音，周涵的身体微微颤抖了一下，笑容僵在脸上，轻咬银牙，攥紧了秀拳。

飞刀再次划过，茅永安再次化为了稻草人的模样。

"宝儿，如果这会让你觉得快乐，我很想陪你永远玩下去……但这东西很贵，我身上也不太多了呀。"低沉的声音充满了迷恋，以及似乎无法让周涵快乐地肢解自己，而有些苦恼。

078 ✕ 焦躁

周涵脸上的甜美气息终于消失，一缕缕杀气隐约从她身上散发出来。王强和柳倩对视了一眼，默默地向后退去，尤其是柳倩，眼中还带着一丝庆幸。

"王烨！"周涵压抑着怒火的吼声响起。

已经站在很远处的王烨无辜地抬起头，茫然地问："怎么了？"

"把这个混蛋给老娘弄走！"

听见周涵的声音，王烨还没等说话，茅永安再次激动了起来："这……宝儿，你愤怒的样子好迷人啊，如果你不喜欢茅罡这个名字，换一个也行啊……"他脑补着周涵的一颦一笑，直接陶醉了。

周涵的脸彻底黑了下来。五把，六把……一柄柄飞刀自虚空中穿梭而过，直到最后出现了二十四柄。

远处，王烨的目光中，思索之色一闪而过。

"极限数量二十四柄飞刀,总感觉没这么简单……"他轻声自言自语着,感觉已经差不多了,过犹不及,王烨轻咳了一声,说,"先办正事吧,从这里开始,今天,打下上京全部小队名额。"

茅永安听着王烨的噪声,不满地看了过来。

王烨的表情淡定:"周涵的手机号。"

简短的一句话,王烨的噪声突然转为天籁,在众人还没有反应过来的时候,茅永安如同黑金刚一般,锤了锤自己的胸口,发出一阵吼声。

随后那深不见底的黑色背包再次出现。精巧的玩偶落地,身体急速变大,如同熊一般,充满了暴戾,几个纸人,翻滚着身体,举起手中的刀尖,不停地蹦蹦跳跳,无数的种子撒落在地,化为一个个植物小人,如同一支军队。

在王烨、王强、柳倩那诧异的目光中,茅永安拿出一个又一个零件,以一种不可思议的速度,组装出了一门迫击炮,躯干是血红色的枝蔓,散发着淡淡的光泽。炮口是之前王烨见过的诡异人头,此时人头嘴张得老大,一股恐怖的能量隐隐约约地从嘴里传来。

最后茅永安拿出一颗黑色的不知名果实,塞进了这颗人头的嘴中。

"宝儿,看我猛吗?"扛着这门特殊的迫击炮,茅永安微微侧头,冲着周涵的方向露出霸气的笑容。

下一秒,人头内,恐怖的能量涌动,人头嘴里的黑色果实被猛地射出!小队总部新安装的玻璃门,瞬间破碎,果实落在正堂之中,微微抖动,下一秒果实炸裂。

A小队的总部,是一栋类似于别墅的独栋建筑,剧烈的震动将所有房间的玻璃炸碎,一股股尖啸声在总部内不断地回响着。在他的脚下,无数的小人纷纷冲进总部中,隐约能听到总部内传来气急败坏的怒吼，以及打斗的声音。

王强、柳倩看到这一幕，像是被石化了一般。

"这家伙，恨不得拖到荒土里灭口啊。"王烨嫉妒地看着茅永安那仿佛永远掏不完的黑色背包，如果能躲在后方，安全地输出，谁又想进行肉搏呢。

就连周涵都露出了那么一秒钟的惊讶之色，但看见茅永安再次看见自己，色眯眯地笑着，周涵紧咬银牙，充满杀气地看向王烨。

王烨不着痕迹地转身，视若无睹。

片刻之后，五个人影自总部内冲了出来。苏文谦此时的脸色有些苍白，眼神迷离，强烈的眩晕感下，忍不住晃了晃头，金刚的双眼、鼻孔不停地流出鲜血，耳鸣声不断响起。身后的其他三位异能者更惨，不仅七窍流血，衣服更是破破烂烂的，身体上满是伤痕，随着五个人冲出来，那些小人军队，在巨大玩偶的带领下涌出，将五个人团团包围。

五个人警惕地聚拢在一起，背靠背站立。似乎有些不解这是什么诡异事件，如此奇怪。直到苏文谦看见王烨后，双目欲裂，咬牙切齿地怒吼道："王烨，你不是死在荒土里了吗？"

王烨冷笑着道："谁告诉你，我死了？"

苏文谦的脸上充满了忌惮之色，尤其是看见小四之后。金刚的双眼瞬间红了起来，整个人充满了一种暴躁的情绪，攥紧了拳头，体表泛起光芒。

随着光芒升起，王烨背包中的木鱼轻微地颤抖了一下。

"嗯？"王烨皱眉，颇有深意地看了金刚一眼。

下一秒，金刚则怒吼一声，顶着无数的小人军队，冲向王烨，一股比前几天更强横的气息散发出来。

"我说胆子怎么变大了。"王烨冷笑,如那天在总部会议室般,依然只是淡淡地伸出自己的拳头。

情景再现般,金刚倒飞了出去,砸在地上,发出阵阵哀号。

一群植物果实生长出来的小人眼中带着兴奋,纷纷扑在金刚身上,张开嘴不停地撕扯着。但除了衣服破碎外,金刚的身体安然无恙。

"王烨,你敢!"看见金刚的惨状,苏文谦的脸色猛地一变,呵斥道,"这里是上京市,你还讲不讲规矩?"

"哦?"王烨轻笑,"你带人来的时候,怎么不这么说?"

王烨缓步向前,走到金刚身边,抬起脚,对准他胳膊处的骨节踩了下去。骨头碎裂的声音响起,剧烈的疼痛刺激得金刚猛地清醒过来,发出阵阵惨叫,充满暴戾的目光死死地盯着王烨。

"不服吗?"王烨脚下的力量加重,几乎使金刚的胳膊变形。

金刚再次晕了过去。

苏文谦的脸色阴晴不定,几次攥紧的拳头都渐渐松了下去。金刚不久前刚刚得到强化,哪怕是自己想要拿下他,都要费一些功夫,绝对做不到如此的轻描淡写。

"王烨,你这是在找……"

"小四,我不想听见这个人说话。"没等苏文谦说完,王烨不耐烦地看了一眼小四。

仿佛回忆起了什么,苏文谦的眼底深处带着浓浓的恐惧感,强行将剩下的半截话咽了回去,只是眼神依然怨毒地盯着王烨。

"怎么不叫了?"王烨不满地自言自语着,分不清是对苏文谦还是金刚说的,他走到另一侧对金刚另一只胳膊同样的位置,踩了下去。

079 ✕ 奸细

"啊!"在剧烈的疼痛刺激下,刚刚晕倒的金刚又一次发出惨叫,条件反射地想要坐起来,但牵扯到胳膊的位置,二次暴击下的疼痛让他痛不欲生。

"杀了我吧!杀了我!"金刚不甘心地怒吼着,原本已经恢复清醒的眼神再次红了起来,变得十分狂暴。

"杀了你?"王烨居高临下地看着金刚,讽刺道,"释国的人,我可不敢杀呢!"

释国?王强和柳倩都愣住了,两个人对视了一眼,都有些迷茫。

正在对着周涵不停凹造型的茅永安表情微变,微不可察地看了一眼惨叫的金刚,又迅速恢复了嬉皮笑脸的模样。

随着王烨的声音,金刚眼中的红色迅速消退,脸上的震惊之色一闪而过。他强忍着疼痛,继续怒吼着:"杀了我!我为天组立下汗马功劳,不是让你来羞辱的!"

"我没有听出你求死的意思啊,是不是,苏文谦?"看着金刚的表演,王烨直接问苏文谦。

苏文谦脸色阴沉地看着王烨,刚想要开口,但猛地想到了什么,又看了一眼小四,闭上了嘴。

"真没劲,就你们这副怂样子,是怎么在诡异事件中活下来的?还是说,你就只会窝里横?"王烨似乎不解,微微摇着头,将腰间的麻绳解了下来,缠在金刚的脖颈上。

随着麻绳的缠绕,金刚体内的能量瞬间消失。

那群植物小人坚持不懈地撕咬,终于带来了收获。金刚的身体皮开肉绽,血腥味让小人愈发兴奋,甚至有些小人的个头儿都涨了一些。

"有这群家伙，我当时在商场里又何必像脑子有问题一样砍头玩呢？"王烨摇了摇头，示意茅永安将这些植物收走。毕竟，金刚还有存在的价值。

看着苏文谦，他又晃了晃手中的麻绳，问："是你自己绑，还是我帮你？"

苏文谦深吸一口气，狠狠地瞪了对方一眼，向远处迅速逃离。

王烨的身影也跟着消失，带着风声，在众人还没有反应过来时，便跟上了苏文谦，说："怎么，凭你的身体机能，还要和我拼速度吗？"

苏文谦的脸色一变，双手泛起光芒，隐隐有一束火苗在他掌心浮现，周围的温度都猛然升高了许多。

"不知道法师被战士近身，会死得很惨吗？"王烨一脚踢在苏文谦的身上，让他瞬间倒飞了出去，砸在地面上，掌心里的火苗也随之消失不见。

胸口处传来剧烈的疼痛，苏文谦脸色苍白，闷哼一声，吐出一口鲜血。

紧接着，他看见一直幽幽地盯着自己的小四，苏文谦连一句狠话都不敢说了。

"都说了，自己绑。"王烨叹息道。

他走到苏文谦的身边，从金刚的脖颈处顺下一大截麻绳，捆在了苏文谦的脖子上。紧接着，他温和地看向其余三个异能者。

三个人对视了一眼，急忙上前互相帮忙捆绑。

王烨满意地点了点头："茅长老，收了你的神通吧。"看着一脸花痴样的茅永安，王烨无奈地摇了摇头，叹息道。

茅永安不满地看了王烨一眼，仿佛王烨影响到他欣赏女神的绝色姿容，随后，便不耐烦地挥了挥手。

紧接着，地面上那群植物小人冲向茅永安的口袋，重新化为一

283

颗颗的果实。

"走，下一家。"看着王强两人目瞪口呆的模样，王烨牵着绳子，带着后面的狼狈五人组，就这样在街道上悠闲地走着。

街对面的角落里，一个人影看着这一幕，冷冷地"哼"了一声，转身离去。

在西口区，王强看着装修风格几乎一样的房间，介绍道："这也是行动部的，队长孙琦，不久前刚刚三次觉醒。"

王烨点了点头，随后一群人的目光集体放在了茅永安的身上。

周涵此时已经如同行尸走肉一般，脸色麻木，内心不停地质问自己为什么要做王烨的邻居和队友？今天又为什么来凑热闹？

周涵的沉默让茅永安更激动了，他感觉距离追到周涵，又成功地迈进一大步！

意气风发之下，茅永安大手一挥，将"老三样"重复了一遍，顺便得意地冲着周涵抛了个媚眼。

和之前一样，从别墅里狼狈地跑出来五个人，王烨也懒得再解释什么了，果断地出手。仅用了一分钟，麻绳后面又多了五个人，幸好这根麻绳足够长。带着一长串的人，王烨继续向最后一个小队的办公室出发。

天组，李星河的办公室里，一场争吵正在上演。

"组长，你要替我做主啊！我们行动部的两个小队都被王烨给拔了！他眼里还有没有王法呀？"苏长青脸色铁青，神色间充满了愤怒，瞪着坐在一旁悠闲的张子良，怒吼道。

李星河仿佛睡着了一般，闭着双眼，没有任何动作。

张子良笑了笑："苏部长好大的火气啊！昨天不知道是谁说……

说什么来着?"

"王烨如果没死,抢回去便是?"张子良模仿着苏长青昨天的语气、神态,惟妙惟肖。

"你!"苏长青猛地拍了一下桌子,瞪着张子良。

与此同时,温华敲了一下门,便走了进去,看向张子良的小眼睛中带着精芒:"张部长,王烨奔着我们情报部小队去了,嘿嘿,开个价儿吧。"

"看,还是我们温部长懂规矩……"张子良看着温华洋溢着热情的笑容,如老狐狸一般。